故事会

文摘版

第16辑

合订本

上海故事会文化传媒有限公司
上海文化出版社

图书在版编目（CIP）数据

故事会文摘版合订本. 第16辑 /《故事会》编辑部编. -- 上海：上海文化出版社, 2020.6（2024.5重印）

ISBN 978-7-5535-1979-1

Ⅰ. ①故… Ⅱ. ①故… Ⅲ. ①故事－作品集－中国－当代 Ⅳ. ①I247.81

中国版本图书馆CIP数据核字(2020)第086390号

主　　编：夏一鸣
副 主 编：高　健
责任编辑：蔡美凤
发稿编辑：蔡美凤 胡　捷 吴　艳 高　健
装帧设计：孙　娌
责任督印：张　凯

故事会文摘版合订本. 第16辑

出　版：上海文化出版社
出　品：上海故事会文化传媒有限公司
（201101 上海市闵行区号景路159弄A座3楼 www.storychina.cn）
发　行：北京大地书苑图书发行有限公司
印　刷：三河市嵩川印刷有限公司
开　本：787×1092毫米 1/32
印　张：9
版　次：2020年7月第1版
印　次：2024年5月第2次印刷
ISBN：978-7-5535-1979-1/I·779
定　价：25.00元

上海故事会文化传媒有限公司 出品（00971）

想看更多精彩故事？
扫码下载故事会APP

如发现本书有质量问题，请与印刷厂质量科联系 Tel:0316-3654999

左耳

@黎　凡

病房的夜晚，很静谧，用了镇痛药的老大爷睡着了。

老太婆凑着老大爷的右耳说："老头子，我扶你起来，喝新鲜的小米粥啰。"

老大爷"呵呵"点头："都老得不成样子了，还黏糊着。"

一听这话，老太婆"啪嗒啪嗒"掉起了眼泪。医生说，老大爷右耳长的是个恶性瘤子，已经侵犯到了脑神经及耳神经。

老大爷说："哭啥呢，说你老还不乐意了，呵呵。"

老太婆凑着老大爷右耳说："医生说了，没大碍，明天把那瘤子'哧溜'割下就是。"

老大爷说："明天手术后，我的右耳朵可也一起没了。"

老太婆又"啪嗒啪嗒"掉眼泪："那多好啊，你听不见我这话婆子唠叨，以后耳根子清静了。"

第二天，手术做了三个多小时，老大爷麻醉清醒后被推回病房。他伸手去摸自己的右耳朵，除了纱布，什么也没摸着。他虚弱地说："老婆子，别怕，我右耳朵没了，还有左耳朵听你唠叨。"

老太婆红了眼圈，喃喃自语："傻老头子，麻药给打糊涂了，你生下来左耳朵就是聋的啊，我都对你右耳朵唠叨一辈子了。"

老大爷开心地笑了，无血色的脸像一朵暮秋尽头的白菊。

他说："傻老婆子，我左耳朵不聋。那时，我第一眼就喜欢上了你这个残疾姑娘，我不那样说，你会嫁给我这个帅小伙吗？"

摘自《达州日报》

故事会 2018.06
Stories Digest
文摘版 总第46期

社 长、主 编：夏一鸣
副社长：张 凯
副主编：高 健
本期责任编辑：詹明瑜
发稿编辑：高 健 田 芳 蔡美凤
美术编辑：周 睿
电话：021-64668742
021-54561119
邮编：200020
地址：上海市绍兴路74号
主管：上海文艺出版总社
主办：上海文艺出版总社
出版单位：《故事会》编辑部
发行范围：公开

出版、发行电话：021-64313938

发行业务：021-64313938
发行经理：钮 颖
媒介合作：021-64338113
广告业务：021-64334376
新媒体广告：021-64450660
广告经营许可证：
沪工商广字3100320080016号

国外发行：中国图书贸易总公司
印刷：上海四维数字图文有限公司
发行：上海邮政报刊发行局
邮发代号：4-900
国外代号：MO9178
定价：5.00元

卷首

焦点

看点

笑点

侃点

盲点

视 点

亮 点

泪 点

观 点

零 点

评 点

故事会文摘版欢迎投稿

稿件要求：来自最新的报刊、书籍或网络，故事性强，文字明快，主题健康，视野开放，纪实或虚构均可，体现“新、知、情、趣”的特点，同时欢迎第一手的翻译作品。推荐作品须注明原文出处、原作者姓名，确保转载不存在侵害版权的行为，并请留下推荐者真实姓名及通信地址。作品一经采用，即致推荐者50至200元推荐费，并向作品著作权人支付稿酬。

故事会文摘版 投稿信箱
wenzhaiban@126.com

故事中国网：www.storychina.cn

故事会文摘
gsh-wz

故事会微信
story63

本刊未署名图片均由视觉中国提供
音频提供：一说

2018年，是我国改革开放40周年。本期焦点的两篇文章，向您讲述这个波澜壮阔年代的两例故事。从平凡人的生活点滴，您能够从中感受到社会的发展和时代的变迁。

世上所有的杰克

@章青定

请看一场旧戏

1998年，那部讲述沉船上爱情故事的《泰坦尼克号》风靡全国，影院拖出了许久用不上的排队栏杆，董敏仪值了上班以来次数最多的班。

从放映室的小窗口看出去，在灰尘飞舞的光柱里，杰克和罗丝挽着胳膊跳舞，站在船头高喊，在一片混乱的甲板上寻找彼此，落入海中直到分别。董敏仪看了很多场，但每看一遍仍然会哭，她想象着如果此时巨浪袭击影院，楼下的观众里会不会有一双胳膊伸过来拽住自己。

终于有一次，她的抽泣声被坐在最后一排的蒋家乔听见，他奇怪地转过头，但并没看见谁。

两天后，蒋家乔在黄昏的炒货摊上碰到了她。蒋家乔问她："那天放映室里哭的那个人是你吗？"

董敏仪因为羞恼涨红了脸，她打算否认，但蒋家乔接着说："你要喜欢，我请你再看一场。"

晚饭后，去电影院排队买票的蒋家乔买了一小筒报纸包起来的瓜子、两罐旭日升冰茶，在检票人八卦的眼神中和董敏仪并肩走进去。

一场误解的荡气回肠

当泰坦尼克的风潮终于过去，电影院收起了它的大幅海报时，董敏仪和蒋家乔恋爱了。

蒋家乔鼓励董敏仪去烫头发，他说上班时盘起来其实不太看得出，下班放下来波浪还会更卷。他还告诉董敏仪哪怕董家到电影院步行只需十五分钟，她也可以穿着自己的漂亮衣服走完这段路再换上制服。

董敏仪带蒋家乔去了她一个人时不好意思去的英语角，那是几个水平三脚猫的爱好者组织的，大家说着口音浓重错误百出的英文。蒋

就是爱历史（英国）1. 英国的全称是什么？

家乔给自己取了个英文名叫杰克，因为他觉得杰克很了不起，他心里觉得自己和杰克有些像，穷困但风流倜傥，还结识了一个漂亮姑娘。但董敏仪不愿意叫女主角的名字，她不愿他们和一对悲剧主人公重名，哪怕这悲剧再动人。他们坐在小公园里翻着英文词典，试图找到一个合董敏仪心意的名字。

他们选了一个又一个名字，由蒋家乔模仿着调念出来，再排除掉。他们还没试完所有的名字，就下起了大雨。董敏仪回家去，而蒋家乔去了厂里，他参加了由年轻小伙子们组织的护厂队，大雨又至，洪水可能会冲破堤坝，他要回厂里去搬机器。

那天的夜晚很混乱。先有人惊叫大水冲破了河堤，接着有人尖声高喊机械厂的设备在转移时没放稳，掉下来砸死人了。已跟随人群往高处跑的董敏仪在中途折返，跑向机械厂的方向。

机械厂并没有出事，小伙子们正在抓紧将设备运往大礼堂的二楼，看到董敏仪，他们在紧张之余抽出空来怪叫、吹口哨，在蒋家乔和董敏仪相拥时拼命鼓掌。那天夜晚其实什么事也没发生，那些慌乱都是谣言，但在一片风雨声中，董敏仪觉得她和蒋家乔的感情荡气回肠。

将沉之舟

董敏仪再次和这些小伙子见面，是在几个月后机械厂门口的布告栏前，他们都静静仰着头看上面贴出来的下岗名单，像伸长脖子待宰的鹅。

她在人群里找到了蒋家乔，名单上没有他，但他的脸很灰，那是

等待别人来挑拣的屈服和不甘。

那个冬天，他们坐在公园里沉默向湖时都知道，他们的工作与小城生活，都如同那艘巨轮般迟早会沉没。

董敏仪说："我们一起走吧，出去试试看。"

蒋家乔则问："你见过我母亲吗？"他有个卧床多年的母亲，几乎没有自理能力。上个星期，他发现父亲已经抱不动母亲，很难再替她换床单、带她出门晒太阳。

"所以我不可能离开这儿，你去吧。"蒋家乔说，"出去碰碰看，头破血流就回来，反正这儿发展得慢，我也没什么长进，过多少年回来我跟这地方也都等着你。"

董敏仪没有头破血流，她居然跌跌撞撞地闯出一条路来。

起初当然艰难，在上海，她住在亭子间，三餐挂面配酱菜，唯一的肉食是蒋家乔分批给她寄去的香肠；冬天，蒋家乔寄给她两条毛裤，说是旧同事的编织小生意，他照顾照顾；也汇过几回款，数字微薄，董敏仪知道，他也拮据。

后来，董敏仪开始给他寄上海的好东西时，蒋家乔的消息就渐渐少了，他们谁也没说分手，但他们都知道已经分别。隔了两三年，蒋家乔在春节前给她打了个电话，说他要结婚了。董敏仪去商场给他买贺礼，路过香水柜台，有人打破瓶子，呛得她直打喷嚏，眼泪都流了出来。

多年以后，董敏仪陪父母回乡。电影院变成了工会活动中心，其实就是老人们的棋牌室，购物广场上开了新影城，卖可乐、奶茶、爆米花，当年的纸筒瓜子早绝了迹。蒋家乔的母亲还健在，由他的老婆推着走在河边公园晒太阳。

董敏仪很远地看了一眼蒋家乔。当年，他的名字还是被贴在了厂门口的下岗告示上，就是他省下钱给董敏仪寄毛裤和存款的那段时间。他从厂里出来后，先开了一间早点铺，后来转开了汽修店。董敏仪听到人们叫他"蒋家乔""蒋老板""老蒋"，当然没人叫他"杰克"——除了董敏仪，没人知道那个名字。

那个夏天大概诞生了许多个"杰克"，董敏仪在工作中碰到过他们中的某一些，喊起他们时，她总会想到蒋家乔。他们中有的小气，有的狡猾，也有的开朗大方。

但不管如何，在董敏仪心里，世上所有叫杰克的人都年轻、活泼又善良。

丁强摘自《女报·时尚》

图：恒兰

1. 答案：大不列颠及北爱尔兰联合王国。

苏自力的秋天

@谢华良

先说说我爸苏文

苏自力是我哥，我叫苏更生，我们哥俩合起来就是自力更生。名字是我爸苏文起的。

我爸是我们村里唯一戴眼镜的人，他是我们村小的老师。我爸说，我们祖上名人是苏武。

我爸常以苏武为荣，总是不厌其烦地给我们讲祖上牧羊的故事。不仅如此，我爸还弄了一管箫，经常坐在院子里吹那曲著名的《苏武牧羊》。但他的忠实听众就一个，那就是我妈鲍仁花。

我爸能有时间在家里吹箫，是因为他摔坏了腿，原因是他爬到了树上。

我爸爬到树上，是要锯下树杈来当柴烧。我们家虽然住在村子里，但我家不是农业户，所以秋天到了，别人家能一车一车地分到柴火，我们家却分不到。别人劝我爸去求求队长，我爸摇摇头，拿了锯子就爬到树上去了。

我爸教书很在行，锯树杈却是外行。一个大树杈锯到一半的时候，他想换个姿势，结果他骑到了那个树杈上锯。所以还没等那个树杈锯完，我爸苏文就随着那个树杈，一起落到了地上。

苏自力的战斗

我哥苏自力，比我大五岁，像所有的哥哥一样，做什么事都不愿意带着我，一是嫌我累赘，二是怕我向爸妈告状。

有一天，我们正在山坡上玩扇啪叽，远远地看见一个“柴火垛”自己走来了。

我哥说：“是谁……背了那么多柴火叶子？”

我们这才看清柴火下有一个人，正弓着腰努力地往山坡上走，柴火叶子把那人的身子和脸全挡住了。

我哥带着我们走向了那个“柴火垛”。

“妈……”我哥突然叫了一声，愣在那里。

我妈鲍仁花的脸，从那些柴火叶子下探出来，她顾不得擦一下脸上的汗，先冲我们笑了一下。

我哥奔过去，把柴火从我妈的背上卸下来，背在自己身上，“呼哧呼哧”往家走。

苏自力回家卸了柴火，站在那里想了半天，就转身往院外走。我颠颠地跟在他的身后。

没想到，我哥是去队长家，要问问分柴火的事。

队长笑着说：“不是我不分给你家柴火，而是你家不属于农业户！而且你们家没有在队里劳动的社员。

“如果，你能到每一家求一求，让他们都同意给你们家分柴火，我绝对不阻拦！”

苏自力听队长这样一说，脸突然涨红了，他说：“队长，你听说过苏武牧羊的故事么？我们家祖上非常有气节！没柴火烧是我们自己熊蛋，宁可烧大腿也不会去求人的！”说完转身就走。我颠颠地跟在他的身后。

我哥回到家，拿起搂柴火的耙子和背柴火的绳子，对我妈说：“妈，从今天起，上山搂柴火的事就交给我吧！”又转身看看我，“苏更生，你跟我去不？”

苏自力带我走出村子好远，才找到一条没人搂的道沟。他跳到沟里，发疯似的搂那些柴草。一个大汉举着耙子跑过来，冲我们喊：“放下，不知道这是我的柴火吗？这条道沟的柴火……好几年都是我来搂，从来没人敢和我争过呢！”

“是么？”苏自力也把耙子举了起来，“那是你一直没遇到过

 就是爱历史（英国）2. 英国由哪几部分组成?

我！”

两个人就打在了一起。

我吓得闭上眼睛，哇哇大哭。

后来，突然没了声音，我慢慢睁开眼睛，看到他们的战斗已经结束了。那个大汉手里拿着断了杆的耙子，喘着粗气说：“好，你有种……这个道沟的柴火归你了……”低头就走。

再看我哥，双手高举耙子，圆睁二目，雕像一样站在那里——血，正从他的鼻子里流出来，一滴一滴地落到他脚下的柴草上。

最硬实的柴火

道沟里的柴火，都是被风刮到沟里的草叶子、玉米叶子和树叶子。我们背回去一试并不经烧，填到灶坑里，“呼啦”一下就没了。

我哥晃晃脑袋说：“不行，我要想办法弄些硬实的柴火！”

苏自力要去江湾。他夏天在松花江边玩的时候，看到过一片荒甸子，他说那里长着一人多高的荒草，中间还有各种野树条，如果打下来晾干，一定是最硬实的柴火。

他就找了镰刀，又往衣兜里揣个大饼子，拎了一罐井水，出了家门。

接下来的半个多月，我就很少见到我哥了。他有时倒是回家来，但都是夜里很晚的时候，我都睡着了，第二天天刚亮他又走了。更多的时候他不回来，在江湾找个同学家或亲戚家住了。

我妈带了我去江湾看我哥。

已经深秋了，荒甸子上放满了一捆一捆的硬实柴火，我妈说：“天啊，这都是苏自力干的么？”

我哥从荒草中钻出来，头发长了，胡子长了出来，身上那件衣服已经被剐破了……他傻呵呵地看着我们笑。我妈跑过去，抱着苏自力哭了。

尾声

年末的时候，我哥去参了军，我们家就成了光荣军属。他走后没几个月，村子里的土地就开始承包到户了。

冬天的时候，我爸常把自己关在屋子里，坐在炕上吹那曲《苏武牧羊》。

箫声深沉悠远，如泣如诉，把天上的雪花都吹落了。我知道我爸是想念苏自力了。我其实更想我哥，但我就是不哭，不哭……即使哭了也不出声……我长大了，不能再哭得那么难看了。

田宇轩摘自《文学少年（初中版）》

图：陈明贵

瓔珞之秋

@林稚子

一

临近旧历年，那天映秋还在做事，总经理助理过来说原计划出差的同事病了，让映秋准备顶替一下。

她住得远，只有两个小时的准备时间。等匆匆赶回公寓，站在自家门前，她才发现钥匙落在了公司抽屉里。映秋只觉得鼻子酸酸的，想着当初能从实习生转正有多么不容易！

就在映秋蹲在家门口“呜呜”哭起来的时候，隔壁的门开了，男人像是刚洗过澡，头发湿漉漉的，一条雪白的毛巾挂在脖子上。

“我没带钥匙，能不能从你这边翻墙去我家？”映秋哭的时候吸了冷空气，此刻一边打着嗝，一边寻了把凳子拎到阳台上，没等男人同意，她径直甩掉脚上的高跟鞋，准备爬阳台。

还没等她反应过来，男人忽然拦腰一抱，很轻易地就将映秋从阳台上抱了下来。

“要拿什么？”

“身份证，梳妆台左边下面第二个抽屉里。”

他轻轻一跃就过去了，快得映秋甚至没看清他是怎么做到的。三分钟后，他已经又翻了回来。白石灰墙面上长满了湿滑的苔痕，他的表情轻松，映秋却觉得呼吸都要停止了。

她的身份证被他衔在嘴里，她从他的双唇间取下那张薄薄的卡

2. 答案：由英格兰、威尔士、苏格兰和北爱尔兰组成。

片，手指触到他柔软的唇——她心里蓦然一惊，像是一只藏着礼花的盒子被“砰”地打开。

男人没事人一样从脖子上扯过毛巾继续擦头发。映秋忽然觉得心跳得厉害，赶紧扭过头去，她还从来没有目不转睛地看着一个男人这么久。她的脸红了。

“我……我叫罗映秋。”女孩迟疑了片刻，怯怯地伸出手。

“姜蓬九。”男人几不可察地笑了，轻轻握了握对面那只白白的小手。

二

漫长的春日的下午，她有时会站在阳台上，扭头看向隔墙。映秋觉察到已经很久没有见过他。那次出差她走得匆忙，也没来得及道谢。

等到蓬九从西北回来，在楼道里遇见映秋时，女孩刚下班回来，手里晃晃荡荡拎着一个柚子。蓬九双手插在裤兜里，白衬衫的袖子挽得高高的，站在门口笑。

她的脸一下子涨红了，看也不看他，扭身进门去。隔了几秒钟，门又开了，她气鼓鼓地冲出来，拿手里的柚子狠狠地捶了蓬九一下。

也忘了是谁先开的口，后来，映秋就常在蓬九家蹭饭。他做黑椒小牛菲力、法式奶汁青口、东南亚海鲜叻沙，映秋吃了几个月白食，腰围以目力所及的趋势变粗。

四月一号那天，映秋又过来吃晚饭，发觉今天的菜都是海鲜，七七八八的碟子排了一桌，还开了一瓶白葡萄酒。蓬九做饭是私厨的水准，酒又好喝，映秋吃得形象全无。蓬九吃得倒少，一直望着映秋微笑，问她好不好吃。映秋拍着肚皮坐在餐桌前，只觉得再满足不过了，叹了口气道：“要是这样的日子能一直过到死就好了。”

蓬九闻言站起身，走过去熄了灯，映秋先是吃了一惊，继而安下心来。在夜晚的黑暗里，一双手从身后轻轻揽住她的肩。

朦胧中，映秋似乎觉得自己额头上落下一个湿润的吻。她醉得厉害，却很想睁开眼睛看看蓬九，看看他是不是真的抱着自己在跳舞。

醒来时映秋已经在自家的床上，外套挂在衣帽架上，鞋子被擦得干干净净放在门后。她身上覆着棉被，四月的阳光透进来，乍看之下有种疲倦的暖意。映秋心里一激灵，伸手拿过床头的闹钟，已经是下午三点。

温热的粥水下肚的瞬间，她像是想起了什么，蓬九做的是中式早餐的廉江白粥——她心里一紧，穿着拖鞋就往门外冲。

打开门，却发现已人去室空。

她闭上眼，热泪滚落下来，也是第一次知道眼泪原来真的是有温度的。

她黯然地从兜里掏出手机，拨出一串号码，说："我回来了。"

三

"裘璎珞同志这次任务完成得很好嘛。"机场外，来人走上前拍了拍璎珞的肩，顺手拿过行李塞进后备厢。

她张张嘴，想说点什么，最终把话咽了下去。

回到局里，璎珞顺理成章地得到了表彰，作为队里年纪最小的女警，她在短短十个月的卧底中掌握了姜蓬九的大量一手资料和犯罪证据。

廉江地处广东边陲，夏天日光倾城，一天一地的金色扑下来，空气里常年游荡着海风腥热的气息。璎珞下班开车回家，等红绿灯时一恍惚，会想起从前当罗映秋的日子。像是只要拿着钥匙开门，一转头，就能看到高大清瘦的姜蓬九倚门站着，两只手插在裤兜里，嘴角斜斜地一笑，唤她"映秋"。

"哎。"

她应道，一激灵发觉自己不知什么时候踩了油门，横街驶过来的大众拦腰撞上来。在失去知觉前，她心里竟然平静得没有一丝波澜。

病房里向来不容易睡好，但局里给璎珞特别安排了单人房。位置在走廊的尽头，清静且不被打扰。

他在赶过来的路上时，一直想着那双眼睛。

有一年，他在东北目睹了仙鹤从温泉中起飞，在雪地里孑然一身，有种落落寡合的美。那次他死里逃生，后来辗转过许多地方。到了扬州，他又一次在一个人的眼睛里看到那时的景致。

后来他在西北的隐秘据点被警方连根拔起。他知道有人泄露了自己的货量和行踪，但没有人可以这么贴近他，除了这只白鸟。

"好久不见。"他搬了把椅子坐在她的病床前。

他的头发显见地长了，乱糟糟的。黑胶雨衣穿了许久，棉T恤领口散发出酸馊的气味，是很久没有安生过日子的模样。

丧家之犬——璎珞脑海里忽然蹦出这个词。

如果她没有记错的话，廉江人姜蓬九应该已于四月二号凌晨在扬州附近的小县城落网。其后她返回廉江，再后来出了车祸。关于他的案子，她再不知道分毫。

窗外雷声轰隆，风雨大作，两个人默然相望。

“映秋啊。”他弹了弹那张卡片，嗓音疲倦而嘶哑。

他叹了口气，又绕回到床前。男人的神情仍然是淡然的，没有一丝波澜的样子。

“我要走了,这次来是给你……”他从雨衣内袋里掏出一个黑塑胶袋包裹好的东西。她仰起脸看他，恍惚间像回到了他们初遇时——她忽然看见蓬九笑了，尽管他眉心红如地狱的沸点。她捂住耳朵，却仍然听得见子弹从骨肉中穿破时沉闷的撕裂声。

四

队长没猜错，逃犯姜蓬九最可能出现的地方，就是璎珞的病房。

狙击手从对面楼上撤走，蓬九的尸体也被警方以最快的速度从病房里清理出去。

王队进来时，女孩的肩在微微地颤动。

“小裘啊，抱歉。”

她点点头，表示理解。从前父亲只告诉她，做刑警要有牺牲自己和所爱之人的幸福的觉悟，却没有告诉她，一个警察爱上罪犯该如何觉悟。

王队将黑塑胶袋包裹着的东西交给璎珞，说大雨里狙击手在对面楼上看不真切，以为蓬九要掏枪报复她，所以才急忙开了枪。但这也没什么差别，姜蓬九罪大恶极，即使判下来也是死刑。璎珞没有问队友们到底埋伏了多久，也没有问为什么不告诉她这次行动。王队走后，她打开那个已经被揭开检查过的塑胶袋，这才看到里面是一只摔碎的树脂小猪。白色背心套在它胖胖的肚皮上，蹄子上那颗金色的星星和小猪的脸一起碎得不成样子。

其后的许许多多个夜晚，璎珞都没有梦到过蓬九。她如常地工作，执行任务。人生如此沉重，很多事情原不必说出口。

只有一次她路过扬州。那是十年后的春节，她难得休假，陪父母去苏杭旅游。凌晨，璎珞悄悄地从沧浪区宾馆出来，打车去了两小时路程外的扬州。站在天微微亮的公园里，白雪覆盖在竹叶上，清白静美，像从没有见识过天地间的任何污垢。她说：“我回来了。”

莫难摘自《爱格》

图：豆薇

儿童社交心理学

@刮刮油

这是一门很深的学问。接触越多，越觉得自己傻。

陪女儿上舞蹈课，带了两块奶酪。课间她跑出来找我，我拿出一块给她吃。

她有个习惯，碰到爱吃的零食很喜欢小口小口吃，我理解她是希望把这种美好的体验尽量延长，虽然目的很幼稚，但显得很优雅。

她就这么慢慢小口吃着，从舞蹈室里走出来一个年龄大一点的小姑娘，溜达到我们身边。

"叔叔好。"她主动向我打起招呼。

我回应说："你好。"

她说："叔叔，你是她爸爸吧？"

我点头说："是呀。"心说这小孩真会聊天，小大人一样，看这样子就很机灵呢。

她继续说："那上次陪她来的是她妈妈吧。"

我内心收回对她机灵的判断，因为上次来的是她奶奶。这孩子眼神不好啊，我那么年轻。

她当然不知道我这个小心眼叔叔的心理变化，径自在我身边坐下

3. 答案：诺曼征服。

说：“我姥姥送我来的。”

“哦。”

她停了一下，又用嘴努着指向我女儿，说：“她多大了？”

我说：“幼儿园小班。”

她说：“我大班。她跳得挺好的。”

我说：“是吗？你也跳得很好。”

她说：“因为我都学了一年了，所以你觉得我跳得好，她刚来，我觉得她跳得挺好的了。”

我心里挺自豪，我女儿刚来没几节课就获得了小伙伴的肯定。我转头看了看女儿，她只是低头认真吃着奶酪，而且吃得比刚才更快更香了，小伙伴这么友好她也不回应，这个馋丫头。

那小女孩伸手去摸我手里的小书包：“叔叔，你怎么还用粉色的书包呢？”

我说：“这是我女儿的，里面装的都是她练舞的东西。”

“哦。”她说着从我手里拿过书包，上下看起来，“还挺好看的。”

我说：“她妈妈买的。”

“嗯，我见过她妈妈。”

孩子，你见的是我妈妈。

她边说边开始翻起书包：“这书包挺小，装不下多少东西吧？可是我真喜欢这书包的颜色！”

我说：“小女孩都喜欢粉色吧。”

这孩子真是自来熟，我平日是不喜欢有人这么不请自来地翻包，但这小女孩挺有意思，我仿佛看到她长大后在商场货比三家的样子。

然后，她突然从书包里掏出另外一块奶酪：“叔叔，这个就是她吃的那个吧？这个是什么？”

我说：“这个是奶酪。”

她把奶酪放回书包里，很不舍地把书包放在台子上，说：“她一个人能吃两块这样的奶酪啊？我姥姥只带了水果。”

我说：“是的。”心里明白了她的意图，“你想尝尝吗？”

她很为难地说：“我得问问我姥姥。”

我说：“你去问问吧。”

她转身向家长休息区跑去，跑得巨快。我心里觉得很有意思，嘴馋的小姑娘，绕了那么大的一个弯弯才说到正题，她在掏那块奶酪前我竟没看出来她想干什么。

我目送着她跑走的背影，等她消失在楼道转角处时，我转过头来跟我女儿说：“你这小伙伴真逗。”

我女儿看着我，嘴里塞满了第二块奶酪。

刘振摘自豆瓣网

图：小黑孩

“最后一次，我想睡着回去”

@程沙柳

一

腊月二十出头，赶着回家的人并不少，我在车厢门口排了好几分钟才挤上车。坐到位置上时，发现有人窃窃私语讨论着什么，不时伴有轻笑声。

他们讨论的对象是一个男人——约莫五十岁左右，随便打理的头发中夹杂着不少银丝，皮肤黝黑，泛着光，脚上穿着一双长满褶皱，已经看不出颜色的皮鞋。一套不合身的西装让他整个装束显得异常尴尬，前胸的位置还有一块油渍。

东西放好后，他拿出车票看了看，找到了位置，是个中铺。我在他对面，不过是下铺。他摸了摸自己的铺位，“嘿嘿”笑了两声。他下铺是一位小姑娘，正脱了鞋躺在铺位上玩手机，捂了捂鼻子，冲他翻了一个白眼。

上车的时间是下午六点多，没过多久就到了晚上，开始陆续有人往铺位上爬。他站在自己的铺位边，能看出来有些忐忑。过了十几秒的样子，他脱了鞋，准备顺着小梯子爬到自己的铺位上去。

他脚从鞋子里刚一拿出来，空气里立马就有了一股怪味，从我鼻孔边飘过的气流有些酸，也有些馊，还有一种形容不出的味道，三种味道混杂在一起，我不由自主捂上了鼻子。周边铺位上的人也赶紧捂上了口鼻，一位在桌边吃泡面的小伙子非常震惊地叫了一声。

反应最大的是他下铺那位小姑娘，她直接开骂了起来："你的脚有多久没洗了？现在什么人都来坐卧铺！有点素质行不行？卧铺是你坐的吗？"

他好像做错了什么似的赶紧穿上鞋子，点头哈腰地向她道歉："对不起对不起，我赶紧穿上。"

穿上鞋后他就朝车厢连接处走去，过了几分钟还没回来。

二

半夜十二点我突然醒了，然后一直失眠，无法闭眼，或许是近乡情怯，亦或许是想到即将结束的这一年我没有多少收获开始焦虑，反正无法再继续睡下去。

车厢里已经熄灯了，乘客们睡得很香，偶有此起彼伏的鼾声响起。车厢连接处空间大，有灯光，还不会吵到谁，我打算去那里待着。

他在那里。坐在一叠报纸上，背靠着墙，脸上满是困意，嘴里吞云吐雾，貌似抽了不少烟。

我问他为啥不去睡觉，他说："我的脚有臭味，怕熏到他们。"他看了看自己的脚，"我明明洗过的，为什么还有这么多味道呢？"

我莫名有些难过："这没什么的，你上去睡就行，那是你的铺位，你买了票，应该是你的。"他摆手："不去了不去了，我就不该来坐卧铺。"

我问："那你一晚上不睡受得了吗？"他点点头："我们以前经常这么干，有时候赶工期，好几十个小时都不睡觉。"

他讲起了他的工作，没啥特别的，和我见过的大多数被冠以"农民工"之称的打工者差不多。

他在北京打零工，给人搞家装，刷墙、贴瓷砖、安装家具什么的都干过，工地上有活儿了也会去干干，有时候还会帮人搬家，没有固定长期的工作，租住在六环外的某个城中村。这次回去就不准备再来了。

他本来计划买硬座，但想着坐了这么多年的火车全是硬座，卧铺都没有坐过。有时候硬座车厢人多得脚都下不了，别说睡觉了，他特别羡慕睡着的那些人。所以这次狠了狠心，买了张卧铺票。"最后一次，我想睡着回去。"他露出有些浅黑的牙齿，笑得很赤诚。

三

反正睡不着，我也没有急于回车厢里。可能是为了填补尴尬，他开始讲自己的一生。

“我二十三岁时就结婚了。我其实不想结婚的，想出去闯一闯，但喜欢上了一个女孩，她非要和我结婚，我就答应了。两年后，我们有了孩子，我至今不知道那是个男孩还是个女孩，怀着孩子五个月的时候，我老婆去县上买东西，让车给撞死了。”

他讲得云淡风轻，我听得惊心动魄，小心翼翼地问：“后来呢？”

抽了口烟，他继续说：“我没有再娶，但也不想待在原来那个地方，就全国各地去打工，只有过年的时候才回去待几天。我家里给我介绍了几个对象，我都推了，因为我总想着我老婆。想着她，却和别的女人生活，我受不了，也怕耽误对方女的，干脆就打光棍。打光棍我不怕，他们说他们的，日子还得我自己过。”

话题到这里戛然而止，我的烟已经燃掉了三分之二。我虽然没有抽过烟，但见过很多抽烟的人，我学着他们的样子，夹着烟，吸一口然后又吐出来。听说真正吸烟的人得把烟吸进肺里，然后再从肺里呼出来，我看他抽烟熟练的姿态，想必，这些年应该抽了不少。

我不知道要和他说些什么他才会感兴趣，也怕触碰到他的隐私对他造成伤害。

这种隔阂就像，一到晚上就会被关闭的硬座和硬卧车厢之间的那道门。他买了一张硬卧票，第一次可能也是唯一一次走过了那道门，但依旧格格不入。

四

凌晨五点多的时候，他不断地打着哈欠，都流出了眼泪。我让他去休息，他才同意不脱鞋睡我的下铺。他倒在我的铺位上，没几分钟就发出了鼾声。而我则一直醒到天亮。

早上九点多的时候，他醒了，我坐在靠窗的凳子上用手机看电影，没有注意到他，直到他泡好一碗方便面端给我。客套了几句后，我被泡面的香味吸引，大口吃了起来。他坐在我对面，和我一起吃。

他吃完面，去垃圾桶扔空碗的时候，没有像其他人那样带着汤一起扔进垃圾桶里，而是把剩余的汤汁小心地倒在洗脸池旁边的一个装废水的小桶里，剩下的空碗才扔到垃圾桶里。

4. 答案：领土。

他说："我之前见大家吃完面都就着汤直接扔，有个乘务员提着太重，不小心洒了一身，感觉挺不容易的。后来我吃完方便面就会专门把汤倒出来，给他们的垃圾减轻点重量。"在这之前，我也是那个不会倒汤的。

吃完泡面没过多久，乘务员就过来换票，说下一站就到万州了，他赶紧拿出自己的票："我要下！"票换完后，他就很急迫地开始收拾自己的东西。我说："你不用着急，还有四十多分钟才到。"他"嘿嘿"一笑："谢谢你啊，年轻人。"我不知道他谢我啥，礼节性地冲他点了点头。

车到站后，他提着东西急匆匆地走了，还大声和我道别："再见，年轻人！"几分钟后，车又继续往前驶去。

我看了看他的铺位，上面的被子和枕头原封不动地叠在那里，铺面也很平整。他最后还是没有睡上自己的铺。

彼岸花开摘自微信公众号真实故事计划

图：陈明贵

【讨论区】硬座和硬卧车厢之间的那道门，实际上代表了一种隔阂。是什么让我们虽然走过了那道门，却依旧格格不入呢？欢迎来故事会读者圈，说说你的看法吧。

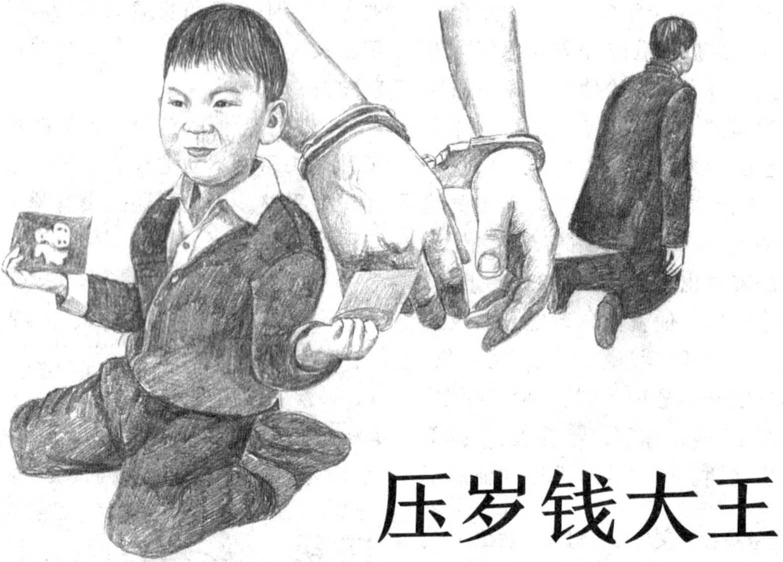

压岁钱大王

@江志强

20世纪80年代初，我们村有个孩子叫秃三，其貌不扬，脑瓜子却灵光得很。印象最深的是，每年春节，秃三挣的压岁钱是我们的好几倍，惹得大伙儿羡慕嫉妒恨。

这家伙似乎天生就会挣压岁钱。过年期间，秃三挣的压岁钱能过百，人送外号“压岁钱大王”。

后来，秃三偷偷把自己的“挣钱秘诀”告诉了我。初一那天早上，他先给家中长辈和亲戚们磕头，然后壮着胆儿串到左邻右舍家里，还到同学家里磕头。这么说吧，只要他认识的人，都要磕个遍，一户也不落下。很多时候，那些八竿子打不着的关系，他也勇往直前，大胆去磕头。大人们见这孩子懂规矩，知礼数，立马就会给压岁钱。

最让我震惊的是，秃三有一年春节从东街大瞎爷爷那儿挣了六份压岁钱。大瞎爷爷八十多岁了，双目失明，他的儿女都在县城和省城工作，每到春节总会给老父亲很多崭新的零票，作为“压岁资金”。

我曾把秃三的“壮举”说给父母听，决心以秃三为榜样，多多挣钱，却遭到父亲的严厉呵斥：“过年给长辈磕头是礼数，不能把磕头作为挣钱的门路。遇到那些家境不好的长辈，照样得磕头，人家给钱也不能要！”

有一回，我去找秃三玩，正巧撞见秃三的父亲给仨儿子训话，他点着老大老二的脑门子一通狂吼：“还是咱家小三儿有能耐，你们都应该向他学习，想要多挣钱，就得多走脑子多磕头……”

当时年幼，我觉得秃三的父亲说得很对。

多年后，我已大学毕业，在政府部门从事文秘工作，有一次到领导办公室送文件，刚到办公室门口，只见一个跟我年龄相仿的人“扑通”一声朝着领导跪下了，声泪俱下地说了一通困难，恳请领导给个方便。无奈之下，领导给他批了条子。

这个人就是秃三。他那时是县城一家装潢店的老板。后来，秃三的生意做大了，成了当地最大的房地产商。

五年前，老家的发小告诉我，秃三因众所周知的原因进去了，被判了十年。他的大哥二哥也未能幸免。大哥是中学老师，因乱收学杂费被免去职务。二哥是商场经理，因向客人变相收取费用被辞退。

我想，如果秃三父亲当年对儿子的“挣钱之道”进行果断阻止并合理地引导，秃三和他的兄弟们也许便不会走上如今的路。

去年春节，我回老家过年，与父母团聚。初二那天，我正在读书，门铃突然响了。开门一看，门口站着仨孩子。孩子们异口同声说：“叔叔好，给您磕头了！”说着，三个小脑袋在地板上用力地磕。

我大喜，这仨孩子真懂事，旋即从钱包里取出三张百元钞票作为压岁钱送给他们。

谁知，父亲却伸手挡住了，他从自己口袋里摸出三张十元人民币，给了三个孩子。

待孩子们走后，我不解地问父亲：“人家专程来拜年，又这么懂事，给十块钱太寒碜了吧。”

父亲说：“昨天到今天，他们已是第三回来咱家磕头了。”

那一刻，我张大了嘴巴，问：“这是谁家的孩子？”

“秃三家的。”父亲说。

郝景田摘自《河北工人报》

图：陈明贵

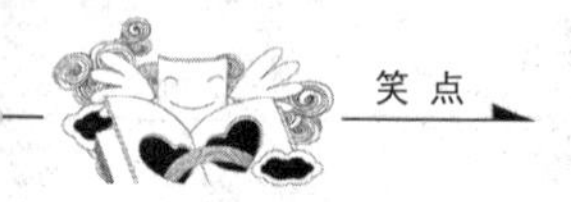

我的上海爆笑之旅

@少林修女

上飞机之前，我查了一下上海天气。网上显示上海市6月9号天气阴，34摄氏度。我这个东北人坐在电脑前天真地想，哎，这矛盾吧。阴天怎么可能34摄氏度呢？阴天不是迎面吹来凉爽的风什么的吗？30摄氏度以上就是万里无云晒死个人的意思啊。

怀着这样天真的想法，我乘坐飞机抵达上海。在走出机场的一瞬间，我感觉自己像迎面揭开了一个刚跳完闸的电饭锅。

从地铁出来走在路上。两边的商店如果单看装修的话，风格都非常文艺清新。但是气象环境的闷热潮湿使人走在路上时，有一种被扣在大棚里的感觉。

我就这样一路百感交集、胸闷气短地走到了酒店。

先插一句无关的。这个酒店大堂柱子的设计非常离奇。作为一个中国人，我明白柱子上装饰的是一排排马踏飞燕的镂空剪影。问题是，马踏飞燕是一个雕塑。从正面看或者上面看或者侧面看的话，你能看出马踏的是个飞燕。但如果是侧面剪影的话，看着就是马踏狗屎。

整个柱子上镂刻的都是这种马踏狗屎。有兴趣的同志可以试试把马踏飞燕的照片剪影一下看。

半夜起来上厕所，一进卫生间，见到了传说中的智能马桶。我看见这马桶第一眼的时候，已经做好了它会跟我说话的心理准备。

什么都没有发生。但是，在我的手伸向厕纸的一瞬间，马桶慢慢地打开了盖。

我又跟马桶对视了能有一分钟。当时没有任何想法。

坐上去之后，马桶圈是时刻保

5. 答案：《末日审判书》。

持体温的。好吧，谢谢这位马桶。

左边墙上是一个操作台，开马桶盖，开马桶圈，同时开马桶盖和圈，都分别有一个按钮。其他还有按钮控制冲水清洗的，冲完吹干的，冲洗还有调节强度、调节方位什么的。我看着这个操作板，差点纳闷了：我是要拉屎还是要开飞机来的？

然后人一坐下，各种功能模块自动感应启动，先后发出各种不同音调“嗡——”的交响。各个模块启动的瞬间有种这厕所要“喊里咔嚓”变身成厕所人的感觉。

这是我有生以来拉得最隆重的一泡屎。在马桶各个功能模块发出的交响声伴奏下，我拉完之后都有种要谢幕的冲动。

第二天早上，我下楼吃早饭，是自助餐。上去一看，全是西餐。我挨个地方问：“同志，有饭吗？”得到无数否定的答案后，夹了点华夫饼啥的坐那儿吃，打算吃完这一块就走。这时，服务员拿着签单本儿来了。我一看，早餐费，二百。

当天的早餐我吃了俩小时。

下午出门前往会场。

大家差不多都落座之后，先上了点冷盘。

台上司仪开始主持宴会，灯光调暗。大家都笼罩在一种淡淡朦胧的紫色光晕下。

在这种紫色的朦胧光晕下，群众都看不到菜了，所以都停下了筷子开始无所事事。

大家都在用手机上网。手机不上网的我是其中最无所事事的人。

这时，服务员来了，把桌上每个人的刀叉都收走了。

然后，端上了一盆牛排。

等了一下午正菜的围桌群众纷纷用筷子夹牛排。

这牛排是又宽又大，上面的酱汁儿那个厚哟。

没有刀叉怎么办？反正灯光

暗，筷子夹着就直接咬呗。

群众借着黯淡光辉拿筷子夹着牛排啃得正来劲儿的时候，灯光突然大亮。摄像头开始环顾全场。

我们桌一帮人，每个人都化着裂口男的牛排酱汁妆。

晚上再次回到酒店。睡觉之前，我发现酒店的网速好快，于是当天晚上我熬夜下了一宿的片。

第三天晚上去另一家饭店聚餐。我这时已经明白了：高级餐厅是没有大米饭的，所以上的菜我都没少划拉。

在我吃得不行的时候，服务员突然端出了一堆饭。

我最爱吃饭了，还是大虾泡饭，真的非常好吃。

只有小小一碗，所以虽然挺饱的，但我还是吃了个底朝天。

吃完之后，服务员说，可以续碗。

我遥望着盛饭的盆，眼含热泪。

不早说。

当天下午还有茶话会，还有晚餐，然后坐游轮。

我们到了码头。

走到近前，看见一艘灰头土脸、船身挂着“金灿灿”的霓虹灯的游轮。我说：“好的。坐这样的船没有压力。”

二楼是主办方的包场。我们假装工作人员检阅，先在船上逛了一圈。这个时候，就在我们的船旁边，开过了一艘长得跟大馒头一样的船。那艘游轮真真儿被装饰成了一个大馒头的形状，上面的彩灯比我们的还多。

我心情好多了。

第四天早上，我依然下楼吃早饭。吃完早饭便和其他人坐长途车到了西塘。这样一个假装气质清新小情小调江南古镇的地方，不知为何有很多卖臭豆腐的，处处散发着公厕发酵的味道。

还有划小船。你想往船头站？不行。那必然瞬间踩翻扣进浑水。必须是八个人对称地坐着，穿着橙色的救生衣。在岸上一看就跟发洪水拉出来一帮受困群众似的。

第五天早上订好上海到哈尔滨的飞机票返回。登机之后，我所乘的那架飞机迟迟不能起飞，在机场跑道上开了半小时，时不时地刹个机给别的大飞机让道。大城市不光堵车，还堵机啊。不知道司机师傅是想这么一路出溜到哈尔滨还是怎样？我是没有意见。但你要真这么做应该会上新闻吧？容我先补个妆。

摘自作者新浪博客

图：小黑孩

就是爱历史（英国）6. 15～16世纪，哪个行业成为英国的“民族工业”？

我邻居的六眼飞鱼

@伊北

初识老太

我们仙客来小区的住户间很少说话，可是，最近，就在我楼下，一层那户，来了个另类。晚上，我的门被推开了，一位老太太，花白头发，穿着一纺绸印花的褂子，站在门廊，拿着一簸箕板栗，一脸的皱纹都充满善意，她说：“小伙子，我是你楼下的那户，我刚来，跟我儿子住，这是我老家的板栗，你尝尝，以后咱就算认识了啊，多来我家玩。”我刚洗澡出来，全身上下只有一件四角短裤，我吓得脸发烫，身上发凉，我说：“您怎么进来的？”老太太诧异，说：“门没关啊。”行，怪我，我暗自叫苦，连声道谢，看样子，不要她这簸箕板栗，事儿不算完，收吧。“您贵姓？”我问。“江，江水的江，江桃花。”说完，老太太走了。

第二天一早，我去上班，在楼下遇见一楼的那位，应该是老太太的儿子没错了，他尴尬地笑，对我说：“我妈就那个脾气，栗子好吃吧。”我忙说：“好吃好吃，谢谢。”

江桃花很快就出名了，但出的不算好名。她见人就扎堆，无论是买菜、社区医院、广场舞，只要有

人的地方，她立刻跑到人家跟前一站，没两分钟，男的，就叫这位大哥，女的，就叫这位老妹，而后，不管三七二十一，一通天南海北家里家外国内国际地海聊。有段日子，不光我躲江桃花，对小区里的不少人来说，但凡遇到江桃花，很多人都是一个策略——三十六计走为上。

终于，在楼道里，江桃花把我给堵住了，我打哈哈，江桃花说："怎么，我就那么可怕？我是脸上生了疮，还是头上长了角？你们都躲着我。"我忙说："阿姨，您别多想，没有的事，只是，大家都没时间，你看我这，走路都是小跑的。来北京，有的人是赚钱来了，有的人是享受来了。您是享受的，就应该放轻松，享受孤独。""邻居之间有往有来有什么不对吗？国家和国家之间还有友好外交呢，怎么一到大城市，人就变了呢，在我们村……"江桃花说得鼻孔恨不得冒火，大道理我听不下去，双手合十，作揖，见缝我就钻过去，遁地，只听得江桃花在后面嚷："我还没说完呢。"

养鸡风波

这个周六，我在阳台晒衣服，窗开着，迎面一阵风来，我动动鼻子，一股古怪的臭味，还有音乐？是歌曲《勇气》？有人接电话了，她说："喂，哦，好好，在这过得挺好的，有吃有喝，我都打理好了，不过不如我们那，地方小，养个东西什么的不方便。"我越听越不对，朝窗外看，哦，天，距离我阳台不过五六米，一楼的小花园一角，用铁丝网圈出一块地，七八只小鸡，来回走得欢快。江桃花在家门口养鸡！这是违反规定的！

我憋着气，终于有一天，下班，进小区大门的时候，我刚巧又和江桃花的儿子遇上了。我说："你们家好像养了点东西啊。"这位仁兄知趣，立刻就说："兄弟，多包涵啊，我妈她，闲不住，找不到人玩，她只能养点鸡了。你放心，赶明鸡长大了，鸡蛋、鸡肉，一定给你送去。"还没等我辩驳，江桃花的儿子三两步快走，钻进超市买东西去了。我的卧室向南，人，就怕敏感，自从我知道楼下有鸡，睡觉，我总觉得耳际嘤嘤，心里有千万只鸡嘴啄，一不小心就难以入眠。

没过三天，就有个楼上的大姐站在江桃花家门口，与江桃花面对面，两个人都叉腰，声音都很大。大姐说："一楼的，你的鸡必须消灭掉，这不是你们家田间地头，你想怎么养，就怎么养。这是小区，

6. 答案：毛织业。

你楼上的天空，也是公共空间，整天鸡屎熏天的，你让我们怎么受！”江桃花也不示弱：“你住十五层，这鸡拉的屎，能熏到你？你干脆说玉皇大帝也被我这鸡屎熏到算了，你去找他老人家做主啊！”楼道里围满了人，我也站在旁边看，谁知那大姐眼尖，一双怪手突然从人群中伸出来，抓住我的胳膊。她对众人说：“他住二楼，离得最近，让他说说，一楼的鸡屎臭不臭。”目光“刷”地都在我身上了。江桃花跟我算熟了，她一脸关切，对我说：“别怕，你说实话，说实话阿姨就不怪你。”大姐还抓着我，好像抓着一个阶级敌人，她说：“对，必须实话，我就不信，青天白日，这秃子头上明摆着的事情，会有两样说法。”我内心挣扎了几秒，立即演戏般，我说：“怎么回事？什么鸡？我刚从外地回来，到底怎么回事啊？”大姐怒了，她显然信不过我的表演，冷笑道：“你不觉得这鸡屎臭？”我说：“我鼻炎。”江桃花笑了，那是胜利者的微笑。只不过，群众的力量是强大的，没出三天，居委会来了，先是劝，江桃花不听，然后是强制执行，江桃花浑身是嘴，也架不住居委会七八个大妈的劝说和捕捉，她的七八只鸡被掐着膀子，拎走了。

晚间，我又听到江桃花在门前接电话，来电音乐还是那首《勇气》，她还是用家乡口音，抱怨：“这北京真没法住了，个个不讲理。”

又见江桃花

我几天没见着江桃花。这日，在物业缴费时才知道江桃花原来没走，而是来麻坛血战来了，日日无歇。就这么打了两个月，棋牌室老板不欢迎她了，原因简单，她一来，人人输，麻将，本来就是玩儿，有赢有输，小本买卖，谁愿意整天赔钱呢，没人来，老板台子费也就没得赚了。

江桃花憔悴了。早晨，我去上班，下楼，刚好遇见江桃花，拖着个行李，我说：“阿姨，走啊。”江桃花说：“待不住了。”正说着，她的手机响了，还是那首《勇气》，她不接。我劝：“阿姨，还是再想想，关键要心安，心安了，就住下来了。”江桃花两手一摊，说：“关键我这有劲没处使啊。”我别了她，去上班了。

再碰见江桃花是在春天，又是一大早，天都还没怎么亮，我赶地铁去，江桃花拎着个大布袋子，匆匆打开自行车锁，骑上去，很轻快

地走了。一身戾气哪去了？过了一冬，江桃花好像从灭绝师太变为小龙女，就连装扮，也返璞归真，穿着一条背带裤。后来我又遇到江桃花几次，有时是早晨，有时是晚上，但都在天黑天亮的交界处，望着她匆忙而又有序的背影，我总觉得她要整出些大事。

六眼飞鱼牌果蔬汁

很快，入夏了，为了通风，晚饭后，门窗我都打开，江桃花进来了，提着一袋子西红柿："给你的。"没几天，她又送来一个冬瓜，然后是黄瓜、丝瓜、芹菜。我说："阿姨，你这是丰收啦，不行，我给你钱。"江桃花说："不用，都是邻居，我这有，给大家，我心里也高兴，邻居就应该相互帮忙。"也就一个月吧，江桃花的蔬菜席卷了我们仙客来小区，她儿子给她租了块地，她种菜，吃不掉的，挨家送，口口相传，江桃花一下成了小区里的明星。

周六，江桃花要去地里，这回我让她带我一起去看。她对我说："骑车吧。"骑了四十分钟，到地方了。一块地，绿油油，都是瓜果蔬菜。我说："这样好，吃个放心菜，也省钱了。"江桃花没接话，后来忽然说："人嘛，不要忘了自己也是动物。""是动物？怎么说？"我问。江桃花说："不过人终究还和动物不一样，人有人情味，我种菜，就是要种出人情味来，大城市，太冷冰冰了。"

江桃花的手机响了，还是那首《勇气》，是她儿子打来的，她应付了几句，挂掉。江桃花问："你说我这手机铃声，我儿子给设的，到底唱的是什么呀，什么真的需要勇气，来面对什么六眼飞鱼？什么是六眼飞鱼？一种动物？"我听了，一脚差点踩空，忍住笑，超认真地说："六眼飞鱼是一种有大神通的动物，《西游记》里有六耳猕猴，跟孙悟空的法力差不多，所以六眼飞鱼是比鲨鱼还要厉害的神话中的鱼呢，只有勇气特别大的人，才敢面对六眼飞鱼。"江桃花若有所思，同样认真地说："我敢面对六眼飞鱼。"

一年后，江桃花开始做鲜榨果蔬汁，我是第一位客户，免费品尝。我扭开瓶盖，忽然被什么东西晃了一下眼。哦？是商标，一个透明塑料的小圆，上面画了条鱼，有翅膀，戴着眼镜，它旁边写着——六眼飞鱼牌果蔬汁！

心香一瓣摘自《怀旧食堂》石油工业出版社

图：恒兰

就是爱历史（英国）7. 哪个王朝统治时期，英国从封建社会向资本主义社会过渡？

谁是第一个吃巧克力的中国皇帝

@李　舒

在去热河的路上，康熙下了一道旨意，要武英殿总监造赫世亨向新近来京的意大利籍多罗主教讨要药品，嘱咐其“若少则勿取，可稍（捎）信到广东后寻得寄来。若有绰科拉亦求取”。

绰科拉？听起来似乎有那么一点耳熟。是的，这是巧克力（chocolate）最早的中文翻译，康熙大帝也因此成为第一位吃到巧克力的中国皇帝。

不过，那时候，巧克力在清朝人眼中，应该算是一种药品。康熙皇帝对于西药的好奇程度，大概是清朝皇帝里的第一名。

赫世亨一听皇上要，当然屁颠屁颠马上给办。当时，传教士主要把巧克力用水泡开，加白糖喝下。赫世亨也模仿西方人吃法，让工匠打制了一套白银器皿，还用黄杨木特制了用于搅拌的签子。他从海选的150块巧克力中精选了50块，放入特制的柳条匣，连同自己的奏折一同呈上。

奏折上有关巧克力的部分，是这样说的：“至绰科拉药方，言属热味甜苦，产自阿美利加、吕宋等地。但此配制剂量，我一概不知，只知倒入煮白糖水之铜或银罐内，以黄杨木碾子搅和而饮。”

康熙收到奏折和巧克力之后，并没有那么高兴。作为对药的解释，赫世亨的奏折里，没写药效，没写副作用，没写对症，当然要打屁股。于是，康熙指责道：“但未写有何效益，治何病。殊未尽善。着再询问。绰科拉不必送。”

赫世亨吓死了，赶紧再次上书：“绰科拉非药，在阿美利加地方用之如茶，一日饮一次或二次。老者、胃虚者、腹有寒气者、泻肚者、胃结食者，均应饮用，助胃消食，大有裨益；内热发烧者、劳（痨）病者、气喘者、痔疮流血者、下痢血水者、泻血者，概不可饮用。”

这一次，康熙没发火，批了“知道了”三字。但那50块“绰科拉”到底吃没吃，我们谁也不知道。即使吃了，大概玄烨也不太满意，因为之后也没有再次要求进贡巧克力的旨意了。

暮春摘自《看天下》

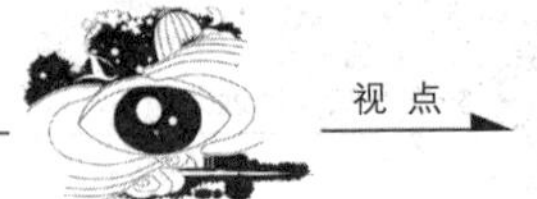

如果古代可以这样办杂志

@看历史

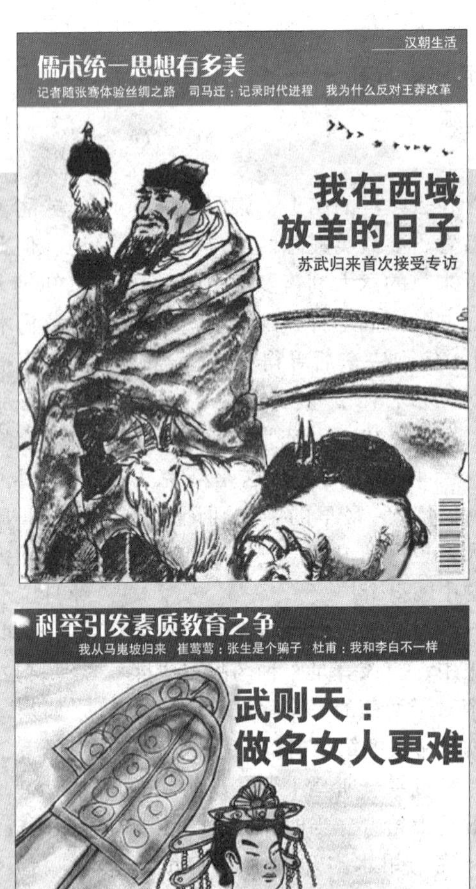

7. 答案：都铎王朝。

谁来为王安石变法埋单
苏东坡写食专栏：吃荔枝　东征十字军爆出虐囚丑闻
陈世美有离婚的权利　高俅：从球星到政客
宋朝生活
在没有英雄的年代里，我只想做一个人
宋江招安后首度披露心路历程

娱乐新宠：秦淮河女子八乐坊　东影厂筹拍《锦衣警察》
唐伯虎500万两白银解约
华府娱乐公司称“爱福4”组合不解散
明朝娱乐

摘自新浪微博看历史

逃跑

@铁　凝

二十多年前，老宋从北部山区来到这个城市，这个剧团。

老宋在团里的任务是传达、收发，兼烧一个开水锅炉。水烧开，老宋站在当院，亮起大嗓喊："水开了！"喊是有称谓的。为了这称谓，老宋还颇费了心思：将全团干部演员职工家属统称为老师，这个称谓谁都不反感，无亲疏远近之嫌，无厚此薄彼之意。

分外的事老宋也没少做。五楼的人们说："老宋，帮我把这罐煤气扛上去吧。"三楼的人们说："老宋，我买的沙发来了，你给搭把手吧。"一楼的妇女喜欢织毛衣，就喊："老宋，给我架着毛线。"

他沉默寡言的时候居多。唱小生的老夏算是老宋的好友，他只向老夏说一些家事。他的闺女，嫁的是一个更穷的地方的懒人。前几年那人忽然扔下老宋的闺女和一个刚满月的孩子走了，不知去了哪里。

闺女的日子很难，处处得老宋接济。

光阴像箭一样。老夏要退了，老宋也更老了。他开始出错，但这团的人们念着他的为人和孤单，没有辞退他。直到有一天，老宋的腿不争气地真出了大毛病。老夏用自行车驮着老宋去医院，医生检查后说尽快手术吧，保腿要紧。老宋问得多少钱，医生说："一万五左右。"老宋对老夏说："咱们回去吧。"

老夏走家串户，为老宋筹集到一万五千八百六十二元人民币。老宋激动得说不出话来，身子像坠入云中。老宋数了一夜钱，即便一张两块的旧票，压在掌上也沉甸甸的。老宋数完钱就开始想心事。

传达室的灯亮了一夜。

第二天，老宋从这个剧团和这个城市消失了。

老夏终于气愤起来，团里的老师们也气愤起来，老宋的不辞而别显然是愚弄了他们。老夏想起当年老宋来是靠了一个亲戚的介绍，那亲戚住本市。亲戚说："不瞒你说，他回老家第二天就去县医院把腿锯了，那儿便宜，两千不到。剩下一万多又有什么不好？一个乡下人，又是穷闺女，又是穷外孙。"老夏没有再矫情，只是疑惑难平。

不久，团里有人从北部山区演出回来，告诉老夏说在新开发的一个旅游景点看见老宋了，老宋坐在一个小铁皮房子里卖胶卷。老夏决心去亲眼看看。

他很快就发现，在一个小铁皮屋子旁，老宋拄着双拐，正指挥一个健壮的年轻人卸货，左腿那儿空着。老夏心中涌上一股酸涩，一时竟想不好该不该去和老宋打招呼。

老宋也看见了老夏，木呆呆地愣在那里。

突然间，老宋撒腿便跑，他那尚是健康的右腿拖动着全身，拖动着双拐奋力向前；他佝偻着身子在游人当中冲撞，如一只受了伤的野兽；他的奔跑使老夏眼花缭乱，恍惚之中也许跟头、旋子、飞脚全有，他跳跃着直奔一条山间小路而去，眨眼之间就没了踪影。

自在飞花摘自微信公众号金麻雀文选

图：陈明贵

【名师有话说】老宋在收到爱心钱款后，不告而别"逃跑"了。当老夏特地找到老宋时，老宋再次落荒而逃。读罢，让人唏嘘感叹。一切皆因贫困，但又不全然因为贫困。这其中，既涉及到我们如何去帮助别人，对待别人的爱心，也涉及到人与人的信任。相信故事所表现的主题，会令每一位读者深思！

点评者：湖南省常德市北河口中学一级教师 王月娥

想多了真要命

@纤眉妩

胜玉公主是春秋时期，吴王阖闾的掌上明珠。家人无限度的溺爱、要风得风要雨得雨的纵容，成功地将公主打造成了一位青春期叛逆少女：目无尊长、娇蛮任性、极度自我。

有天，胜玉和母亲陪着父王用午饭，当时父王阖闾正被讨伐楚国的战事闹得焦头烂额，吃饭时也没顾得上关心她，只跟她母亲聊着眼下的战况，思谋着更好的策略，以便早日打败根基深厚的楚国。

胜玉坐在下首的公主位上，对一桌精美的菜肴兴味黯然，她心里很不爽，因为一向疼爱她的父王今天居然对她视而不见！

忧心忡忡的阖闾，食不知味地把眼前的一盘蒸鱼吃完一半了，才回过神来。一看这是女儿最爱吃的菜，当即叫过一旁的侍者，把剩下的半条鱼拿给公主吃。

8. 答案：《至尊法令》。

正在生闷气的公主，见父王拿吃剩的鱼给她吃，气不打一处来，当即就发飙了。她猛地起身，小脸涨得通红，边哭边喊："父王您怎么可以拿吃剩的鱼来侮辱我！"

公主伤心欲绝掩面而去，只留下一头雾水的阖闾和王后面面相觑：胜玉这又是闹哪样，果然是女大不中留了么？

那边厢，胜玉洒下一路伤心泪，跑回寝宫，越想越窝火：父王母后总说最疼爱她，却连她最爱吃的菜，都是给她吃剩的，难道她叫胜玉，就合该吃剩鱼吗？想她贵为一国公主，在父皇眼里，竟不比吃剩的半条鱼更能引起他的注意，她活着还有什么意思呢？

公主气到不行，找出父王赏赐给她的宝剑，一剑结束了自己的生命，刚刚绽放的花样青春就此戛然而止。

阖闾本想等着爱女消气了，再好好哄哄她。哪知道，最终等来的，是女儿倒在血泊中的冰凉尸体。心爱的女儿因为他给的半条鱼愤而自杀的噩耗，让一国之君的阖闾悔得五内俱焚。他知道那天对女儿的忽视，让她不高兴了，但他始终不明白，为何就因为半条剩鱼，让公主的怨怼，上升到了连性命都不要的极端决绝？

不得不说，想多了真要命。然而，公主自杀并不是事件的结束，更要命的还在后面。

痛失爱女，阖闾打起精神，倾尽所有为胜玉公主办了隆重而盛大的葬礼。他将无数天价的金银器皿、珠宝玉石送进盛放公主棺椁的墓室里为公主陪葬，还嫌不够。

于是，在公主下葬那天，阖闾专门让人准备了白鹤舞。从皇宫去往墓室的路上，一群红顶白羽的仙鹤翩翩而舞，这蔚然奇观的景象，引得成千上万的百姓争相围观，不知不觉就跟到了阖闾为公主修建的巨大墓室附近。

白鹤进了墓室，意犹未尽的百姓正想打道回府，却被大批全副武装的军士阻断了回家的路。军士们无情地挥舞着手中的长矛和弓箭，凶神恶煞一般将毫无招架之力的百姓往墓门里驱赶。几乎是转眼间，老百姓便死伤无数，而侥幸活着撑到墓室里的人们，又被里面的机关掩杀了大半……

就这样，阖闾为了心中那点悔痛，草菅人命，将上千无辜的百姓生生关进墓室，为爱女做了陪葬。

张朝元摘自《初中生·阅青春》

图：小栗子

继续的父爱

@毛家芬

一

爸爸去世后，我还是跟着妈妈搬到了那个男人的家里。

也不知这是第几次见到这个男人，还是那样邋遢。我真的不明白我妈是什么眼光！他和我爸，简直就不是一个世界的人。

学校刚刚放寒假，我就嚷着要回奶奶家。我一分钟都不想待在这个男人的房子里，我要回奶奶那里。

妈妈急得哭，他安慰了两句妈妈，从那个不知是从哪个垃圾堆里捡来的钱夹里掏出几张百元钞给我，我撇开他的手，拎着背包走出去，头也不回。

第二天妈妈就往我卡上打了五百元，说是她发的工资。那五百元，我用脚趾头都能想出来是哪儿来的。那年春节，我一边用着那五百元一边恶心！

二

当我拿到大学的录取通知书，妈妈是一边高兴又一边发愁。

没过几天，他兴冲冲地递给我一张银行卡，说里面有一万五千元钱，能够我一年的学费了。我鼻子里冷哼一声，一把将他推开。他猝不及防，趔趄后退两步，银行卡也掉在地上。他卑微地愣在那里，妈妈追出来，声音哽噎："站住！你爸唯一的心愿，就是你能上大学……"

大二那年，我在和同学出去玩的时候摔断了腿。妈妈在外地出差，便给他打了电话。他从工地上赶来，满身都是稀泥。良久，一个护士才问我："他是你什么人？"

"我不认识。"

"我是你……是你爸爸的朋友。你……你妈妈出差了，你爸爸走不开，让我来看看你。"他说这段话的时候一直不敢看我的眼睛，哆哆嗦嗦地从包里掏出烂钱夹对护士说，"我……我去缴费。"

护士鄙夷地看着他，冷冷地说："缴费在楼下。这里是医院，下次来的时候麻烦你注意一下！"

"哦，好好！对不起，对不起！下次我一定注意，一定注意！"

傍晚的时候他又来了。他将一袋子水果和一只保温桶放在床头柜上，搬了张椅子坐在床边。我第一次近距离地看到他那张脸，其实真的很白净。

他把削好的苹果分给大家，嘱咐我要注意腿上的伤，又给在医院陪护我的同学交代清楚要监督我骨头汤趁热喝、水果要多吃、纯牛奶不能断等等一些乱七八糟的事情后才退出去。

同病房的一个病友家属说："你爸这个朋友，硬是当亲爸了呢！"

但即便这样，整个大学生活我还都是在学校过的，就连放暑假寒假也不愿回家。

三

我结婚那天，吃饭的时候妻子发现没见到他的影子，我说他来不来都没关系，反正也没他什么事儿。妻子横眉怒对："这样的话你也说得出口？继父咋了？继父就是代替你父亲继续爱你的那个男人！"便不顾我的反对回去找他。

打开家门，看到他正一脸幸福地在翻看手机上我们的结婚视频，茶几上放着一碟昨天的剩菜和半碗稀饭。

"爸！"妻子眼里一阵潮湿，眼泪就要掉下来，"走，和我们去酒店！"

"我……"他偷偷地看了我一眼，见我没有发话，便笑着对妻子说，“爸……叔这两天腿痛，动不得，就不去了。你们快回去，快回去！”

妻瞪了我一眼，给他倒了一杯热茶，恭恭敬敬地跪在他面前：“爸，您喝茶！”

“好……好……好孩子！”他的声音有些颤抖。我突然发现他的耳后有了一些白发，人也苍老了许多。妻一出门就昂着头往前走，不和我说一句话。

妞妞出生后，不管我怎么想尽办法不让他爷俩见面，但妞妞就是喜欢他，半天没见到就嚷着要爷爷。

那天周末，妞妞又嚷着要找爷爷，妻便抱着妞妞去他的工地外面。工地上有事儿了，他要回去，可妞妞不让走。妻没法，只得说给她在商店里买冰激凌边吃边等爷爷下班她才罢休。可正当妻拿了个冰激凌给她，放开她的手准备付钱时，妞妞却拿着冰激凌朝对面的工地跑去。

“嗤——”

然后便是一声尖叫，时间仿佛凝固，所有人都愣住了。妞妞哭着从路边绿化带的草丛里爬出来，边哭边朝那辆大卡车奔过去：“爷爷！爷爷！”

妻说：“要不是爸，妞妞就……”

商店的人说：“原本那老头儿就过了马路的，听到刹车声回过来一把将小孩儿扔到了绿化带……”

特护病房很静，他躺在病床上，虚弱地看着我们。隔着玻璃窗，我对他做了个“加油”的手势。希望老天眷顾，让他能好起来。

三天三夜，他终于脱离了生命危险，但胸骨断了三根、肺受到了挤压、一只手臂骨折、一块脑骨破裂……

护士说：“病人手术很成功，你们放心。哦，他一醒来就问妞妞咋样了，妞妞是谁？”

“他孙女。”我流着泪说。

此时，我已经深深明白了继父是上天派来的继续爱我的父亲，他给我带来的都是浓烈的真挚的父爱。

我得到医生批准进了特护病房。望着他那张苍白的脸，我第一次发现他其实还有点儿帅。我拉着他的手，像触及到那股久违的温暖，我脸上流着泪水，愧疚地叫道：“爸……”

他激动得一个劲儿地点头，浑浊的眼泪从眼角滑落。我伸手帮他擦去泪水：“爸，妞妞很好！您也要好好的……”

步步清风摘自《分忧》

图：豆薇

9.答案：《乌托邦》。

我有一个朋友，他叫朱一发

@王 路

行骗的学生妹

朱一发是我刚到北京时的合租室友，是我见过的少数特立独行的人之一。他具备一种能力——把无聊的事变得有趣。因缘凑泊，我们成了朋友。

朱一发的QQ签名是“红灯须硬闯，马路要横穿”。这句话让我在未曾谋面时就断定他是奇葩一枚。

第一次见面是在合租的房子里，他递了张名片给我，我顺口就念出来了：“来一发！”

“不是来一发，是朱一发。”

他喜欢跑到高档商场试衣服，和售货员漫天砍价，砍完就走，从来不买。

我骂他有病。

他说这不叫病，叫沟通力。

朱一发和我去超市，路上碰到个衣着干净打扮光鲜的小姑娘，说钱包被偷了，让我给她买点吃的。这种我见得多了，直接无视。

走出十几米，朱一发说："干吗不和她聊聊？"我说："你看不出来她是骗子？"

"能看出来还怕被骗？"

也许朱一发是对的。反正闲着也是闲着。我们转身返回。

又见小姑娘，朱一发迎上去，问："你是学生吗？"

"是的，大四，准备考研呢。"

"那我问你，中国革命的三大法宝是什么？"

小姑娘摇摇头，一脸茫然。

"知道任汝芬是谁吗？"

小姑娘急了："不给就算了，带这样欺负人的吗？"

朱一发笑了："你想吃什么？我给你买。"

"肯德基。"

"妹子，你吓到我了，你看我们这身打扮像吃得起肯德基的人吗？我们只吃得起方便面。"

"那你给我几块钱，我自己买吧。"

"你不会是骗子吧？"

"我这有身份证，还有学生证，你看。"小姑娘娴熟地掏出证件。学生证是人大的，五块钱的那种。

"哎呦，原来是学妹，"朱一发也掏出自己办的人大学生证，"他也是人大的，把证拿出来给师妹瞧瞧。"我从书包里翻出北外的学生证。

"他不是说你也是人大的吗？"

"对，我是人大的，但我出门一般带这个证，这个证比人大的值钱，人大的五块，这个十块。"

小姑娘反应过来，脸"刷"一下就

 就是爱历史（英国）10. 16世纪英国商人海外活动的主要内容有哪些?

挂不住了。

朱一发生气地冲我说："去去去，别欺负人家。"

然后真的带小姑娘去吃了肯德基。吃完，小姑娘大概明白被我们看破了身份，也不再提额外的要求，千恩万谢地告辞。

走了几步，朱一发叫住她："妹子，你还年轻，别耽误了。"

小姑娘愣住，眼圈登时就红了。

两年后的今天我才学会"人艰不拆"这个词，回想起来，朱一发那时已经做到了。

> 你看这世界如此奇伟，大厦如此高峻，使这一切成为可能的，都是在心里闯过无数次红灯的人。

租房巧遇

我们合租了将近一年，租期满了。朱一发房还没找，却提出先帮我找。

朱一发说："想找房很简单，只是好玩的事情不能错过。"

"你觉得找房好玩？"

"一群正装革履的人簇拥着一个穿大裤衩人字拖的，明明比你大一轮还一口一声大哥地叫你，鞍前马后地给你当导游，只要你说句'我要看月租一万二的房子'，他立马能把你供得跟爷似的，圈出一堆高端大气上档次的房子让你挑，这还不好玩？"

似乎有道理。要租两千的房子为什么不能去看看一万的？按我这工资增长速度，等到单位寿终正寝我都租不起一万的房子。

"那你打算怎么玩儿呢？"

他哈哈笑了："我们骑单车，沿一号线，公主坟往西，把地铁沿线所有小区都看一遍，来个一号线风土游怎么样？"

我说可以。

下楼推车，绕着单元楼走了三圈，没见朱一发的单车，看来是丢了。新买的，不到半个月。

朱一发愣了半分钟，说："你等下，我去趟家乐福。"

"干吗？"

"买单车。"

"你没病吧？"

"高富帅和矮穷矬的区别就是，矮穷矬丢了东西会惋惜好久，高富帅丢了会立马换个新的。我们虽然不是高富帅，但要有高富帅的范儿。"说完一溜烟去了家乐福。

过了会儿，他空手出来。

我说："单车呢？"

"真贵，最便宜的也得六百多，算了算了。"

虽然理解，我在嘴皮子上还是没饶过他："这就是你所谓的高富帅的范儿。看来我们只能坐地铁了。"

"坐地铁哪行，下了地铁还得徒步，看不了几家，租个二手的吧。"

"等你租完黄花菜都凉了。"

"做事不要目的性太强，兴许租单车会让你找到一间好房子，还不要中介费。"

"你真会联想，兴许租单车会让你中五百万。"

出了超市，有间修自行车的铺子，朱一发过去问铺边乘凉的大妈哪里有单车出租。

大妈说："你租自行车干啥？"

朱一发说："找房子，房租到期了。"

"哎呀，你算是问对人了！我楼上那家正有一间次卧要出租呢。"

房子就这么搞定。

敞亮，干净，无中介费。

我说："朱一发，赶紧买彩票，今天你点儿正，五百万等着你呢。"

"做不到的事情一定要去想"

搬家后我和朱一发就没有再聊过。

我们虽然都有对方的电话和QQ，但我的QQ永远是隐身状态，他好像也是。我以为他就如我人生里出现过的很多人一样，从此不会再见了。

但一个月前，我约一个朋友在紫竹桥附近的一家咖啡厅见面，竟然在那里碰见了朱一发。

我和朋友吃完聊完，朱一发说要送我们。

车在三环上疾驰。

前方红灯亮起，车速丝毫未有减低的趋势。

我心里大惊，然而就在此时，一个刹车，稳稳当当在白线后停下，车身并没有怎么晃。

我奇怪道："怎么不飙了？不是红灯须硬闯，马路要横穿吗？"

"那只是打个比方。很多事情你也许做不到，但一定要去想。"

我花了一阵在脑子里回味朱一发这句话。

沉默了半晌，朱一发开口了："你看这世界如此奇伟，大厦如此高峻，使这一切成为可能的，都是在心里闯过无数次红灯的人。"

他几乎每次都会让我感到意外，这次也不例外。

欲何依摘自微信公众号月寒书社

图：小柯

10. 答案：海外贸易、殖民掠夺、黑奴交易。

如果古代大文豪们开班授课，你最想上谁的课

@佚　名

（文中有十处差错，你能找出来吗？答案在本期第 47 页）

音乐课任课老师：柳永

柳永之前，几乎没有人填长调。柳永精通音律，使其词唱起来很好听，所以在北宋时期会出现“凡有井水饮处，皆能歌柳词”的现象。如果谁有幸能成为柳永的学生，得到大咖真传，走上乐坛巅峰便指日可代了。

烹饪课任课老师：苏轼

若论宋代文坛吃货第一人，苏轼是大热侯选。宋朝的羊肉价格很昂贵。苏轼爱吃羊，吃不上羊肉，只好私下嘱咐杀羊的人，给他留下一般没人要的羊脊骨，在这些骨头之间也有一点羊肉。苏轼先把羊脊骨彻底煮透，再用洒浇在骨头上，加上少许盐后烘烤，等骨肉微焦后就吃。跟着苏轼老师上烹饪课，不仅可以学到山中走兽云中燕、陆地牛羊海底鲜的作法，还可以掌握这种传统的“羊蝎子”做法哦。

数学课任课老师：骆宾王

骆宾王写诗特别喜欢以数字反应生活，于是被人戏称为“卜算子”。

有一件事可以证明骆宾王“卜算子”的称号绝非靠水军炒出来的。

某次，边塞诗人高适在下榻处写下了一首诗："绝岭秋风已自凉，鹤翻松露湿衣裳。前村月落一江水，僧在翠微角竹房。"离开后他仔细观查江水，发现江水退潮时只剩"半江水"而非"一江水"。返程时，高适特地赶到那僧房去改诗，却发现诗中的"一"字已改成"半"字，改诗的人正是骆宾王。

文娱课任课老师：李清照

"词中之后"李清照不仅坚持写词、收藏古董，还喜欢玩一种叫"赌书泼茶"的游戏。李清照和赵明城夫妻都喜好读书藏书，每次饭后一起烹茶时，他们就用比赛的方式诀定饮茶先后。一人问某典故是出自哪本书哪一卷的第几页第几行，对方答中先喝，可是赢者往往因为太过开心，反而将茶水洒了一身。

除了这些人之外，坚持锻练，时刻准备着上一线抗金的辛弃疾可以教体育，忙着写诗但依然坚持做画的王维可以教美术，一直在旅行路上的李白可以教地理……

如果真有这么一所师资力量只能用"群星璀璨"形容的学校，你最想上谁的课？

卧龙摘自搜狐网

图：小黑孩

就是爱历史（英国）11．1653年12月，建立护国政府，实行军事独裁的是谁？

这有什么用

@曾鹏宇

一

小学三年级时，有次期中考试，我自己感觉作文写得还不错。

吃饭时，我爸问："你作文写的啥？"

我说："作文要求写生活中遇到的一件意想不到的事。我写的是养花时弄断了一条蚯蚓，没想到蚯蚓身子断了还能继续活……"

没等我把话说完，我爸就劈头盖脸地把我骂了一顿："蚯蚓？那是什么上不得台面的东西，期中考试30分的题，写什么不好，偏要去写蚯蚓！写蚯蚓有什么用？！"这顿骂像冷水一样把兴冲冲的我给泼了个透心凉。

那几天我心情特别低落，结果等到语文试卷发下来，我发现作文竟然得了满分30分——老师的评语是：题材有趣，观察细致，文字活泼。

我把试卷拿回家给我爸看，他扔下一句"我还不是为你好"就不搭理我了。

我人生中第一次发现，原来父母说的话也不一定都对，而我自己的想法也不一定没道理。

二

后来，我开始给报社投稿。

其实也没写什么特别的，就是看到家里订的杂志上面的文章觉得特别好，心里直痒痒。

那时候给报社投稿如果没有被采用，还会收到退稿信。开始同学们看到我老收到信还觉得挺新鲜的，后来知道我收到的是退稿信他们就开始笑话我。

连班主任老师也怕影响我成绩，跟父母说我花太多时间和精力在写文章上。

回家我爸就把我打了一顿，他打人特别狠，不过打得再狠都没他说的话狠：“你一天到晚写这些东西有什么用？能给你挣钱？能帮你考大学，还是能帮你找工作？”

我妈本身就是语文老师，相对之下对我还宽容些，不过在退稿信一封接着一封的情况下也发话了：“我觉得你还是踏实搞好学习吧，别做这些有的没的。”

那时候还没有“兴趣教育”的说法，对绝大部分孩子来说，你只需要学好课本知识，考一个好成绩就行了。

这种日子过了好几年，忽然有一天，我的文章在北京一家影响很大的报纸上发表了，在二十多年前这真不是一件容易的事，顿时我就成了学校的标兵，也没人再说嘲笑的话了。

那篇文章替我“赚”了20元稿费，这在当时算是一笔巨款，大部分被我妈买了带鱼。可我爸已经把他说过什么话给忘了。

三

再后来我又迷上了看武侠小说，金庸、古龙、梁羽生、柳残阳……我都看过很多。

有一次在课堂上偷看小说还被老师抓住，被一通狠批。

回家照例又是一顿揍，我爸还是那副论调：“那么多课本不去读，天天读这些书有什么用！”

这时候我已经不像以前那么没有主见了，总觉得武侠小说能让自己插上翅膀飞起来，不过自己的确也有一点儿小困惑：“是啊，天天看武侠小说有什么用呢？”

不过很快就有了答案——初中二年级时市里搞了一个规模挺大的知识竞赛，每个队里必须有个学生队员，我们学校选了我。前几轮还

11. 答案：克伦威尔。

好，都是其他两位老师出力，没我什么事，关键时刻来了一道学生抢答题："'天龙八部'是哪八部？"

这个题面一出来，其他几个学校的学生队员都有点儿发蒙，哎哟妈呀，我却跟恶狗扑食一样按响了抢答器："天龙八部是天、龙、夜叉、乾达婆、阿修罗、迦楼罗、紧那罗、摩呼罗迦！"

其他几个学校的尖子生们估计大部分都没听懂我在说什么，结果我们得到了那次比赛的亚军。这个亚军也彻底帮我解答了"看武侠小说能有什么用"的问题。

四

2004年开始，我在工作之余写博客，很多人说"在网上写这些有什么用"，那时候网上写东西基本上就是自娱自乐。可是没想到博客会风靡一时，还成就了我的第一本书。到了后来我开始写故事，也有人说"写这些有什么用"，结果同样我在网上开了连载、出了书、卖了影视版权。

有一天路过奥林匹克体育中心，我一时兴起去报了个击剑班；还有一天，我看着别人跑步腿痒，一时兴起就开始跑步。然后兴致勃勃地把经过写下来，别人看着看着，总会问一句"这有什么用"，我说这能锻炼身体啊，人家就会跟一句："除了锻炼身体，还有什么用？"

我无语了，这年头光是能锻炼身体这件事，不就非常值得一做吗？

我总在想，能随时问出"这有什么用"的人，一定善于把生活和工作打理得井井有条、蒸蒸日上吧？

摘自《世上有颗后悔药》中信出版集团

图：小栗子

《如果古代大文豪们开班授课，你最想上谁的课》

参考答案

1. 指日可代——指日可待
2. 侯选——候选
3. 洒——酒
4. 作法——做法
5. 反应——反映
6. 观查——观察
7. 赵明城——赵明诚
8. 诀定——决定
9. 锻练——锻炼
10. 做画——作画

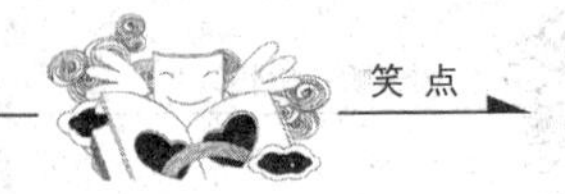

丸子的朋友圈

王大脸真的不是女汉子

我初二的时候性格比较内向，有次下课几个调皮的男生在教室到处撒爆米花，我想吃啊，又不好意思要，更不可能去捡，就假装趴桌上睡觉偷偷用嘴巴去衔，挑了颗嘴巴近处一个大的就嚼……你说，我运气怎么就有那么好呢，成百上千的爆米花里我偏偏选中了一颗粉笔头！

丸子：哈哈哈哈。要我的小心心吗？
王大脸真的不是女汉子回复丸子：不要，滚。

丸子

晚上高峰，公交车上人巨多。光头霸气司机关门启动，有人喊：“包夹住了！”司机头也不回，继续行驶，到下一站，司机开门同时说：“夹包那个，把包拽上来吧。”无人理睬，司机大怒：“不是说夹包了吗？耍我啊？”

王大脸真的不是女汉子：然后呢？
丸子回复王大脸真的不是女汉子：有人弱弱地回答：“夹包那人没上来，就包上来了……”

哲学系二师兄

今天帮了朋友一个忙，帮完后那货对我说：“你的大恩大德这辈子报不了了，下辈子你做牛做马哥养着你！！！”

郭美眉：这二货谁呀？会说话么？

就是爱历史（英国）12. 实际上的英国第一任首相是谁？

大老板张富贵：现在人不会说话的多了去了。昨天我上街买东西，路上碰到一对情侣朋友，他俩问我："你一个人逛街啊？"你瞧瞧，我一下就来气了，我说："半个人逛街我怕吓着你！"

大老板张富贵

请女神吃饭，想给女神夹块肉片，结果没看清，夹过去的却是一片姜……

郭美眉：请女神吃饭，谁，说了啥？
大老板张富贵回复郭美眉：错了，是请客户。那客户说真该给姜颁个最佳模仿奖……
快递员小马：我勒个去！张老板也有马失前蹄的时候？
大老板张富贵回复快递员小马：这个姜啊，放肉里像肉，放鱼里像鱼，放鸡里像鸡……清蒸的还好，红烧的不就是块肉嘛……哪能怪我眼神不好呢！

金融小王子刘思聪

今天，我们有一位新同事上班，领导拿着那点名册，瞅了好久，然后只见他慢慢地喊道："何坟……"

快递员小马：哪有这么难听的名字？
金融小王子刘思聪回复快递员小马：是呀！新同事那个囧呀，只见他无奈地回："我叫何士文！"然后整个办公室三秒内一片静寂，接着狂笑不止。

郭美眉

人们在描述一段工作时期时，最常用的计量单位是"周"，比如"一周""两周""本周""下周"，等等。为什么要用周而不是用商、秦、汉、唐、明、清呢？

哲学系二师兄：因为周朝存在的时间大约是八百年，一周给人的感觉嘛，差不多就是这么长。

快递员小马

回公司开会，早上和其他公司两个人一起进电梯，然后三个人分别朝三面镜子照镜子整理发型，一分钟后才发现谁也没按楼层。

金融小王子刘思聪：估计三个人心里想法都一样：电梯里有俩二货……

曾经接近爱情的吃货

@岑桑

HR 爱怪咖

那年夏天，我在 KFC 卖鸡。某个暴晒的午后，一个穿格子 T 恤的男生，急匆匆地闯进大门。他指着柜面上的餐单，熟练地说："要这个、这个、这个、这个……"

我一顿狂打，回头唱单，报价 278 元。

男生低头看了看陆续摆进餐盘的炸鸡，说："哟，不是麦当劳啊。"然后转身走了。

经理安慰我说："算了，做餐饮这一行，免不了要遇上几个神经病。"

有了这层认识，两周后，我再次参加某公司面试的时候不再紧张了。招一个 OL 而已，却能问出"西游四人中哪一个最强"的面试官，肯定不是正常人。于是，我决定不正儿八经地对待他。

12. 答案：沃波尔。

我坐在会议室里如审犯人的小凳子上，说："当然是猪八戒喽。这个家伙，出力最少，得利最大。而对一个公司来说，像悟空那样苦拼苦干的也不是不好。但是像八戒这样，借力打力，动用最多的免费资源，博得最大的收益，不是更好吗？"

一周之后，该公司慷慨地发来了激动人心的offer。

我更了条签名，以示庆祝："Hey,原来HR们喜欢的不是人才，是怪咖！"

冤家路窄

新工作很简单，给产品经理做助手。上岗的第一天，经理周艺楠就对我说："我和别人不一样，不需要你有思想，做好我安排的一切就OK。"

这一天，我抱着文件满办公室地传达周艺楠的批改意见，绕了一圈，最后停在西北角的格子间。某男正在捧着iPad全神贯注"打僵尸"，我用力猛咳一声，此人才还魂过来。

我说："我是新来的助理。你是文案海超对吧？经理的意见下来了，你要听原话，还是转述？"

海超心里没底地看着我，说："那……就原话吧。"

"这是什么烂东西，写出来找抽的吗？拿回让他重写，写不好就给我滚！"

海超吓得差点从凳子上掉下来。他问："不是吧，经理真这么说的？"

我十分满意地笑了："没有啊，她说，还不错。"

海超没好气地说："喂，咱们还不熟吧？开什么玩笑！"

我却翻了他一白眼，说："谁说不熟了，哟，不是麦当劳啊，不就是你吗？"

每个人都是神经病

海超坚持请我吃晚饭，表示赔罪。每天节食省钱的我，当然一点不客气地笑纳了。只是海超这等打僵尸切水果的俗人，请客也就是巴麦隆自助餐，最贵的一档，才45块一个人。

我说："你也真行，上班也有好几年了吧。请人吃饭也就比大学食堂好一点。你看看周围，全是学生。你混在里面，不丢脸啊。"

海超却不以为意地说："切，这说明我还是无肉不欢的年轻人。等哪一天我请你吃避风塘的时候，那就说明我老化了。"

“啊，年轻人，怪不得还去肯德基捣乱。你是麦记死饭？”

“什么啊。”海超很认真地说，“人吧，有时候需要做点出格的事，才证明自己还活着。懂吗？”

“看不出来啊，调戏肯德基，还能上升到哲学层面。”

海超“噗”的一声笑喷了。他说：“你还小，不懂。”

其实，我懂的，每个人心里，都住着个神经病，包括我自己。比如，在没有人的电梯里，我会在离开前，把所有楼层的键按亮。这个做法，和在超市捏烂方便面一样让人上瘾有趣。

再没调戏过肯德基

海超是我在办公圈里结识的第一个朋友。作为两枚资深吃货，下班之后，我们总会一起吃点什么。于是我们因由美食，渐渐变得亲密无间。他把我当成随意吐槽的纯哥儿们，我把他当成倾诉心事的男闺密。

海超在周末打来电话约我吃喝。他说新找到了排骨藕段的绝密配方，还特别买了只炖肉的泥瓦罐。我懒洋洋地爬起来，梳妆打扮，欣然前往。

那天海超的室友不在，屋子里飘满了骨汤温暖的香气。他挂着围裙，趿着人字拖，在厨房拌沙拉。我在旁边，洗菜剥蒜打下手。有那么一刻，我有一点恍惚，感觉好像穿越进一个很有爱的小家庭。没有大富大贵、大起大落，有的，都是些平淡真实的小细节。

海超大概也受到气氛的感召，忽然转头说：“要不……咱们合租一套房子吧。”

就是爱历史（英国）13. 成为英国第一个自治领的是哪个国家？

我心虚地问："什么企图？"

他心虚地答："省钱呗，嘿嘿，省钱。"

晚上，海超送我回家，我们变得第一次无话，一路都沉默着。

直到走进小区门口，他才开口说："那个事……你再想想哈。"

我说："行。我再想想。"

那天他在QQ上留言："自从认识了你，我再没调戏过肯德基。"

大概也只有我能明了其中的情意绵绵。因为同样地，自从认识他之后，我也没有再调戏过电梯各楼层。

为什么不告而别

周艺楠私下找我喝茶。她说："你是想做一辈子助理，还是想拼一拼？"

这一天，周艺楠为我铺展了一条丰饶的职业前景。公司新战略要开拓二线城市。她需要一些信得过的人和她一起拓疆。我被美好强大的未来煽动到热血沸腾。2月春节，我没有回家，留在上海和周艺楠的亲信共谋大业，长假未完，就远赴青岛。

一周后，我在青岛奔赴客户公司的路上，接到了他的电话。

他说："为什么不告而别？"

我静了静说："海超，我没答应过你什么吧？我们也没发生过什么吧？"

海超愣住了，半晌才缓慢地叹了口气说："既然，你认为我们之间什么也没发生过，那就算了。"

他的电话挂断了。

为什么不告而别？

海超问我的问题，我时常问自己。

我思考很久。

后来的日子，只用"繁忙"这两个字，就可以概括全部。

有一天晚上，我在迷迷蒙蒙的睡意里，忽然看到电视屏幕上现出一只棕褐色的瓦罐，缓缓飞散的蒸汽里，煨着酥烂油润的排骨藕段。

一刹那间，我抑制不住地哭了。

因为它让我想起，就在N年之前，某个骨香肆虐的傍晚，两个吃货曾经那样接近爱情。

摘自《和自己喜欢的一切在一起》

中国友谊出版公司

图：豆薇

【请您续写】有一种爱情，叫做吃货的爱情。因吃相识，因吃相爱。本篇故事是否会让您有意犹未尽的遗憾呢？欢迎您尽情发挥想象力，为故事的主人公畅想美好的未来人生吧！投稿邮箱：2849918798@qq.com。

相声二则

@张寿臣口述

陈笑暇 张立林整理

不下驴

一次，一个穿戴讲究的读书人骑着头毛驴上京办事，在路上看见一个放牲口的老汉，想问一问路，便大声喊叫道：“喂，老头儿！这儿离京城还有多少路？”

老汉见他穿戴讲究，问路不下驴，说话没礼貌，心中不悦，想教训教训他，便答道：“京城离这儿还有一百八十亩。”

书生感到很是好笑：“放牲口的！路程都讲里，哪有论亩的？”

老汉冷笑道：“我们老辈子都讲里（礼），现在的后生娃没调教，不讲里（礼）！”

书生脸一沉，说：“你个老东西，为什么巧言骂人呀？”

老汉说：“我老汉本不想骂人。只是今天心里不痛快，我喂的一头母驴，不生驴仔下了个牛犊。”

书生不知老汉话里有话，说：“你这个人真是稀里糊涂，天生就是喂牲口的料。天下哪有驴子生下牛犊的道理？”

老汉叹口气说：“是呀，这牲口真不知是怎么回事，就是不下驴，可气可恨！”

书生听到这里方知上当了，羞得面红耳赤，骑着驴一溜烟跑了。

水不开

茶馆儿里边坐满了喝茶的。有的聊天儿，有的下棋，还有的刚进来想找个座儿。

茶房（服务员）提了个大水壶，一边儿喊借光，一边儿给大伙沏茶续水。这时候，从对面来个人，茶房一躲，壶里的水溅出来了，正洒在这位脚上。“哎！”这位刚要火儿，茶房赶紧笑脸赔不是：“哈哈，不要紧，水不开。”

喝茶的都撺儿了！

摘自中华相声网

图：小黑孩

13. 答案：加拿大。

神奇的小草

◎徐　鲁

故事点亮万家灯火，阅读传承千秋文化。

与“故事会”杂志共勉

徐鲁 二〇一六年初春江南

2015年10月5日，屠呦呦奶奶微笑着，双手接过了“诺贝尔生理学或医学奖”证书。

每天放学回家的路上，呦呦都要走过一条长长的石板小巷。每次走到拐角的地方，都会遇见一位从城外回来的老爷爷。老爷爷的背篓里，装满了刚采回来的新鲜草药。

老爷爷走得慢慢的，走到了一个小店铺门口，老爷爷停了下来，放下了背篓，把草药一样、一样摆在门口的晒箩里。

“爷爷，这些小红果，一定很甜很甜吧？”

“哦，你是说野山楂啊？来，你尝尝，甜不甜呀？”

“甜，好甜，还有一点酸，谢谢爷爷！”

“这些野山楂啊，也是爷爷采回的药材哦。”老爷爷一边说着，一边轻轻摆开那些绿色的草药。

“爷爷，你为什么要把小草晾干呀？”

“哦，这可不是普通的小草，它们都是宝贵的草药。”老爷爷是城里的老中医，这个小店铺，就是他的中药铺。老爷爷指着一面墙壁说，“你看哦，那每个小抽屉里，都装着晒干的草药，这叫车前子，

这叫蒲公英，这是远志，这是柴胡……”老爷爷咬一咬、尝一尝晒箩里草药的味道，说着它们的名字。

“爷爷，草药都长在哪里呀？”

“大山上啊，田野上啊，还有树林里，越是宝贵的药材，越不容易找到呢！所以哪，爷爷经常要背起背篓出去找啊、采啊……”老爷爷的话听得呦呦都忘了回家吃饭。

呦呦真的迷上神奇的小草了！她常常趴在绿色的“星星草”边，仔细地听蚯蚓在泥土下面唱歌；她和小伙伴在小路边采来“扁担草”，一起玩“劈草”的游戏；跟着爸爸、妈妈去田野里玩耍，她采到了嫩嫩的“茅针草”……

“妈妈，给你，茅针草吃起来甜甜的哦，不信你尝尝呀！”

“咦，呦呦，谁告诉你茅针草是甜甜的啊？”

“我自己尝出来的呀！这是金樱子，给爸爸的。”

“什么？你还知道金樱子？”

“当然啦，小心，爸爸，金樱子身上的小刺会扎人的，可是吃起来也很甜哦！”

很多年过去了，呦呦长大了。她带着小时候的梦想，成了北京医学院的一名大学生。她的实验室里，摆满了各种各样的小草。她经常要亲口咬一咬、尝一尝这些小草的味道，就像小时候遇见的那位采药的老爷爷一样。

在20世纪60年代和70年代里，可怕的疟疾，曾经在中国和世界各地爆发、蔓延，严重危害着人类的生命……中国国家科学技术委员会做出一个伟大的决定：要从中国的草药中，寻找到一种新药，抵抗和治疗危害人类健康的疟疾！

呦呦为此大胆地闯进了当时的一个疟疾高发区。在丛林深处的村子里，她一一走访和检查着不同年龄的病人。可怕的疟疾正在折磨着这里的女人、老人和小孩……

青蒿，本来是一种普通的、古

就是爱历史（英国）14．19世纪末到20世纪初英国现实主义文学的著名代表是谁？

老的菊科植物。呦呦对照着古老的医书，从筛选出来的100多种草药里，选中了这种幸运的小草。那天，呦呦举起它，一遍遍闻着它散发着苦味的气息……

在实验室里，呦呦和她的三人团队，已经经过了190次失败的试验……有一天，呦呦又来到了田野边，却不知道自己要寻找什么。“如果……下一次试验还是失败的，那么，我将放弃……”呦呦在心里难过地想道。

突然，她看见一只浑身无力的小狗，正在田野边啃食绿色的小草：“请问老伯，小狗为什么会像山羊一样，啃食小草呢？”

一位插秧的老农告诉她说：“哦，小狗生了病，它正在为自己寻找治疗的方式。也许，小草里含有它需要的东西吧？”

呦呦眼睛一亮，好像在黑暗中看见了新的曙光。她蹲下身，仔细地观察着小狗啃食的那些小草……

“不，不能放弃！哪怕再失败1001次！”呦呦站起身，默默地说，“谢谢你，亲爱的小狗！祝你早日恢复健康！”

早晨，又一天的太阳升起来了，美丽的霞光，把呦呦的实验室映照得红彤彤的。“啊，找到了！找到了！”1971年10月4日，一个永难忘记的日子！呦呦和她的团队，用乙醚为溶剂，采用低温的方式，从绿色的青蒿身上，终于提取到了一种青黑色的、软软的膏状物。

当时，整个实验室仿佛沸腾了一样。接着，呦呦和两位伙伴大胆地充当了“人类小白鼠”。经过了无数次鼠疟试验和临床验证，软软的“饴糖”，终于变成了晶体的“青蒿素”。

2015年10月5日，屠呦呦因此获得2015年诺贝尔生理学或医学奖。这是中国科学家凭着在祖国本土从事的科学研究，首次获得诺贝尔科学奖，也是中国医学界迄今为止获得的世界最高奖项。

那一天，当呦呦站在了美丽的领奖台上，全世界都在看着她……

这时候，她好像看见，自己小时候遇见过的那位采药老爷爷，也背着背篓站在人群里，正朝着她点头，微笑。

丁强摘自《女报·时尚》

图：小柯

【作者简介】徐鲁，著名作家、诗人。湖北省作家协会副主席，北京“冰心奖”评委会副主席。作品曾获国家图书奖、全国优秀儿童文学奖、冰心儿童图书奖、陈伯吹儿童文学奖等。

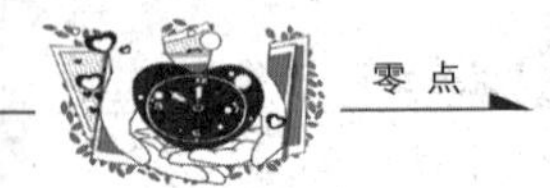

小心我变成鱼亲你

@陈酒_醉与君歌

“我说，你真的不买一瓶吗？”

“不买。”

“现在研发的药水已经没有副作用了！人形鱼形随意转换！居家旅行浪漫邂逅必备良药！不买你会后悔的！”

“不买。”

“你没有听过你先辈们的爱情故事吗？你就没有什么特别的感想吗？”

路过的小人鱼终于顿了一下，对坚持不懈推销药水的深海女巫点了点头：“我觉得她们有点傻。”

一

她才不要变成人类那种长着两条腿的笨拙生物呢！小人鱼一边惬意地往海面游一边想。

今夜月光实在是温柔，像一层碎银铺在微微泛着波浪的海面上，如果这时跃出水面，在空中的那一刻，月光和海水就会飞溅在身周，别提多梦幻了。

热爱这项运动的小人鱼就在这样的粼粼波光中奋力一跃而出，然后——掉到了一条船的甲板上。甲板上那个金色短卷发的男子呆呆地看着小人鱼，手里拿着的蛋糕差点掉下来。真疼。

小人鱼揉了揉自己的胸口，又揉了揉自己的尾巴，但还是哪里都疼，于是张大嘴“哇”地哭了出来。

所以才说人类讨厌，大半夜的来海上漂什么漂！

直到男子把蛋糕递到小人鱼面前，小人鱼才慢慢停住了这样的腹诽和嚎啕。人类的东西还挺好吃的……

“你是人鱼吗？”男子好奇地打量着小人鱼的尾巴和身边散落的珍珠，却并不再靠近。

“你不长眼睛的吗？”小人鱼

14. 答案：哈代、萧伯纳等。

没好气地回了一句，挪了几下发现自己挪不动，“还不快点帮帮我！”

男子“哦”了一声走过来，却没有动。

“赶紧的，我晕船。”

男子犹豫了一下：“我可以不用手吗？”

“随便随便，快点……你说什么？”

小人鱼被一脚踢进了海里。

二

其实王子一点都不像故事中说得那样优雅善良帅气大方。至少小人鱼遇到的这位就不。算了，帅气还是占点的。

这位王子很喜欢大半夜的坐一条船在海上随便漂，还喜欢带着很多好吃的投喂她。这本来是件挺不错的事，但是这个投喂就是字面意思上的投喂。

从水中一跃而出咬住糖果的小人鱼严肃地想，自己现在看起来是不是和陆地上一种叫做狗的生物差不多？被愚蠢的人类当宠物耍，这还了得。

“怎么了？这么快就吃饱啦？”王子坐在甲板边上，有点遗憾地抖了抖身边装满食物的口袋。

小人鱼偷偷咽了咽口水，向王子伸出纤细白皙的手臂：“你靠过来点，我给你看金鱼。”

王子用一种古怪的表情盯了小人鱼半天，才探出半个身子去看她的手，却被一把拽住掉进了海里。

“救命啊！我不会游泳！”王子叫得十分凄惨。

人类真没用啊。小人鱼“啧啧啧”地感叹了一句，游过去打算救

王子，没想到她刚刚抱住王子，就听到他在自己耳边叫得更加凄惨了："救命啊！我不能碰你！"

"？？？哦。"小人鱼一把推开了王子。

王子惨叫着呛了几口水，晕乎乎地沉了下去。

三

"我把他带到了沙滩上，又给他做了个人工呼吸，他就起了好多红疙瘩。"小人鱼十分不解，"人类这都是些什么毛病啊？"

深海女巫沉默了一下："他应该是……海鲜过敏。"

"……"

人类真的好麻烦。小人鱼一边闷闷不乐地游一边想，等反应过来的时候已经来到了平时和王子见面的地方。

小船没有人驾驶，早不知道漂到哪里去了。月光还是如同碎银铺满海面，小人鱼冒出水面，突然觉得海上空荡荡的。

她一条鱼在海面上待了好久，有点无措地摸了摸自己的脸，湿湿的。

小人鱼突然一甩尾巴，如一支离弦之箭般冲向了深海女巫的屋子。

被强行敲开门的深海女巫打着呵欠，头发乱糟糟的："你起得好早啊。"

"我好像生病了。"

"比王子的病还严重。"

"你能卖一瓶那个药水给我吗？"小人鱼说。

四

全王宫的侍卫和侍女都知道，王妃嘴笨得甚至有点可爱。

每次王子惹她生气的时候，她总是会说："小心我变成鱼亲你！"

彼岸花开摘自微信公众号睡前故事板

图：恒兰

就是爱历史（英国）15. 20世纪初，哪个国家成为英国最大的竞争对手？

蹭饭蹭出来的名相

@王东志

北宋名相张齐贤，纵然家中贫困、衣衫寒酸、天天挨饿，身材仍旧高大魁梧，风骨伟岸。他经常感叹自己今生没能吃上几顿饱饭，记忆最深的一顿饱饭，是在村里有户富裕人家设的施食斋上吃的。席罢，他还是觉得没吃好，忽然见人家的房檐上挂了一块牛皮，趁人不备取下来煮着吃了，这才算是真正吃饱了。

还有一次，一伙强盗在旅店里面吃吃喝喝，住店的人吓得连跑带躲，只有张齐贤留下来想跟强盗蹭顿饱饭。他径直走过去，作了个揖，直截了当地和他们说："我穷人一个，想和各位一起吃个酒足饭饱，可以吗？"强盗们很高兴地说："秀才你肯委屈自己，有什么不可以？看看我们都是粗人，还怕你笑话呢。"连忙给他让座。张齐贤说："做强盗的，不是卑鄙的人，都是世上的英雄。"他一边说，一边拿了个大碗倒酒喝，吃得像虎狼一样。这群盗贼看傻了，都犯嘀咕："他真是个当官的料子。要不然怎么能如此不拘小节呢！"

相传赵匡胤到西都巡游，行至洛阳时，张齐贤为了祈求一顿饱饭，吃了熊心豹子胆，冒着生命危险，拦住了皇上的"座驾"。当时，拦住皇上的座驾可是杀头的大罪，怎不叫人唏嘘！张齐贤道："我要给皇上谏言。"赵匡胤以礼贤下士之名召见他，张齐贤先不谏言，却问皇上有吃的不——饿啊！实在是饿啊！谏言是借口，其实是真心想混顿饱饭吃。赵匡胤见此人不一般，吩咐下人端来酒菜，他哪里吃过这等珍馐美馔？似济公过日子，狼吞虎咽。他一边吃，一边向皇上提出富民、敦孝、举贤、藉田、慎刑等方面的建议。赵匡胤回朝后，对赵光义说："我到西都，只得到一个张齐贤足矣。这人挺实诚的，是个忠诚可靠之人，以后好好锻炼培养，定能让他来辅佐你。"

后来，张齐贤进士及第，果然成为一代名相。

杨子江摘自《北京晚报》

我，一个穷怕了的女孩

@木 子

一

我很小的时候父母就离婚了。在我的记忆中，从来都没有零花钱。

上了高中以后，我开始住校了。

有一次，我在学校的小卖部花了五块钱，买到半箱快过期的火腿肠。以后每天中午，我都打一两米饭，再盛一碗免费的菜汤，然后剥一根火腿肠，用筷子戳成小块和米饭、菜汤混一起吃。我吃得特别满足，五块钱让我足足吃了四个礼拜。

自从发现这个省钱的法子以后，我就经常光顾小卖部，讨好地跟老板套近乎，看看有什么快过期的食品，可以以低廉的价格买到。

有一天放学的时候，下了好大的雨，食堂早就没有饭了。我徘徊到小卖部，磨磨蹭蹭地拿起这个放下那个。老板看出我的用意，大声地说："最近没有临期食品，你不想买就快点走。"

他说得那么大声，在场的人全都转过头来看我。我一下子羞得无地自容，好像有人揪起我的头发示众。我终于明白什么叫"抱头鼠窜"，因为那天我就是那么逃走的。

高中三年，依靠我顽强的省吃俭用，攒下了一千多块钱。这些钱被我锁在书桌抽屉里，每个周末打开一次，添进去几张钞票，然后再小心地锁好。

二

高考过后，填报志愿的时候，我看到农业学校的农科类专业，学费比较低，立刻决定报考。

我在我妈一贯的穷养下，有惊无险地长大了，竟然还考上了大学，令她十分高兴。

妈妈每月给我八百元生活费，按照当时的物价水平，完全可以保证我正常的吃穿用度。

不过对我来说，不省钱就不能活。于是，我永远只吃食堂里最便宜的菜，翻来覆去穿那几件旧衣服。冬天为了省下打热水的钱，用饮料瓶灌满水放在暖气片上，第二天早上就有温水洗漱了。

可是大学需要用钱的地方太多了。计算机老师让我们多去机房练

15. 答案：德国。

习打字。我花十块钱办了一张卡，每次去上网，机房的老师就在卡上钻一个圆孔。每钻一个孔，我就感到一阵心疼，好像我的心上钻满了窟窿。

三

我开始懂得开源节流的道理。节流我已经做到极致，该想一想怎样开源了。

我上街发过传单，给小饭馆刷过盘子。后来，又在一所中学附近的辅导机构谋得一个兼职教师的职位。由于课余时间完全奉献给了兼职，我的学业仅仅是保证不挂科而已。有时听说同学们在考什么雅思、托福，又听说有人辅修了第二专业，还有人学编程，考驾照什么的，我觉得这些都离我非常遥远。但凡需要花钱的事情，都不在我的考虑范围。

上大学时，我喜欢过一个男生。他叫陈凯，是我们班的班长。

大二那个暑假，我用做兼职挣的四千多块钱，跑到专卖店买了一件男式衬衫。

当我拿着衬衫站在陈凯面前，心跳加速，面红耳时候，陈凯的神色由刚开始的变成恍然，他推开我的手，义正严地说：“真的不要这样。我会跟导员建议，给你一个贫困生名额你的情况全班同学都知道，大家不会有异议的。”

后来我果然拿到了贫困补助。一件没有送出去的衬衫换来一千块真金白银，怎么想都很划算。我无耻地笑了又哭了。

到了大四，同学们考研的考研，工作的工作，忽然之间都有了着落，而我却一筹莫展。农学专业一直是就业老大难，我的专业技能又很一般。跑了几个招聘会，连面试机会

都没有得到。

毕业之后，没有更好的出路，我就继续留在辅导机构代课，从兼职教师转为专职教师，有了底薪，加上我拼了命地代课，每个月的收入还比较可观。

生活中最开心的事就是看着银行卡里的余额缓缓地上升，为了它，我可以忍受一切。即使居所简陋，饭食粗糙，即使没有朋友，也没有恋人，我都觉得特别踏实而满足。

四

尽管我知道，人不仅仅是活着就够了，更重要的是生活。但是，我依然改变不了自己节俭到变态的生活习惯。

买蔬菜水果总挑品相不好的，为了几毛钱跟老板磨半天嘴皮子。去超市不厌其烦地反复比较，挑同类产品中价格最低的。内衣不穿烂到褴褛状不会扔，反正在里面没人看见。外衣也就寥寥几件，颜色全都褪得暗淡无光。

平时一张纸头我都舍不得扔，在街上看见别人扔的饮料瓶子，也会趁人不注意偷偷捡起来，因而我的屋子里堆满了垃圾，收废品的大叔每个月来一次，总称赞我："姑娘你真会过日子。"

有一次有个学生家长给我送来一包衣服，说她就穿过一两次，还都挺新的。我虽然很想一口回绝，结果还是不争气地接了下来，一个劲儿地跟她道谢。

同事们去聚餐、旅游，一开始也会喊我，但我总找借口回绝，后来他们便不再喊我了。每天一个人孤零零地独来独往，回到家守着一屋子破烂，偶尔也会变得很低落，这时我就拿出存折来看一看，抚慰一下干枯的心情。

我不曾真正赤贫过，但是内心却再也富足不起来。

相亲的时候，我依旧灰头土脸。对方多半是看不上我，偶尔有人愿意进一步交往看看，我又开始怀疑对方的动机，是不是惦记着我那点血汗钱……

我就像一只蜗牛，背着用钱筑成的壳。这层壳给了我迫切以求的安全感，也把我逼进一个狭小逼仄的世界里，永世不得翻身。

心香一瓣摘自微信公众号有故事的人

图：豆薇

【讨论区】真正的穷，不是你拥有多少金钱，而是你心里装了多少想法与智慧。贫穷究竟会对人的身心造成多大的影响呢？读了本文，你是否有很多的话想说呢？欢迎来故事会读者圈说说吧。

就是爱历史（英国）16.《威斯敏斯特法》颁布后，"英帝国"的称谓改成了什么？

你以为沙僧真的就那么憨厚老实吗？ No! No! No!

沙僧的厚黑你不懂

@佚　名

沙僧的战斗力其实不弱

在原著中，猪八戒是跟孙悟空交过手的，“他两个自二更时分，直战到东方发白，那怪不能迎敌，败阵而逃。”

换句话说，猪八戒跟孙悟空大战了八九个小时，不说是打了平手，也是不输阵势。

沙僧虽然没跟悟空交过手，但他跟猪八戒打过，总共交战了三次，打了数十个回合都没分出胜负，可见沙僧与八戒的战斗力相当。

极少出手

但看过《西游记》的人都知道，每次遇到妖怪，不是悟空出手，就是八戒出手，沙僧出手战斗的次数少之又少，只会大喊：“大师兄，师父被妖怪抓走啦！”“大师兄，二师兄被妖怪抓走啦！”“大师兄，二师兄和师父被妖怪抓走啦！”

很多人据此认为沙僧没有多大本事，其实不然，这正是他的高明之处。

毕竟混迹了天庭多年，多一事不如少一事一直就是沙僧的行事风格，既然身边有悟空和八戒两位武功高手，自己自然愿意落个轻松自在。

另外，沙僧在取经路上算是看得一清二楚，一路上遇到的妖怪或是天庭高层领导的宠物，或是西天诸佛的贴心坐骑，哪一个没有后台老板？连自家的宠物坐骑都看不住，还当什么神仙呢？

明眼人一看就知道其中水很深，每次这些妖怪眼看就被悟空一棒打死，那些后台老板就神奇出现，放几个屁就轻松要回，何故？

看透利害关系

其中猫腻不得而知，但有一点

是肯定的，关系户们动不得。

对此，沙僧自然很清楚，一路上不肯多出手跟这个有很大关系。

例如，在过通天河那一回，因为悟空不通水性，就让八戒和沙僧下水捉妖。不过，在下水之前，八戒还没吱声，一向闷葫芦的沙僧开始言语了："我们两个把妖怪引出来，你在岸上等着行吗？"

什么意思？就是说我们下去把妖怪引出来，大师兄你负责把妖怪打死！

沙僧的小算盘打得很好，万一这个妖怪有后台呢？打死了也跟我关系不大，反正不是我打死的。

结果发现，这个妖怪确实就是观音菩萨养的小金鱼，假设沙僧一冲动把它弄死了，别说以后回天庭了，就是后庭也别想进了。

明哲保身

沙僧的明哲保身玩得很转，在人情世故上也是老手。

在《西游记》中有一回，红孩儿把唐僧抓走了，悟空一打听他爹原来是牛魔王，心里一下子就敞亮了，自己可是牛魔王的拜把子兄弟啊，论这层关系，红孩儿也得管自己叫叔啊。

就在悟空志得意满打算去找红孩儿时，沙僧突然发话了："大师兄，俗话都说了，三年不上门，是亲也不亲。你五百年没找过人家了，人还认你吗？"

悟空的社会经验很嫩，不听沙僧的劝告，执意要去找红孩儿，结果让红孩儿烧得差点裸体。

不过，在这个精于算计的社会上，明哲保身的人多，但真正有本事的人少，论功行赏的大老板们自然是看指标说话。

乐享其成

对于沙僧在取经路上的举止言行，无事不晓的佛祖又不是眼瞎，一眼就看清了沙僧的心思，所以取经事成之后，只给沙僧封了个金身罗汉，算是取经队伍中编制最差的了。

但是，对于乐享其成，不求有功但求无过的沙僧来说，这已经很不错了。

平时生活中没有多大野心只求能明哲保身的人，或者某个场合不愿意出头的人，可以多学学沙僧的处世之道，该退后的时候退后，偶尔发挥一点作用不至于被淘汰。

事成之后得到一小部分好处，不亏也不赚。

步步清风摘自微信公众号历史袁老师

16. 答案："英联邦"。

我在英国当警察

@十一月

警察也有“潜规则”

我叫廖俊，从小就立志当一名警察。移民英国以后，我顺利地进入了镇上的警察局。上班后我才知道，我的主要工作是接电话，然后和同事约翰斯一起出警。

约翰斯把我拉进他的办公室，他的话几乎让我瞠目结舌：“不要把这份工作想得太难，其实很多电话根本不需要我们出警，因为按照相关条例，我们可以置之不理。”

约翰斯解释：“现在英国严重犯罪的数量正在上升，同时警力在减少，解决办法只有设立优先考虑事项……我们要处理的是那些大案，比如杀人、绑架、性侵、仇恨犯罪或家庭暴力。按照你们中国的话说，这就是‘潜规则’。”看着我好像不懂的样子，约翰斯一笑，“过一段时间你就明白了！”

一个月后的一天，我接到一个市民的报案，称她家里被窃贼偷盗了 2000 英镑，她家里的摄像头还拍摄到了小偷作案的全过程。可是

约翰斯在了解了报案者的门牌号码后，他说什么也不愿意出警了。在我的再三询问下，约翰斯才道出了原由：按照“潜规则”，如果报案者的门牌号码是单数的话，就第一时间出警，如果是双数的话，就想办法拖延。而这次报案的门牌号码正好是双数。

这是哪门子不出警的理由啊。一个小时后，市民再次打来了电话，只见约翰斯拿起电话，他一脸严肃地说：“你知道我们警察局就那么几个人，那么多的大案在等着我们，再说你已经拍摄到了小偷的相貌，相信他跑不到哪里去，等我们稍微有空点一定会上门的。”

凄惨，还是假可怜？

随着在警察局待的时间增长，我渐渐发现了同事们出警“潜规则”的原因——相对于其他行业，警察的待遇太低，于是采取了消极怠工。

由于之前的警车已经到了报废年限，新的警车经费还没有批下来，警察局不得不向隔壁的消防队求援，共用一辆消防车，为此车上的标志被涂成了“火警”(Fire Police)。最惨的还不是和消防共用一辆车，随着警局唯一的警犬去世，我们还进行了紧急的培训——学狗叫。把警察当狗用，听起来非常滑稽，但实际上非常有用。有一次，我和约翰斯抓一个偷车贼，我眼看追不上，便向对方大喊，再不停下就放警犬抓他。我的话刚落，约翰斯就学了几声狗叫，结果小偷吓得束手就擒。

而另一次我和局长抓捕一个被通缉的男子，我喝令对方站住，威胁说如果不这样做就会放警犬，我原以为可以听局长学狗叫，可是他只是反复喊“坐下”“原地不动”等训狗指令，结果同样管用。

有一天，约翰斯从椅子上摔了下来，到医院里一折腾就花掉了500英镑，两天后却拿到了1000英镑的工伤补助。我纳闷得不行。

约翰斯告诉我，因为警察的待遇不高，为了能留住警员，在补助方面还是很慷慨的。在北爱尔兰警察部门，大多数工伤支出都花在“枪械故障导致的听力损失”上。而补助最高的，是一位警官在仓库执勤时意外摔倒，导致臀部受伤，最后虽然鉴定只是八级伤残，却获得了13万英镑的补助金。

过了一段时间，我被蚊子叮咬了三个大包，到医院里买了点药涂抹。知道我的情况，约翰斯为我出谋划策，认为被蚊子叮咬后造成了

就是爱历史（英国）17. 二战中，英国空军有效打击敌人的是哪一场空战？

我睡眠障碍，于是鼓动我申请500英镑“被蚊虫叮咬”的补助金。我本来不抱什么希望，可是第二天500英镑的补助金就发了下来。

警察兼职忙

约翰斯没有省钱的习惯，我原以为他会好好地安排各种开支，没想到他花钱很是大手大脚，我常开玩笑问他是不是抢劫了银行或者中了彩票大奖，他却缄口不言。

有一次，约翰斯送给我两张球赛票，邀请我看纽卡斯尔的足球赛。我按约定到了球场后却找不到他，打他的电话也没有人接。就在我有些生气的时候，在球场上看到了约翰斯，只见他穿着裁判服，在球场上飞奔。

球赛结束后，我找到约翰斯，他一脸神气地说："没想到吧，我还能当裁判，不怕告诉你，我是地地道道的二级裁判，现在我每执法一场球赛就能获得2000英镑的出场费。"我听了后差点晕倒，当警察之余，约翰斯竟然还是一个足球裁判！

“难道就不担心警察在兼职时和雇主有利益输送？”听了我的质疑，约翰斯一点都不紧张，解释道：只要第二职业与本职没有冲突，经高级别领导批准，警察就可以兼职。

后来一个周末，我到一家健身房健身，刚进健身房门口，就见到了我们警察局长，他此时的身份是健身房教练。他看到我没有丝毫的不适应，反而热情地给我介绍起健身的注意事项。休息时，我的目光落在了局长手腕上的手表。“如果你感兴趣的话，我可以以八折的价格卖给你！”看到我吃惊的样子，局长马上表示他还在一家卖手表的商店里兼职，有需要找他可以给我很好的优惠。

在约翰斯的帮助下，我在一家夜总会找到了安保的兼职工作。然而就在我心安理得地领取安保的报酬时，英国爆发了28岁女警察维多利亚·索恩兼职“应召女郎”的丑闻，在舆论的压力下，监察机构不得不全面调查警察兼职，一调查竟然发现警察的兼职率高达70%，一时间警察的执法公正性备受质疑，高级警官协会不得不起草新的指导方针，对警察从事某些第二职业或出任顾问作出更严格规定。

曾经，英国警察在我的心目中是高大上的形象，可是几年下来，我的想法彻底改变了。

摘自《知音·海外版》

图：小黑孩

牛大姐家乐事多

主要人物：牛大姐（妈妈） 牛大哥（爸爸） 牛小美（女儿） 牛小宝（儿子）
钱多多（牛小美的男朋友） 刘姥姥（牛小美的外婆）

※ 一天，牛大哥跟牛小宝聊天。

牛大哥："儿子，你知道你出生的时候哭得特别凶吗？把你爹我吵死了。"

牛小宝白了牛大哥一眼："唉，我第一眼看到你，就知道投错胎了，能不伤心地哭吗？"

牛大哥："……"

※ 牛小美跟钱多多一起去玩蹦极。

钱多多问工作人员："蹦极多少钱？"

工作人员说："300！"

钱多多叹了口气说："这年头啥东西都贵，能不能便宜点？"

工作人员说："能啊，绳越细越便宜，不要绳的免费！"

牛小美听到这赶忙上前说："别客气，给我来个600的！他不要绳！"

※ 一天，牛小宝问牛大姐："既然岁月是把杀猪刀，为什么老妈你现在还是这么好看啊？"

牛大姐得意地笑了，说："那是因为杀猪刀只杀猪啊，不信你看你爸爸。"

牛大哥瞬间晕倒。

※ 昨晚公司加班，钱多多和女同事为工作的事发生了争执，闹得不欢而散，回到家心里一直不痛快。牛小美问他咋了，钱多多说没事，牛小美一脸狐疑地看着钱多多。

今天早饭，女同事用微信给钱多多发了一条语音，因为吃饭，钱多多打开了声音，只听女同事说："大家都是成年人了，昨晚的事就算了，就当什么也没发生……"

17. 答案：不列颠空战。

牛小美没听完，一碗豆浆直接泼到钱多多脸上。

※ 牛大哥和牛大姐吵完架，牛大哥倒头就睡。

牛大姐走过来一把把牛大哥拖下床：“滚一边，不许你睡在我买的东西上！”

牛大哥拎起床单，又睡下了：“这下行了吧，我睡在下面，你买的东西睡我！”

※ 一天，牛小美心血来潮，想考一考牛小宝，问牛小宝：“牛贵，还是鸡贵？”

牛小宝想也没想，答：“鸡贵！”

牛小美问：“为什么？”

牛小宝：“你没听说九牛一毛吗？九牛才一毛啊。”

牛小美：“滚出去！”

※ 为了不让牛小宝输在起跑线上，全家人都随时找机会教他，可往往事与愿违。

一天，刘姥姥拿出一张中国地图问牛小宝：“乖孩子，你能告诉外婆这是什么吗？”

只见牛小宝想也不想地就答道：“不就是天气预报嘛。”

刘姥姥又把一张天安门广场的大照片挂起，耐心地继续追问：“这又是什么呢？”

牛小宝答道：“新闻联播呗！”

※ 一天，要吃晚饭了，牛大姐对牛小宝说：“儿子，打电话给你老爸，叫他回来吃饭。”

过了一会儿，牛小宝对牛大姐说：“老妈，老爸不接电话，是个阿姨接的。”

一个小时后，牛大哥回来了。

牛大姐很生气，对牛大哥撂下狠话：“去，跪榴莲上。”

牛大哥跪了两小时后……

牛大姐：“儿子，告诉你老爸他犯了什么错。”

牛小宝：“老爸今天的电话是个阿姨接的。”

牛大哥：“阿姨都说什么了？”

牛小宝：“阿姨说，你所拨打的号码正在通话中。”

※ 一天，牛大哥和牛大姐聊天。

牛大哥说：“我中学的数学老师叫宇文天。有个同学叫他宇老师，老师纠正他说：‘我姓宇文，叫我宇文老师就可以了。’你猜怎么着？”

牛大姐答：“你当我真傻啊，你这位同学肯定愣了一秒钟，说：‘但你是数学老师啊！’”

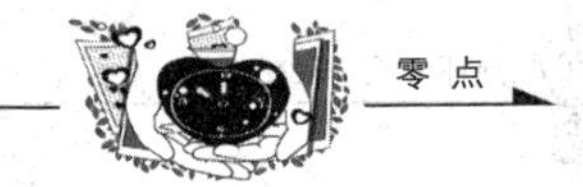

哪来的鸡

@一般普通正常

一

“呃……”叶玲目瞪口呆地看着躺在自家门口的生物，陷入了深深的迷茫之中。一些稿纸缓缓地从她身上滑了下来。

她的大脑一时间完全无法处理这庞大的信息量。

“咯咯！”那只生物抬起头看了眼正要晕倒的叶玲，有些慌慌张张地鸣了一声，还轻轻地啄了她一下。

叶玲拼命地揉了揉眼睛，祈祷着是自己的视力出了问题。

但她没看错，这真的就是一只鸡。

二

这原本应该是一个像往常一样普通的早晨。可是，一阵突如其来的敲门声打破了身为宅女的叶玲的美梦。

按照原定的计划，今天她本来是要舒舒服服地睡到自然醒的，于是，带着几分被吵醒的火气，叶玲恶狠狠地打开了门。

“呃……”叶玲目瞪口呆地看着躺在自家门口的生物，陷入了深深的迷茫之中。

过了好一会儿，叶玲才终于回过神来，她没看错，这真的就是一只鸡。拿起那张和鸡篮子放在一起的字条。“实在是万分抱歉，由于本人临时有事，所以恳请阁下这几天帮我照顾一下我的宠物，拜托你了！”落款是：你的邻居。

真奇怪，想不到那个看起来有点腼腆的大帅哥，居然会养这么奇怪的宠物。

叶玲不由得在心里这么吐着槽，忍不住“扑哧”一下笑出了声。

虽说自己经常宅在家，和对方只是有过几面之缘，但这种小事还是能帮则帮吧。希望照顾鸡什么的不会太麻烦吧。

叶玲抓了抓自己凌乱的头发，略微整理了一下自己的睡衣，打定了主意。她将鸡举了起来，轻轻地顺了顺它的毛。

“咯咯。”鸡有些害羞地叫了两声，但没有挣扎。

三

然而接下来发生的事还是大大出乎了叶玲的意料之外，因为这只鸡实在是太聪明了，聪明到一个不可思议的程度。

独自吃完饭，上完厕所，然后跳到沙发上舒服地一躺，合上了眼睛。这只鸡在不到十分钟之内行云流水地完成了所有的步骤，就差拿个手机出来玩了。

“这真不愧是家养的宠物鸡啊。”在见过那么多稀奇古怪的事后，叶玲已经有些麻木了，只是略微惊叹了一下，就开始了自己的工作。

身为宅女的叶玲自然也有着自己的职业，事实上，她还是在一个圈子里颇有名气的写手，看过她书的人都会不约而同地赞叹她那感情细腻的写作风格。

但只有叶玲清楚，这一切都和她与生俱来的超能力有关，倒不如说，正是因为拥有这份超能力，她才会成为一个宅女。

略微看了一下之前写好的大纲之后，叶玲严肃地点了点头，然后缓缓闭上了眼睛，调节了一下自己的情绪，开始构思具体的情节。

一些写满了字的稿纸渐渐地凭空出现，像是从她的身体中被分离出来，随意地飘落在了地上，而且速度越来越快，不一会儿地上就堆满了稿纸。

当叶玲情绪激动的时候，她所有的真实想法都会像这样，无法抑制地自发变成文字泄漏出来。

在一旁的沙发上休息的鸡惊讶地看着这一幕，“扑腾扑腾”地扇了一下鸡翅，好奇地凑过来瞄了一眼其中的一张稿纸，然后瞬间变得面红耳赤，直往椅子下钻去。

看到鸡慌乱的神情之后，叶玲忍不住露出了一丝微笑，只不过那笑容怎么看都有点苦涩：“不用怕，没事的。”

叶玲走了过去，温柔地将鸡抱在了怀里。过去那些不好的回忆在她的眼前闪现了一下，无数的纸随之飞泻而出。她把脑袋埋到鸡身体里，小声地嘟囔着：“真是的，我又不会害人，你们为什么都要害怕我啊。”

鸡明显愣了一下，然后神情逐渐变得坚毅起来，似乎是下定了什么决心。

四

第二天，依旧是一阵熟悉的敲门声叫醒了叶玲。

“真的，所以说这几天到底是怎么了？”她一边习惯性地吐着槽，一边打开了大门。

这次外面站着的是活生生的人了，而且这人她也认识，就是那位帅气腼腆的邻居。

一时间，场面变得极其尴尬，因为他们都不是那种擅长和别人交流的人，彼此十分默契地保持了沉默。

“呃，你先等一下，我这就去把你的鸡儿拿过来。”还是叶玲先打破了这阵诡异的安静，然而她说的话让两人再度陷入了另一种尴尬的沉默。

“不，不用了，那啥，我要先跟你道个歉。”

这次轮到他先开口了，不过他说的话让叶玲有些摸不着头脑。

注视着叶玲迷惑的表情，他强忍着羞耻心，深深地吸了口气，然后迅速一个转身——变成了一只鸡。

“Boom！”随着一声轰鸣，一大堆纸从一脸错愕的叶玲身上飞泻而出。

鸡叫了两声之后又一个转身，重新变成了人：“我能成为你的朋友吗？”

“Boom！”一声更为剧烈的轰鸣，爆炸开来的纸将叶玲整个人都埋了起来。

微风适时吹过，其中一张纸随风而动，落到了他的手中。上面只写一个字：“好。”

彼岸花开摘自微信公众号睡前故事板

图：小黑孩

18. 答案：撒切尔夫人。

用生命尬戏的戏精们

@刘小涛文　胡鑫画

割肉自啖 戏精尬戏太凶残

子，肉也；我，肉也。尚胡革求肉而为？于是具染而已。——《吕氏春秋 · 齐之好勇者》

齐国有两个“勇士”：一个住城东，一个住城西。

有一天，两人路上偶遇。

“壮士！敢不敢喝点？”

“有啥不敢！”

喝！结果喝高了。

两位“中央戏精学院”毕业生戏逢对手，开始用“绳命”尬戏，抽刀互砍，割肉下酒。

最终两人因失血过多而死。

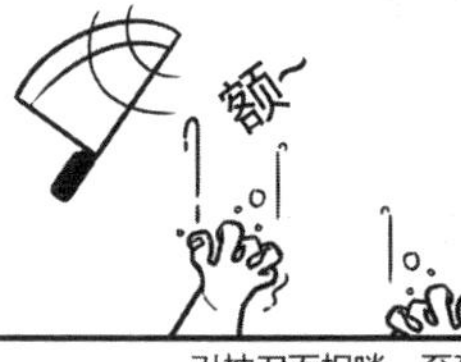

引抽刀而相啖，至死而止。

“喂！你的刺身！”

“是你的刺身！”

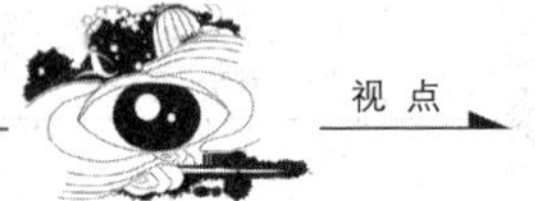

祢衡：曹操算个啥还不是被我骂

先解衵衣，次释余服，裸身而立，徐取岑牟、单绞而着之。
——《后汉书·文苑传下·祢衡》

祢衡是三国时期著名的“毒舌”，
目空一切逮谁喷谁。
有一次，曹操让祢衡当众击鼓，
于是，辣眼睛的一幕来了。
祢衡当着大家的面，
把自己脱个精光，
疯狂演奏起“重金属乐器”。

“吐曹大会”

连孔融都觉得祢衡这次玩过头了，
让祢衡去给曹操道歉。
结果祢衡穿着麻布粗衣，
手持三尺大杖，
以泼妇骂街的姿态，
展开了一场“吐曹大会”。
最后，曹操借刀杀人，
祢衡卒。

衡乃着布单衣、疏巾，手持三尺棁杖，坐大营门，以杖捶地大骂。

职场作死第一人！

就是爱历史（英国）19.1972 年，与英国关系升格为大使级外交关系的是哪个国家？

“带汁诸葛亮”没本事就别 cosplay

五代十国时候后蜀大臣王昭远，
他酷爱加戏，
加的还是具有地方特色的戏：cosplay 诸葛亮。

北宋大将王全斌领兵伐蜀，
王昭远奉命迎敌，
酒一喝多，就忍不住角色上身。

吾此行何止克敌，当领此二三万雕面恶少儿，取中原如反掌耳！　　——《续资治通鉴长编》

结果演技派王昭远被实力派王全斌打成狗。
追杀的宋军来临，他竟然吓得腿软，
坐在很高的胡床上起都起不来，
如同一个高位截瘫患者，一点戏骨的样子都没有了，
后来逃到了老百姓家里，
最后连哭带叫地被宋军活捉。

昭远投东川，匿民仓舍下，悲嗟流涕，目尽肿。

当时的人就嘲笑王昭远强行 cosplay 诸葛亮的事情，
笑话他是“带汁诸葛亮”（“汁”是眼泪的意思）。

这可能是诸葛亮被黑得最惨的一次。

“老戏骨”们结束了他们的表演，
你身边的戏精杀青了没？
来，说说你身边有哪些戏精……

摘自微信公众号 18 楼西不加班

19. 答案：中国。

臆想症

@握雪越冬

此时坐在我面前的姑娘，颔首低眉，双手把弄着桌摆的一角。

这家餐馆的灯光有些昏暗，是我专门挑选的，因为我不太喜欢刺眼的光亮，而且我始终觉得相亲这种事情，在氤氲的环境里才有气氛。

“喝点什么吧？”我打破沉默。

“咖啡就好。”姑娘微微抬起头瞄了我一眼，借着橘色的灯光，我趁机打量。

这是一张几乎没有粉饰的脸庞，皮肤白皙，虽说不上多美，但此刻红晕双颊，倍显精致。我不禁暗自咽下一口口水，却也不知道该怎么继续话题。

过了一会儿，姑娘终于正眼看着我，说：“我是第一次相亲，有点紧张，你不介意吧？”

“怎么会？”我还了一个微笑，“我第一次相亲的时候说话还结巴呢。”

其实我撒谎了，我也是第一次相亲，可是我的潜意识告诉我，不能对一个姑娘说第一次，那样会显得这个男人很不稳重，没见过世面。

“对了苑小姐，我听说你是个老师。”“教小孩子的，叫我苑旸就好了。”

这是我一个狐朋狗友通过七姑八姨的邻居的小舅子介绍的，当时也没多想，不忍驳了朋友面子，不过现在看来，我很是满意。

“你,谈过恋爱么？”苑旸问道。

我稍微犹豫了一下，缓缓说道：“谈过几次，都不太成功，大概是缘分未到吧。”

说到“缘分”二字时，我故意提升了音量，并随即礼貌地回应，“你呢？这么优秀，怎么还单身？”

“我跟前男友刚分手，他太过分了，他……”苑旸说到这里有点激动，身体都忍不住向前倾斜，忽然又退了回去，“对不起，我不该提他。”

“没关系，”我抿了一下嘴，“说说吧，有些事情压在心里不好，我或许不是个好的释疑者，但绝对是个合格的倾听者。”

这是句实话，因为我真的很不擅长处理纠纷，甚至劝解都经常会把局面弄得更糟。不过以我的经验，当一个姑娘在你面前痛骂前任时，我必须挺身而出，附和其词，跟着她一起愤怒谴责那个混蛋，才能博得姑娘的好感。

苑旸低头抿了一口咖啡，说道：“我们是在骑行西部时认识的。还记得那天下起了大雨，我们躲在一个屋檐下……”

故事情节可真老套，我心里暗想。

“他长得很高很帅，懂的特别多，一路上都是我的导游，他喜欢文字，喜欢历史，喜欢旅游，喜欢摄影，喜欢音乐，喜欢……”说着，苑旸似乎深深陷入甜蜜的回忆，完全不顾我的感受。

我心里略感失望，这哪是控诉，简直是在向我秀恩爱。

“他很奇怪，他没有手机，不玩微信。自从旅游回来后，我们就再也没见过面了，他会不定期地写信给我。虽然见不到，可我依然能从他字里行间中感受到温暖和爱意。”

这个年代还写信的两个人，想想还真是挺搭的。

“他什么都好，只是他没有稳定的工作，无法给我提供一个有保障的未来，而且他……”

“这个很要命的，毕竟生活是现实的！”我插了一句嘴，因为说到这我瞬间来了底气，由于拆迁，我家获赔了三套新房，还有很多的赔款。

“我相信他，他有能力改变这个世界！”苑旸坚定地说，“就算为我他也会努力的！”

就是爱历史（英国）20. 英国两百年来最年轻的首相是谁？

我又变得没话可接了，只能尴尬地点点头。

“上个月末，他终于写信约我在街心公园的湖边散步了！那天我们相互倾吐着思念，规划着未来，他跟我说了很多将来的事情，愿意为了我而改变……”

忽然苑旸变了脸色，先前的温存不见了，换成了愤怒与恐惧，说：“可是接下来，发生了一件我一辈子都不会忘记的事情！”

说到这，苑旸停了半晌，仿佛是为了平复当时的波澜。

她接着说，“突然，不知从哪冲出来许多穿着白大褂的医生把他带走了……后来我才知道，他……他居然是个精神病患者！”

这个结局实在出乎我的意料，我傻傻问了一句：“真的假的？”话一出口就后悔了，因为苑旸说话时认真的样子，怎么会骗人呢？我也弄清楚了为什么那个人那么神秘，这下都解释得通了。

不过想了半天，我还是不知道该怎么安慰苑旸。

“你想象不到这件事带给我多大的打击，为什么会是这样？为什么会是这样？”

苑旸幽怨地看着我，兀自拍着胸口。“我甚至每天睡觉都会做梦惊醒……”

正说到这，突然从餐馆门外闯进三个人，一个箭步抢到苑旸身边，七手八脚就要把她带走。

苑旸惊恐地挣扎并大声向我求助，我看着这一切，一时间脑子有点不够用了，怔在那里不知所措。

“先生，对不起啊，我们是精神病院的，”为首的一个人向我出示了他的证件，并指着苑旸说，“她是我们这儿的一个患者，不小心让她跑出来了，谢谢您把她稳住，她没对您怎么样吧……”

后面的话我已经听不进去了，眼看着他们把满脸绝望与泪水的苑旸扭进车里。救护车声渐远，一瞬间周围就归于平静。

这一刻，我无法捋顺这复杂的事情和心情，惊讶、迷惑、恐惧、无奈。

“先生，先生！”我心下一惊，回过神来，原来是服务员。

他站在我身边，一字一句地对我说：“不好意思，先生，我们要打烊了，您一进来就一个人坐在这里，已经五个小时了，有什么心事吗？”

摘自《我的大脑失控了》

湖南文艺出版社

图：陈明贵

百年好合

@周海亮

第一次见到女人，女人还很年轻。她穿着那个时代流行的蓝格子上衣，头发梳成整齐的刘海。她走进来，取了号，坐到长椅上，静静地等候。待终于轮到她，她走进来，冲摄影师说，合个影。

那是小城唯一的照相馆，那是照相馆年后第一次营业。正月初八，天寒地冻，女人却穿得有些单薄。“这样显得好看一点，”女人笑笑说，“想与我先生合个影。”

摄影师于是见到她的丈夫：平头，方脸，浓眉，板着面孔，却很英俊。摄影师愣了愣，问女人：“你确定吗？”

“结婚时没照合影，想补一张。”女人坐下来，与她的丈夫摆好姿势，“这样可以吗？”

“当然可以。”摄影师说，“顺光？侧光？”

“清晰些就行。”女人勾起嘴角。

摄影师摁下快门，女人说声“谢谢”，起身，与她的丈夫离开。冲洗照片的时候，摄影师再一次看到女人和她丈夫，心再一次抖了一下。他想这样的蹊跷之事再不会发生，可是一年以后，同是正月初八，同是年后营业的第一天，他又一次见到女人和她的丈夫。

“拍个合影。”女人说，“我想以后每年都来这里拍一张。”

这次女人穿了米黄色的上衣和裤子，头发依然梳理得一丝不苟。她坐在镜头前，与丈夫摆好姿势，露出浅浅的笑。“清晰些。”女人看看摄影师，又看看丈夫。摄影师注意到，女人的眸子里，飞起白雪，刮起季风，又开出桃花。

摄影师绝不是个多嘴的男人，他不喜欢打探别人的隐私，哪怕这件事有多可疑有多离奇。他为女人摁下两次快门，然后为她冲洗了较好的那一张。摄影师相信以后每年的正月初八都会见到女人和她的丈夫，为此，每逢这一天，他总是早早来到照相馆，将照相机擦拭得一

20. 答案：卡梅伦。

尘不染。

果然，女人和她的丈夫每年都来。同样的时间，同样的姿势，同样的要求，女人郑重并且虔诚。摄影师每次都会给她拍下两张底片，待冲洗出来，挑出满意的那张给她。如此，十几年光阴匆匆而过。

后来照相馆从国营变成私企，他成为这个照相馆的老板兼摄影师。新来的员工第一次见到女人就怕了，她向他打探，他坦诚地告诉她，他对女人与她的丈夫一无所知。“咱们只需要为她拍出最满意的照片就足够了。”他笑笑，说。

这一次，女人穿了淡紫色的碎花旗袍，头发在脑后挽成美丽的髻。摄影师盯着女人，他无比悲哀地发现，此时的女人，已经不再年轻。

问她为什么不选择那些更高档的影楼，女人指指丈夫，说：“多年前与他经过这里，想进来照个合影，可是我们都没带钱。”他问：“就因为这些？”女人点点头，与丈夫静静地离开。

又是二十年过去，摄影师变成老人。他决定将照相馆交给儿子打理，他只想找个乡间安享晚年。可是他想再见女人一次，跟她告个别，跟她的丈夫告个别。正月初八那天，他照例早早来到照相馆，照例将照相机擦拭得一尘不染，照例耐心地等待着女人，可是那天，他从清晨等到黄昏，女人始终没有出现。

女人年纪已经很大，这样的年纪，什么事情都可能发生。女人没有来，似乎只剩下一种可能。然而不管如何，摄影师还是愿意默默地祈祷她余生平安。他想不仅他，所有见过女人和她丈夫的人，都愿意祈祷她余生平安。

只因她每年都要与丈夫拍一张合影，只因她的丈夫，不过是她捧在怀里多年的一张遗照。

丁强摘自《小说月报·原创版》

图：小柯

追洋妞

@何杰

我的那一半——校长，为了支援我，放下工作，到拉脱维亚来了。他既不懂拉语，又不会英语，学了几句俄语，还总记不住，上哪儿去都出一大堆笑话。

一天，邮局送来了包裹单。能拿到国内的好东西，又能借此溜一圈，散散心，校长乐颠颠地接过包裹单。临出门，这么画那么记的，总算明白了邮局在哪儿。校长信心十足地出门了。

经过一片活动场，穿过一片小树林，这么拐，那么走，一抹开阔的草地上，一所淡黄色的长型平房出现在眼前，门前挂着一个米黄色的小邮箱。不用问，邮局到了。

推开大门，呀！竟以为到了花房。后来才知道，拉脱维亚是世界上鲜花最多的国家。

一进屋，三个漂亮的女人一齐把温柔的大眼睛聚焦在这个黑头发的大男人身上。校长翻了半天眼睛，“你好”这个词怎么就找不着呢？没办法，只好把取件单和临时凑上

民防小知识 1．汛期 4 ~ 9 月，特别是主汛期 6 ~ 8 月，是山洪灾害多发期。

来的微笑，一块儿递给一个年岁稍大的女人。

女人认真地看了看单子，“叽里咕噜”地说了一串洋话。校长摇摇头，表示不懂。她会意地笑了一下，把单子还给校长，又向自己右边指了指。校长向那儿看，除了一个正在走开的姑娘，就是白墙了。校长领会那意思就是要跟着姑娘走，到邮局外面去取包裹。结果，校长进来得快，出去得更快。

拿着单子，在邮局外转了一圈。没有门呀！到哪去取？

正不知如何是好，眼前忽然飘来了一个天使一样的姑娘。

姑娘看了看校长，犹豫了一下，转过身子朝前一指，然后又伸出拇指和食指，捏成一个“OK”形，小心地拉了一下这个黑头发大男人的衣袖，示意“跟我走”，然后昂着头，快步朝前带路。

校长紧跟着，又不敢走得太近，心里想，一个大男人追人家一个小姑娘，这叫什么事？

走着走着，校长觉得四周的景色似曾相识。原来姑娘正朝着我们住的楼群走去。校长心里高兴：“这边也有个邮局啊！那可好了，离家近，免得丢了自己。”

正想着，姑娘已把他领到一座灰色的公寓前。姑娘看了看单子，又看了看楼的牌子，然后冲这个老外得意地扬扬手，示意叫校长跟过去，又用两个手指小心地拉校长的衣袖，一直把校长领到三栋。在门前站定，她又伸出三个手指示意：你在三楼。

校长想：“咦，这不就是自己的住所吗？”

好不容易走到了邮局，又被送回来啦！

小姑娘浑身都洋溢着得意的劲头。她摆动了一下好看的腰肢，把单子递给校长，指指上面的一行字，然后准备离去（事后，校长才知道那原是我们家的地址）。

不管怎样，校长心里暖暖的。姑娘转身，准备离开。校长总算想起了刚学的“再见”。

“都是你大爷！（俄语谐音：再见！）”说完又觉得不好。你说，叫人家劳累了半天，还占人家便宜！

虽然发音不准，姑娘也听懂了。她向后甩了一下那头金色卷发，莞尔一笑，手一摆，很快地说：

“都是你大娘！”（俄语谐音：再见！）

彼岸花开摘自《美文·青春写作》

图：小柯

【《电表箱里的老孔》续写】一个很神秘的人物——老孔，能够在电表箱里安家落户，足够新奇和烧脑。请看两位作者的精彩续写——《老孔的秘密》和《老孔电台的秘密》。

扫描二维码，看《电表箱里的老孔》原文

老孔的秘密

@黄庆会

我又恢复了加班熬夜的苦日子，每天忙到深夜，累得像条狗一样回到家，却不想睡觉。我瘫在沙发上，刷着手机，有时会莫名想起老孔，他到底是干什么的？还会回来吗？这时，一直放在角落的那台被狗尿淋过的旧电脑屏幕突然闪了几下，自己启动了。

我忙凑到电脑旁，虽然画面不太清楚，但我一眼便认出里面的男人是老孔！他站在一个广场前，背着一个大旅行包，严肃地看着我，我叫起来："老孔，你在哪儿？怎么会在电脑里？"他面无表情地说："小宋，我的小床里面有个笔记本，你去找来交给我。"我点点头："好，那怎么找你呢？""我们会见面的。"说完这句话，老孔就消失了，电脑上只剩下一片黑屏。

我又拉开已经堵满杂物的电表箱，还好，老孔的小床在里面。顾不得床板上厚厚的灰尘，我仔细把小床底朝天找个遍，终于在两块木板的夹缝里找到了一个薄薄的手掌大小的本子，我把小本子紧紧攥在手里，像做贼似的跑回了家。

小本子里面记录着一些日期：2016 年 2 月 1 日，到达；2 月 15 日，没有找到；4 月 5 日，疑似目标出现……时间一直记录到老孔离开的日子，后面还有一些奇怪的符号，我心里突然有些慌乱：老孔不会是间谍吧？我要报警吗？

正胡思乱想着，我的手机响了，是福利院的张院长打来的。

儿童福利院其实就是我的家，我是两岁时被人送到福利院来的。我很感谢她们，经常回去探望。

民防小知识 2. 汛期要密切注意天气变化，特别是要注意与降雨有关的气象预报。

第二天下午，我买了水果和蛋糕，来到福利院。张院长带我到办公室，关上门，欲言又止："小宋，这段时间总有人来打听你小时候的信息，我怀疑……"正说着，一位老师敲门进来，说："院长，那个人又来了。"张院长看看我："你想不想见见他？"我机械地点点头，像做梦一样和张院长来到会客厅，一个男人背对着我们，听到脚步声便缓缓转身，当我看到他的脸时，不由惊呆了："老孔！"

老孔还是面无表情的样子："本子找到了？给我。""不！"我拒绝道，"除非你告诉我，你的秘密。"老孔摇摇头："我没有秘密，如果你非要问，那只能告诉你一个人。"

老孔是这样说的，他是未来一个科技公司的老总，身家不菲，衣食无忧，可是他一直都不快乐，因为他从小就由保姆带大，他的父母忙于工作赚钱应酬，而缺席了他的童年。所以当他的公司制造出时空机，他便自告奋勇当试验者，想穿越到父母年轻时候，看看当时的他们为什么不选择陪伴自己。没想到机器出了问题，直接穿越到了爷爷的年代，没办法，在确定我的身份后，他便在我家附近居住下来，一边了解我，一边等待新的时空机来把他接回。

"那你后来又去了哪里？"我问他，他说："后来我发现你是个很宅的人，每天回到家不是看手机就是打游戏，而且许多人都这样，我担心父母不管我是一种遗传病，于是就去寻找你的父母，找到了福利院。"

"你说的是真的吗？"我迟疑地问道，"那好，你说是我孙子，那为什么我姓宋，你姓孔呢？"老孔破天荒地笑了："因为你是上门女婿，我猜想你很快就会认识我的白富美奶奶，然后走上人生巅峰，所以我姓孔，亲爱的爷爷，希望以后你不要以工作事业太忙这些理由忽略你的家人。对了，那台旧电脑就是我们的心灵感应器，当你思念我时，也许会看到我，再见！"

老孔突然就消失了，就像从来没有出现过，我觉得自己做了一个荒诞的梦，也许过几天就好了。星期一例会时，总经理给我介绍了一个新来的大学生当我的助手，他神秘兮兮地在我耳边嘀咕："小子，你走运了，这可是董事长的千金，好好把握机会哟。"我忙不迭地点头，笑容可掬地和女孩握手，她落落大方地介绍自己："你好，宋经理，我是小孔，请多多关照。"

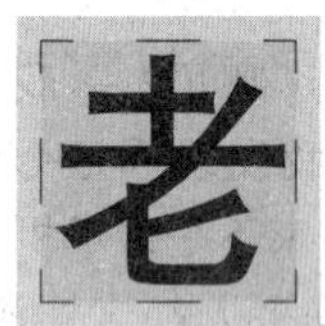

老孔电台的秘密

@史胜男

老孔已经走了两年了，他给我的电脑，我也就每天听听音乐。

时间久了，我发现那些音乐，只有老孔电台上能听到。我心想，如果哪天再见到老孔，一定问问他从哪里下载了这些音乐。

一天下班回来，在小区门口我突然看到了一个似曾相识的身影：老孔？我跟了上去。他果然来到了电表箱的门口。

“老孔？真的是你，你什么时候回来的？”我满脸的期待换来的却是老孔疑惑的眼神。

“你不记得我了吗？两年前我就住在这啊！你搬走的时候还把所有的东西都送给了我。你的那台电脑还在我房间里呢。”我“叽里咕噜”说了一大堆，老孔呢，还是一无所知的样子。

很显然，老孔不记得我了，难道他得了老年痴呆症？

好奇心害死猫。一天，等老孔出门了，我偷偷潜进老孔的电表箱房间“调查取证”。

我在他的房间看到一个奇怪的现象：他送我的那台电脑又回来了，我甚至可以看到我的狗在上面留的尿迹。

好奇怪，怎么送我的电脑还在这里，我顺手点开上面的老孔电台：“最新指示：113号，根据我们呜里哇啦星球特别行动指挥中心消息，猫胖子已被老孔一号所留下的音乐蛊惑，老孔二号你要抓紧时间，尽快熟悉猫胖子的脾气性格，争取信任，尽早完成任务，把猫胖子掳到我们星球当美食苦力。”

天啦，老孔是个外星人？还要把我掳到外星球去吃美食？

我心里暗骂原来的老孔一号，这样简单的任务怎么还完不成，去外星球吃美食，对于我这样的吃货来说，想想就很刺激。

就在我关上电脑，刚要转身之时，却发现老孔，不对，是老孔2号正站在我的身后……

作者系山东省宁津县育新中学初三（8）班学生

指导老师：张春青

民防小知识 3．警惕山体裂缝、岩石掉块、泉水变浑、沟谷内水流夹带泥沙增多等。

「镭姑娘」

@王昱

1928年3月末，在一个寒冷的雨夜里，一具已经入土5年的美国女孩的尸骨被开棺验尸。死者名叫艾米丽·马基亚（史称“镭姑娘”），去世时刚满25岁。当棺木打开时，围观的人群中响起了一片惊呼，因为他们惊奇地看到，死者的遗骨居然隐约地发出荧光。

这是一桩已经被忘却的科学史上的奇案——一个有关人类怎样“科学花样作死”的故事。

1910年，居里夫人第一次用电解氯化镭的方式制成了纯净的金属镭。作为人类发现的第一种放射性元素，尤其是X光机在一战的战场治疗中大显身手之后，公众对于镭的崇拜更是达到了疯狂的程度。各色含镭产品被相继推出，一场令后世哭笑不得的“镭狂欢”开始了。

首先被推出的是含镭的化妆品。居里夫人在实验中部分皮肤曾因受到过量放射而坏死、脱落、长出新皮，于是，一些“发明家”在化妆品中加入镭，并声称该化妆品有返老还童、令皮肤焕发第二春的神奇功效。一时间，镭化妆品成了时尚宠儿，时髦女士都以脸上涂镭为荣，镭粉底、镭口红几度卖到断货。

又有不良商家举一反三，发明了含镭的牙膏，声称该牙膏具有杀菌（这倒是真的）、漂白牙齿的功效，结果同样供不应求。玩具商们也不甘落后，推出了“放射玩具”，一经推出立刻成为富人孩子的最爱，就连哥伦比亚大学也购买了五套，作为炫酷的物理实验器材。

类似的还有含镭巧克力、含镭面包、含镭冰激凌、含镭内裤、含镭避孕套等，不一而足。

前文提到的那位可怜的“镭姑娘”，正是这场狂欢的牺牲品。艾米丽生前在“美国镭公司”负责给手表表盘和指针涂上含镭的夜光颜料，为了在细小的零件上涂准位置，她总是习惯性地用舌头舔一下毛笔尖。1921 年，她突然体重下降，关节疼痛。第二年，艾米丽的下巴几乎脱落，接着是严重的贫血和不断的吐血。1923 年，艾米丽就停止了呼吸，她的死亡报告上写的死因居然是胃溃疡。

所幸，美国新泽西州一位法医哈里森·马特兰在报纸上注意到了这桩离奇死亡案，富于正义感的他主动要求对艾米丽进行尸检。半年后，一份《使用放射性物质的未知危害》报告展现在公众面前，一些受害者终于找到了自己出现怪病的病因，开始了诉讼。

然而，当时的美国司法体制下，零星的个体很难对抗财大气粗的大企业，尚未把放射性危害研究清楚的医学界也无法提供铁证如山的证据，而受害者的身体却每况愈下，官司似乎就要不了了之了。

关键时刻，一个出人意料的神转折出现了。当时，一位百万富翁在医生的推荐下每天喝镭水“保健”，数年内喝下的上千瓶镭水最终要了这位富翁的命。死前，他立下遗嘱，捐出自己的万贯家财成立基金要把问题追查明白。在这笔钱的支持下，对放射性元素危害的研究终于冲破大公司的阻碍全面展开。铁证如山面前，“美国镭公司”等一批企业终于低头认错。

“如果我得到了赔偿，我可以给自己的葬礼多买点玫瑰花吗？”这是另一位“镭姑娘”在诉讼中对律师说的话，时至今日，读来仍令人心酸。

月亮狗摘自《齐鲁晚报》

图：豆薇

民防小知识 4. 不要顺着泥石流沟向上游或向下游跑，应向沟岸两侧山坡跑。

哎哟刘氏子

@猫主义

刘先生刘太太喜得贵子。这孩子胎教太好了，一出生就会说英语，比别的小孩早了好几年，人生赢在了起跑线上。

饿了，会对妈妈说："May I have some milk please?"困了，会对爸爸说，"Could you please turn the television down?" 一不小心尿了床，还会表示歉意，"I am so sorry."

孩子的爷爷奶奶却只是抱怨："好好一个中国娃，中国话都不会说，说什么英语？"刘先生刘太太其实一直在努力教，奈何就像对牛弹琴。刘先生十分绝望："就是个鹦哥也该学会了吧！"不料有一天这话被孩子听见了——

"鹦狗？"孩子含糊不清地说。

"是鹦哥，不是鹦狗！鹦哥，一种鸟，会说话，又叫鹦鹉！"刘先生激动地扑扇膀子，一边重复着"鹦鹉"这个词，一边拼命地嘬尖上唇，发出鸡叫。

刘太太一肘子把老公顶到一旁，把一张画着鹦鹉的双语识字卡片端端正正呈在孩子面前，指着鹦鹉，看着孩子，眼神里充满希冀："鹦鹉，parrot，鹦鹉，parrot，鹦鹉会说话，parrots can talk……"

孩子歪着脑袋琢磨了好一会儿，小手一伸，按在卡片上，下了结论："鹦狗！"

"鹦狗"就"鹦狗"吧，好歹是母语里的词……

"鹦狗哇哈那西哦思噜。"孩子突然又说。

刘先生刘太太的笑容渐渐收敛。

"他说啥？""听不懂。"

两人找出万能翻译软件，哄孩子又说了一遍，经过短暂的自动识别，软件翻译出结果："鹦鹉会说话。"源语言一栏显示为日语。

"必须扳过来！"

刘先生，好一条汉子，毅然请了假，全天陪护教导儿子，追着儿子喊爸爸、妈妈、爷爷、奶奶……眼看一个月的假期快要结束，刘先生也快全秃了，终于在一个傍晚，刘先生踮着脚尖舞进厨房："老婆！成功啦！"

"会说汉语了？"

"没有，又改回英语了！"

听了两句，刘太太脸一沉："这哪是英语？"打开翻译软件，软件翻译道："宝宝看电视。"源语言是西班牙语。

夫妻双双崩溃。

又过了一个月，儿子突然开始说法语，说话总跟要咳痰似的，逮谁往谁脸上亲，左一口右一口。

又过了十几天，变成了意大利语，仍然逮谁亲谁，还添了鸡爪疯的毛病——总是五指并做一束，在空气中一个劲儿比划。

然后是希伯来语、罗马尼亚语、德语、泰语、斯洛文尼亚语、俄语、葡萄牙语，还有一些连万能翻译软件也识别不出来的语言，这孩子的语言系统就像一台满是干扰信号的破收音机。刘先生和刘太太日夜忧愁。

一个朋友的朋友的亲戚的朋友认识的懂行的人指点说，这孩子怕是投胎时出了差错，建议联系有关部门处理。

七个工作日后，一个穿着蓝色工作服、胸前印着中国结图案的人敲响刘家门，出示了工作证，说明了来意。夫妻俩大喜过望，接驾般恭请来人进屋。

鼓捣了十分钟，蓝衣人摘下手套："好了。其实就是个出厂语言设置的问题，默认是出生地语言，极罕见的情况下会出bug，变成随机语言。现在已经改成汉语普通话了，应该没有问题了。有问题随时联系我们。"

送走蓝衣人，夫妻俩迫不及待地把儿子摇醒："宝贝儿！说点啥，随便说点啥！"

孩子先是不紧不慢地打了几个哈欠，又开始专心致志地嘬没长牙的牙床，就是不说话。刘先生忍耐不住，隔着纸尿裤给小屁股一巴掌——

"哎哟！"孩子叫了一声，考虑了一下，随即放声大哭。

"他刚才说'哎哟'？中国话的'哎哟'？你也听见了吧？"

"没错！就是'哎哟'！咱儿子会说'哎哟'了！"

刘先生刘太太喜极而泣，手舞足蹈地哄孩子："宝宝不哭，给宝宝吃好吃的好不好？"

孩子渐渐收住哭声，眨巴几下泪眼，字正腔圆道："甚好。"

摘自《文苑·经典美文》

民防小知识5．如果实在没有时间逃离滑坡体，可抱紧附近粗大的树木以求自保。

豆腐渣工程师

@两色风景

最近，天马小镇上的一座高楼倒塌了，而当时距离竣工才不过半年。很明显，那是豆腐渣工程的产物。

短短几天内，公司走到了破产边缘。东西基本都让讨债的人拿走了，员工被抓的被抓、辞职的辞职。身为现任老板的阿布一蹶不振。

这天，一个胖子一进门就嚷嚷："老板！你们老板在吗？"

"哈，"趴在唯一一张没被搬走的办公桌上的阿布懒洋洋地说，"我就是老板，这位客人，您是不知道我们这家公司的丑闻吧？"

"很可惜。我不但知道，并且还是专程慕名而来的。"胖子对答如流。

阿布觉得眼前的这个人可能脑子有点儿不正常。

"我要你搞的就是豆腐渣工程！

"我要你帮忙建一百座房子，条件是一个月之后，它们必须全部倒塌！"

阿布吓了一大跳："你钱多得没处花吗？！"

“恰恰相反，我是为了省钱。”胖子递给阿布一张名片，“其实我是市长的秘书。再过一段时间就要举办名为‘城市博览会’——简称‘市博’——的盛会了，身为主办城市的我们特别辟出了一块开阔的土地充当‘市博园’。问题是所有展馆在一个月之后就会被拆除，这是多么浪费而无奈的事情呀。我就想，如果有人能建出寿命正好只有一个月的房子，岂不是又能节省经费，又不耽误盛事吗？”

阿布被这大胆的构想惊得说不出话来。

“阿布同学，虽然你们之前的豆腐渣工程，损害了许多人的利益。但，只要能将才华运用在正确的方面，豆腐渣工程也并不是一无是处的！”胖子向阿布伸出手。

阿布大喊一声：“我接受了！”

从这天起，阿布就变了一个人，他东奔西跑、费尽口舌、用尽诚意寻找能一起进行工程合作的精英，他熬夜画图、演算、查资料、实地走访一丝不苟、以尽善尽美为最高宗旨……

市博会开幕的那天，阿布准时呈现出了一百个令人满意的展馆。

一个月之后，市博园内的所有建筑整齐划一地出现了裂纹，然后争先恐后迫不及待地倒塌成一片废墟。由于市政府一早就已经组织疏散，因此市博园里一个人都没有。而这些景象通过事先安排好的摄像机传递给千家万户之后，去过市博会的人怎么也不相信，他们曾经尽情观赏、交口称赞过的展馆，本质竟是巧夺天工的豆腐渣工程！

> “只要能将才华运用在正确的方面，豆腐渣工程也并不是一无是处的！

阿布和他的“豆腐渣工程队”一炮打响！不断有客户前来阿布的公司洽谈合作。

这天上门的，是个操着一口外语的卷发黑人。阿布认出这是个全球闻名的电影导演：“您知道的，在拍电影的时候，经常需要摧毁一些房屋。尤其是那些灾难戏、爆破戏。虽然这些现在都可以借助电脑来完成，可是成本不但高，而且总少了一份栩栩如生的逼真……可真的摧毁一座房子那又太浪费了，单纯用布景的话又缺乏诚意……

“我就是知道您可以自由指定一座房子能存在多久才来的。”导

民防小知识6. 除寻求救援外，同时要主动采取自救措施。（上海市民防办供稿）

演捋着卷发，“但我想增加一个条件：除了控制时间外，你能不能控制细节？

“比如，我希望一座房子的崩塌顺序是这样的：屋顶上先出现一个洞，然后墙壁上爬满裂纹，然后窗框松动、玻璃一片片掉下来，然后……”

“明白了！一定不会让您失望！”

阿布又陷入了暗无天日、兢兢业业的操劳中。

到了跟导演约定交货的时间，阿布在指定的片场打造出了一片壮观的建筑群。

那当然都是阿布的杰作，经过再三的设计，他已经能让每座“豆腐渣工程”的崩坏顺序与影片进度搭配得天衣无缝！

影片的拍摄取得了极大成功！上映之后，票房直冲云霄不说，阿布还特别获得“最佳道具奖”“环保奖”“精打细算奖”……

豆腐渣工程师阿布从此成为影视界的宠儿。

就在阿布越来越忙碌的时候，新的生意又上门了。

“阿布先生，我是天马博物馆的负责人。

“我们想请您用豆腐渣工程技术盖一座假的博物馆，因为我们要抓到神偷唐不甩——毫无疑问，一旦我们小镇上有了博物馆，这家伙一定会来把值钱的东西偷光光。在抓到他之前，真正的博物馆都不敢动工呀！”

“让我想一想……”

两个月后，天马博物馆举行了盛大的落成仪式。负责人宣布，不日将开放给大众欣赏。

夜深人静的时候，神偷唐不甩真的来了。

他悄无声息地潜进博物馆，发现竟然一个警卫、一个警报器都没有。

“真是愚蠢的博物馆，防守这么不严。”唐不甩兴奋地偷了一大堆古董。正当他将八达国第一任国王陛下的皇冠塞进包袱时，他脚下的地板突然裂开了！猝不及防的他，一下子掉了下去，掉进一个早已准备好的铁笼子里！唐不甩傻眼了，他都还没反应过来，就被抓了。

几天后，这座“捉贼博物馆”自动夷为了平地，而真正的博物馆热热闹闹地开始建设。神偷已经落网，天马小镇的居民可以放心地来参观啦。

彼岸花开摘自《东方少年·快乐文学》

图：恒兰

6月号百宝箱

线上增刊 “码”上就看

超实用

1元 **绰号与人物形象的塑造**

敢于面对“六眼飞鱼”的老太太、特立独行的朱一发，看似不走寻常路，实则是有章可循。本期小编期待“码”上与您分享的作文技巧是：绰号与人物形象的塑造——如何让您笔下的人物生动丰富起来？

1元 **动物故事10分钟**

材料是文章的血肉，没有了材料，“巧妇”也“难为无米之炊”。若想“读书破万卷，下笔如有神”，必备的方法就是积累素材。本期素材展示：如何巧妙地将动物写进文章中？

0.5元 **小视角看社会**

“如果你想走得快，一个人走；如果你想走得远，一群人走。”不同人生，不同戏。观他人生命体验，也可提升自己的人生智慧。请收下小编这份“走心”的书单。

超好听

免费 5个故事音频，免费收听。多角度拓展您的阅读空间，“诵”给您耳朵最美好的享受！

超好看

免费 我们需要的是什么样的教育？一场“数学门”引起的教育思维碰撞，荒诞讽刺美国教育的《二加二等于二十二》。

超人气

免费

故事会读者圈，编读互动，欢迎您来吐槽聊天！

祈愿

@ 杨丽平

她病了，病得很严重。她轻声说："看来，我是快要死了。"

"净说傻话。你不是说那个算命的很准吗？他说你有八十岁的寿命呢！"他是不迷信的，但也只能这样安慰她。

她笑了，笑得很轻、很柔："记得吗？咱儿子是早产儿。那时，看他身上插满了管子，孤单可怜地躺在保温箱里，我的心都碎了。那时我许愿，只要他能平平安安地活下来，我愿意用自己十年的生命去交换！后来，儿子真的平安了。儿子两岁了，还不会开口说话，我日夜担心、流泪，我宁愿折寿十年来换取儿子能开口说话！后来儿子真的会说话了。还有，十年前，咱爸病了，医生说他八成是癌，那时，我哭了整整一个下午，我在心里祈求菩萨，只要咱爸得的不是癌，我愿少活十年！两天后，医生说是误诊，爸没癌……你说，我的许愿灵不？"

停了一会儿，她接着说，"去年，你做生意亏了，看你每天愁眉不展、消沉痛苦，我不知该怎样才能让你振作。我唯有向菩萨许愿，只要你的公司能起死回生，我愿再减寿十年。两个月后，我真的又如愿了。菩萨很灵的，你还说这世上没神灵吗？我今年四十了，剩下的四十年，全让我拿去交易了。"

"好了，别胡思乱想了，该休息了。"

半个月后，她竟奇迹般地康复了，连医生也说不出个所以然。她很高兴，他更开心。"今后，不许再许减寿的愿了。"但就在五天前，不迷信的他，一个人跑去庙里，焚香，磕头，痛哭，许愿：只要她能健康活着，我愿用自己二十年的寿命去换取。

孤山夜雨摘自《梅州日报》

故事会 2018.07
Stories Digest
文摘版 总第47期

社 长、主 编：夏一鸣
副社长：张 凯
副主编：高 健
本期责任编辑： 田 芳
发稿编辑：高 健 田 芳 蔡美凤
美术编辑：周 睿
电话：021-64668742
021-54561119
邮编：200020
地址：上海市绍兴路74号
主管：上海文艺出版总社
主办：上海文艺出版总社
出版单位：《故事会》编辑部
发行范围： 公开

出版、发行电话：021-64313938

发行业务：021-64313938
发行经理：钮 颖
媒介合作：021-64338113
广告业务：021-64334376
新媒体广告：021-64450660
广告经营许可证：
沪工商广字310032008O016号

国外发行：中国图书贸易总公司
印刷：上海四维数字图文有限公司
发行：上海邮政报刊发行局
邮发代号：4—900
国外代号：MO9178
定价：5.00元

卷首

焦点

笑点

亮点

看点

盲点

侃点

泪点

视点

零点

观点

评点

故事会文摘版欢迎投稿

稿件要求：来自最新的报刊、书籍或网络，故事性强，文字明快，主题健康，视野开放，纪实或虚构均可，体现“新、知、情、趣”的特点，同时欢迎第一手的翻译作品。推荐作品须注明原文出处、原作者姓名，确保转载不存在侵害版权的行为，并请留下推荐者真实姓名及通信地址。作品一经采用，即致推荐者50至200元推荐费，并向作品著作权人支付稿酬。

故事会文摘版 投稿信箱
wenzhaiban@126.com

故事中国网：www.storychina.cn

故事会文摘 gsh-wz　　故事会微信 story63

本刊未署名图片均由视觉中国提供
音频提供：一说

英珠

@葛 亮

初识英珠

刚到日隆，我一个人在附近逛，就遇到了藏族女孩英珠。她羞涩地笑了一下，走过来，又退后一步，低声问："你们想去大海子吗？"

我很快明白，她的意思是，她可以租借她的马给我们，带我们进沟。我们很快便谈妥了：后天和藏族女孩一起上山。

她牵了马，却又走回来。我问："还有事吗？"

她便说："你们还没住下吧？这里的宾馆，哄人钱的。我们乡下人自己开的店，价钱公道，还有新鲜的牦牛肉吃。我帮你们介绍一个。"

大约最后一点对我和同伴都有吸引力，我们点点头，跟她走了。

藏族女孩赶着两匹矮马，上坡的时候，还在马屁股上轻轻推了一下，嘴上说："都是我的娃，大的叫银鬃，小的叫鱼肚。我叫英珠。"

我们在一幢三层的小楼前停住。英珠喊了一声，音调抑扬，里面便有人应声。很快走出一个中年女人，招呼我们上去。

女人粗眉大眼，很活泛的样子。英珠说："这是瑞姐，这里的老板娘。"她又说了声"你们先歇着"，就走出去了。

晚上我到了外头，听见老板娘正在和英珠说话。英珠看见我，对我浅浅地鞠一个躬，从怀里掏出一个塑料袋子，伸手捧上来，说："送

 就是爱历史（法国）1. 法国的领土面积在欧洲排名第几？

给你们吃。”

我接过来，里面是一些很小的苹果。我还没来得及道谢，英珠又浅浅低一下头，对老板娘说：“我先走了。”

瑞姐看着她走远的背影，深深地叹了口气，然后转过脸对我说：“小弟，你们拿准了要租英珠的马，可不要再变了啊！”

我说：“不会变，我们说好了的。”

瑞姐说：“她是不放心。听说你们明天要跟团去双桥沟，团里有镇上马队的人，她怕你再被他们说动了。良心话，英珠收得可真不算贵，就算是帮帮她。”

我点了点头。

几经波折

第二天跟旅行团去双桥沟，导游是个年轻的藏族汉子。他听说我们去海子沟，就说他和镇上的马队熟得很，可以载我们去。

我说不用了，我们已经租了马。当他听说我们是租了英珠的马，只是冷冷地笑了笑，说：“就那两个小驹子，到时候不知道是马驮人还是人驮马。”

回程的时候，天上突然下起冰雹，打在身上簌簌作响。接着飘起了雪，刚下了一会儿，气温便迅速地下降。回到旅馆的时候，我们的手脚都有些僵。

这时候，有人敲门，小心翼翼地。打开门，是英珠。

英珠冲我们点点头，将瑞姐拉到一边，轻轻地说了几句。瑞姐皱一皱眉头，她便拉一拉瑞姐的袖子，像是在恳求什么。

“这可怎么好？”瑞姐终于回过神来，英珠便将头低下去。

瑞姐再望向我们，满脸堆着笑，她对我说：“小弟，看样子这雪，明天还得下，恐怕是小不了。”她似乎也有些为难，但终于说了出来，“英珠的意思是，你们能不能推迟一天去海子沟。天冷雪冻，英珠担心马岁口小，扛不住。”

我着急地打断她：“那可不成。我们后天下午就要坐车去成都，回香港的机票都买好了。”英珠一直沉默着，这时候突然说了话，声音很轻，但我们都听见了。她说：“这个生意我不做了。”

瑞姐转过头对英珠使眼色，轻声说：“妹子，到底是个畜生，将就一下，你以为拉到这两个客容易？”

英珠张了张嘴唇，想要说什么，但终于没有说出来，转身走了。

遭遇雪暴

第二天清早，瑞姐急急地敲我们的门，脸上有喜色，说雪住了。装备齐整，她带着我们去找英珠。

瑞姐说："我们日隆整个镇子，唯独英珠把马养在二楼，和人住一层。"

英珠正拿木勺在马槽里拌料，听到瑞姐的话，很不好意思地说："天太冷了，还都是驹娃子，屋里头暖和些。"

起初大家都挺兴奋。海拔高了，小马鱼肚呼出的气息结成白雾。英珠从包里掏出一条棉围脖，套在鱼肚的颈项上。围脖上绣了两个汉字——"金"和"卢"。

我问英珠这两个字的来由。她笑一笑，说："我的汉名叫金月英，上学的时候都用这个。"

我问："那卢呢？"她没有回答。

直到天色暗沉下来，我们才意识到遭遇了山里的雪暴。英珠使劲地做着手势，示意我们下马。我们刚想说点什么，被她制止——稍一张口，雪立即混着风灌进喉咙。我们把重物放在马背上，顶风而行。

终于在半里外的地方，我们发现了一顶帐篷，掀开门帘，看到里面已有两个人，是一对青年男女，靠坐在一起，神情颓唐。看到我们，他们的眼神十分警惕。在我们还犹豫的时候，男的开口说："进来吧。"

帐篷突然充盈了。英珠望望外面，说："让弟娃进来吧。"鱼肚刚探进头，年轻男人大声地叫起来："马不能进来！"

英珠一愣，几秒钟后，她半站起来，对年轻男子深深鞠了一躬，用近乎哀求的声音说："先生，它年岁很小，这么大的风雪……"

男人不再说话，将头偏到一边去。后来我们知道：男的叫永，女的叫菁，是和大部队失散的登山队员。

天光又暗淡了一些。永从旅行包里掏出一只应急灯，打开，电量已经不充足。而风声似乎更烈了，

1. 答案：第三。

我们明显感到温度在下降。我看见英珠卸下马鞍，将身上的军大衣脱下来，盖在鱼肚身上。

应急灯闪了一闪，突然灭了，帐篷里一片漆黑。在这突然的死寂里，我们看不到彼此，但都听得到外面的风愈来愈大，几乎形成汹涌的声势。

有人开始啜泣。起初是隐忍而压抑的，渐渐地放肆起来。是菁。永大声地呵斥：“哭什么哭，还没死呢！”然而，短暂的停歇过后，我们听到的是更大的哭声，几乎是歇斯底里。

这时候，有另一个声音响起来，极细弱的，是一个人在哼唱。是英珠，她用藏语唱起了一支歌谣。

我们听不懂歌谣的内容，但是辨得出是简单词句的轮回。旋律也很简单，没有高潮，甚至也没有起伏，只是在这帐篷里萦绕，回环，在我们心上触碰一下又一下。我们都安静下来，我在这歌声里睡着了。

离开日隆

醒来的时候，天已经大亮。阳光从帐篷的间隙照射下来，温润清澈。英珠靠在马鞍上，还没有醒。挨着她的鱼肚，老老实实地裹在主人的军大衣里。它忽闪了一下眼睛，望着我。

我们离开日隆时，瑞姐送我们去车站。问起英珠，瑞姐说，英珠回来就发烧了，给送到镇上的医院去了。“唉，这么冷，大衣盖在个畜生身上。”瑞姐叹一口气，“人都烧糊涂了，只管叫她男人的名字。”

我突然想起什么，问道：“她男人是姓卢吗？”

瑞姐愣了一下，说：“是啊，三年前的事了。两口子本来好好地在成都做生意，她男人说要帮她家乡搞旅游，要实地考察，就跟我们一个后生上了山。那天大雪，马失了蹄，连人带马一起滚沟里了。精精神神的人说没就没了。那马那会儿才下了驹没多久，驹娃子就是鱼肚。”

又过了几年，一个偶然机会，我弄明白了那首歌的歌词，只有四句：“当雄鹰飞过的时候，雪山不再是从前的模样，因为它那翅膀的阴影，曾经抚在了石头的上面。”

李金锋摘自《七声》中信出版社

图：豆薇

【编者的话】炎炎七月又至，一群人的旅行季又开启了！你是否已踏上了向往已久的旅途？本期焦点，来听听两位作家讲述的旅途故事吧！另，扫码7月号百宝箱，一份西藏旅游攻略送给你！

一见钟情的欺骗性

@风茕子

这是登山队在乌拉山山口安营扎寨的第三天，二十岁的蒋东东开始感到身体吃不消。

清晨时分，他遇见了夏尔巴人。半个小时后，他们走近了。

“嗨，”一个离他最近的年轻人将帽子翻到背后，笨重的手套冲蒋东东摇了摇。他吃惊地发现，长发、明亮的眼睛、黝黑的皮肤——这是他过了日喀则后看到的第一个女性！女孩儿一笑，牙齿白得雪亮。蒋东东气喘吁吁地看着她，说不出话来。她极有眼色，立刻帮他拿来氧气包。“身体不好就回去呗，跟我们一起走。”她说，“我叫鲁普，嘎尔札鲁普。”

蒋东东原本是个坚强的大二男生，可是在这个漂亮的小黑妞面前，他溃不成军了。

太阳正暖，他们要在天黑前赶到定日。他跟在她身后走，有莫名的快乐。她就是力量的象征，背着小山一样的登山包，还可以一边走一边说话。他觉得她踏的雪窝都比他的深，风经过她身边都吓得没那么凛冽了。

傍晚时分，一行人到了定日，蒋东东的心脏终于正常。更赞的是，手机也有了信号。此时一行人要转乘四驱的破吉普，去往定日县城。蒋东东欢天喜地地用手机上网，他要找一下关于夏尔巴人的风俗。

鲁普凑过来：“你在干什么？”

“上网。”

就是爱历史（法国）2. 查理曼帝国一分为三后，其中哪一个王国演变为现在的法国？

“手机还能上网？”

蒋东东有点惊诧。原来她这么与世隔绝！他开始兴致勃勃地和鲁普聊天儿：“我在A城读大学，你读过大学吗？”鲁普咧嘴一笑：“我是帮登山队员固定绳索的……”优越感是快乐的东西，蒋东东开始给她讲大学的生活，讲4G网络，讲女孩儿们都崇尚的iPhone手机。

鲁普瞪着她的大眼睛，她眉毛上的冰凌开始融化，满脸都是亮晶晶的雪水。真好看。

很快就到了目的地。鲁普说的最令蒋东东振奋的一句话是：“晚上你愿意到我家里吃饭吗？”他不禁赧颜：真是一个奔放的民族，女孩子第一次见面就约男孩子到家里吃饭，大家还这样热闹、欢腾。

鲁普住在一条热闹的小街上，她家的客房多得像宾馆，厨房也足有一百平方米。鲁普理直气壮地冲到这儿、冲到那儿，把所有的稀奇都带蒋东东看了个遍。这里有一种朴实的美，但是很落后。

有了优越感之后，蒋东东对她的喜欢理直气壮。很明显，蒋东东的日子比她先进多了。他想，如果她肯跟他走，他就永远把她带出这个落后的小镇，他将改变她的一生。

第二天早上醒来，太阳已经凉凉地升起来。蒋东东在镜子前把头发打湿，梳得极有造型，然后满院子找鲁普。

这个可爱而有力气的姑娘正在和几个男人一起锯木头，她的脸黑红黑红的，一看到他就笑。几个男人“叽里咕噜”说着他听不懂的藏语，然后一个男人大声用汉语问他：“别回去了，就留下来吧？”鲁普立刻大笑着推了他一下，一群人爽朗的笑声豪迈极了。

蒋东东想，到了窗户纸要点破的时候了，他要向她表白。再过三天他就要回学校，他想把这三天都留给美丽的鲁普，然后带她走。

他站在边上等啊等，鲁普和男人们终于锯完了小山一样的木头。蒋东东跟着她往回走，他鼓起勇气问：“藏语‘我喜欢你’怎么说？”

“啊却拉噶。”

蒋东东学了一遍：“啊却拉噶。”然后他用很大的声音叫她，“嘎尔札鲁普，啊却拉噶！”

鲁普一怔，眯起眼睛笑了。蒋东东好紧张好紧张，又要去吸氧。鲁普把氧气袋拿给他：“就你这样的体质还登山呢！”蒋东东羞愧地说：“我到西藏来只用过两次氧气袋，第一次是因为看到了你，第二次是因为等待你回答我。”

鲁普始终未置可否。晚上蒋东东和鲁普一家人坐在一起吃饭。全家人只有鲁普一人懂英语和汉语，所以他们可以肆无忌惮地说话。蒋东东问她：“你愿意跟我走吗？”

鲁普很奇怪：“这就是你喜欢我的方式？”

蒋东东疑惑了。是啊，如果她肯去，他要向家里要两倍的生活费，还要为她租房子。这难道不是一个男孩子对一个女孩子的付出吗？他带给她最现代的生活，这样不好吗？他告诉她：“大城市里有可以调温度的马桶，洗手液和自来水都是一伸手就会出来。你会发现，世界好大。”

鲁普低下头，很小口地喝羊奶。

他充满了期待地补充：“你连麦当劳都没有吃过，等你老了你会很遗憾。”他目不转睛地看着她，有一丁点的失望。因为他原以为带一个这样的女孩儿走，于她而言应是恩同再造。他已经等不及她回答了，他追问她：“你为什么犹豫？”

鲁普终于小声说：“我以为喜欢我的人，会为我留下来。”她告诉他，夏尔巴人的血液中血红蛋白浓度高于常人，所以他们能抗低氧。他们像高原牦牛一样适应了这里的低气压，他们的心脏和肺都是为高原而律动。他们若去沿海城市会很难受，就像在海边长大的他忽然来到西藏一样，每一次呼吸都艰难。他们要用很多年很多年去适应。

> 并不是所有的邂逅都荡气回肠、一眼万年，可能中间有感情的涟漪，但也有一种可能，结局庸俗得无话可说。

鲁普说：“我的理想是做一名最好的登山队绳索工，把每一截绳索都固定好，每一寸都不打滑。看着它们在最陡峭的山崖上蜿蜒过去，我就觉得这是我存在的意义。为什么你想把你的理想强加给我？那么你呢？你愿意留下来吗？”

当然不会。蒋东东去收拾东西，准备打道回营队。鲁普站在门口，淡淡地说：“150元。”

“什么？”蒋东东有点疑惑。鲁普说：“我们家是旅馆，这一条街都是。”她指了指门上的一块牌子。他竟然没有注意到，一大堆藏语后面还有几个汉字：“住宿，50元／晚。”

摘自《多少黑名单，曾互道晚安》

时代文艺出版社 & 北京紫图出品

图：豆薇

2. 答案：西法兰克王国。

骆驼集市

@[新加坡]尤　今

那天在巴基斯坦，我们兴致勃勃地雇了一辆出租车，告诉司机要到卡拉嗤骆驼集市去。无奈他听不懂英语，比手画脚、绘声绘色，他都一脸茫然；屡试屡败后，忽然福至心灵，我在笔记本子上画了一只自以为看起来“栩栩如生、呼之欲出”的骆驼，向他出示。

他一看，连连点头，踏足油门，飞驰而去。

日胜微笑地称赞我：“你的图画可真不赖呀！”

我得意地应道：“嘿嘿，你总算又见识了我的一项特长。”

车子跑了好长好长一段路，来到了一条人潮川流不息的大街上，出租车司机毫不含糊地把车子停在一家店铺前，比了个手势，向我们示意目的地已经抵达。

我狐疑地探头一看，天呀，居然是一间卖鸟的店铺！哎哟，我画的明明是骆驼，却被他误解成鸟儿！他的错误，着实是对我绘画技能的最大侮辱。然而，此刻，对着满店“啁啁啾啾”的鸟儿，我不怒反乐，捂着肚子，狂笑不已。

日胜用悲哀的眼神瞅了我一下，叹了一口气，说：“还是让我来画吧！”他拿起笔，一丝不苟、一笔一画地把骆驼带到纸上去。

出租车司机接过一看，便露出了恍然大悟的表情，连连点头，踏足油门，飞驰而去。

日胜一脸得意地说：“嘿嘿，我从来不曾绘画，没有想到竟然有此成就！”

我拍马屁：“你可真是真人不露相啊！”

车子弯来拐去地走了一大段路后，停了下来。探头一看，行人摩肩接踵，摊贩多如天上星斗，咦，这儿明明是菜市嘛，骆驼？连影子都没有！

司机兴高采烈地指着那一个卖鸡的摊子。

这一回，我笑得连眼泪也掉出来了。

司机再次犯的错误，总算扯平了我和日胜的绘画水平。

摘自作者新浪博客

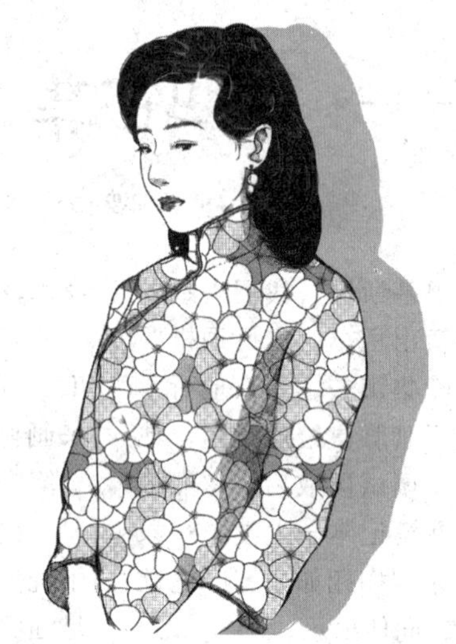

妈妈的梦幻

@李敖

妈妈从小有一个梦幻，就是当她长大结婚以后，她要做一家之主，每个人都要服从她。

当妈妈刚到我们李家的时候，妈妈的妈妈也跟着来了。外祖母是一位严厉而干练的老人，独裁而又坚强，永远是高高在上的大权独揽：上自妈妈，下至我们八个（二元宝，六千金），全都唯她老太太之命是从。妈妈虽是少奶奶兼主妇，可是在这位“太上皇后”的眼里，她只不过是一个“孩子王”，一个孩子们的小头目，一个能生八个孩子的大孩子。

由于外祖母的侵权行为，妈妈只好仍旧做着梦幻家。她经常流连在电影院里——那是使她忘掉不得志的好地方。

在外祖母专政的第十九年年底，一辆黑色的灵车带走了这个令人敬畏的老人。五天以后，爸爸从箱底掏出一张焦黄的纸卷，用像读诏书的口吻向妈妈朗诵道：“凡我子孙，当法刘伶；妇人之言，切不可听！”

带着冰冷的面孔，爸爸接着说：“这十六个字是我们李家的祖训。十九年来，为了使姥姥高兴，我始终没有拿出来实行。现在好了，你们外戚的势力应该休息休息了！从今天起，李家的领导权仍旧归我所有，一切大事归我来管，你继续照做孩子头！”

在一阵漫长的沉默中，妈妈的梦幻再度破灭了！于是，在电影院附近的几条街上，更多了妈妈的高跟鞋的足迹。

爸爸的治家方法比外祖母民主一些，他虽禀承祖训，不听“妇人之言”，可是他对妈妈的言论自由却没有什么钳制的举动。换句话说，妈妈能以在野之身，批评爸爸。通常是在晚饭后，妈妈展开她一连串、一系列的攻击，历数爸爸的“十大罪”：说他如何刚愎自用，如何治家无方……听久了，千篇一律总是那一套。而爸爸呢，却安坐在大藤椅里，一面洗耳恭听，一面悠然喝茶，一面频频点首，一面笑而不答。其心胸之浩瀚，态度之从容，古君子之风度，使人看起来以为妈妈在指摘别人一般。直到妈妈发言累了，爸爸才转过头来，对弟弟说：“‘唱片’放完啦！小少爷，赶紧给你亲爱的妈妈倒杯茶！”

旧历年到了，爸爸总是预备九个红包，妈妈在原则上是绝不肯收这份压岁钱的，可是当弟弟偷偷告诉她分给她的那包的厚度值得考虑的时候，妈妈开始动摇了，犹豫了一会儿以后，她终于没有兴趣再坚持她的“原则”了！

堂堂主妇被人当做孩子，这是妈妈最不服气的事。可是令她气恼的事还多着哪！妈妈逐渐发现，她的八个孩子也把她视为同列了。例如爸爸买水果回来，我们八个孩子却把水果分为九份，爸爸照例很少吃，多的那份大家都知道是分给谁的。妈妈本来赌气不想吃，可是一看水果全是照她喜欢吃的买来的，她就不惜再宣布一次“下不为例了”！

“我们是大丈夫，更是妈妈的孝顺儿子。

爸爸执政第八年的一个清晨，妈妈在流泪中接替了他的职位。丧事办完以后，妈妈把六位千金叫进房里，“叽叽咕咕”地开了半天妇女会。我和弟弟两位男士敬候门外，等待发布新闻。最后门开了，幺小姐走出来，拉着嗓门喊道：“老太太召见大少爷！”

我顿时感到情形不妙。进屋以后，十四只女性的眼光一齐集中在我身上，我实在惶恐了！终于，妈妈开口了，她用竞选演说一般的神

情，不慌不忙地说道：“李家在你姥姥时代和你老子时代都是不民主的，不尊重‘主权’——‘主’妇之‘权’！现在他们的时代都过去了！我们李家要开始一个新时代！昨天晚上听你在房中读经，高声朗诵《礼记》里女人‘幼从父兄，出嫁从夫，夫死从子’那一段，我不知道你是不是故意念给我听的。不过，大少爷，你是聪明人，又是在台大学历史的，总不会错认时代的潮流而开倒车吧？我想你一定能够看到现在已经不是一个‘夫死从子’的时代了……”

我赶紧插嘴说：“当然，当然，妈妈说得是，现在时代的确不同了！爸爸死了，您老人家众望所归，当然是您当家，这是天之经、地之义、人之伦呀！还有什么可怀疑的？您做一家之主！我投您一票！”

听了我这番话，妈妈——伟大的妈妈——舒了一口气，笑了，“筹安六君子”也笑了，“咪咪”——那只被大小姐指定为波斯种的母猫，也摇了一阵尾巴。我退出来，向小少爷把手一摊，做了一个鬼脸，喟然叹曰：“李家的外戚虽然没有了，可是女娲却来了！好男不跟女斗，识时务者为俊杰，我看咱们哥俩还是赶快‘劝进’吧！”

妈妈政变成功以来，如今已经五年了！五年来，每遇家中的大事小事，妈妈都用投票的方法来决定取舍，虽然我和弟弟的意见——“男人之言”——经常在两票对七票的民主下做了被否决的少数，可是我们习惯了，我们都不再有怨言，我们是大丈夫，也是妈妈的孝顺儿子，男权至上不至上又有什么要紧——只要妈妈能实现她的梦幻！

暮春摘自《台港文学选刊》

图：小柯

【名师有话说】李敖言辞犀利世人皆知，而此文却始终流淌着暖暖的蜜语，将一个被母亲和丈夫呵护的女性形象、一个和谐大家庭的温情故事呈现给大家。笔下的母亲貌似一辈子都在追求自己能够当家作主，从年轻时代外祖母的独裁到后来父亲的专政，其在野与其说是失落，倒不如说是被宠溺着生活。

文章基调明快，轻松幽默，大词小用，亦庄亦谐，源于“我”对母亲真切的爱意。特立独行的作者俨然化身为一个大顽童，将一波三折的故事娓娓道来、首尾呼应，吸引我们沉浸在舒缓的笔触里，萌化了每一位读者的心。此文堪称不可多得的妙文佳作。

点评者：中学高级教师、中国散文学会会员、江苏省作协会员，沈庆保，现供职于江苏省邳州市教育局

3. 答案：路易十四统治时期。

星星老了，就会碎成一场大大的雪

@刘继荣

儿子感冒了，两天没去幼儿园。到下午，烧退咳止，小病猫立刻变成了活猴儿：身披床单吆喝着“大王叫我来巡山哪”，满屋子乱窜。

晚上，我和老公靠在沙发上，听儿子讲他自已编的故事。

门铃忽然响起来，我打开门一看，一个多好看的小女孩啊，像小仙子！小仙子有礼貌且大方：“阿姨，我叫黄丝丝，是伊文的同学。听说他病了，我拿药来给他吃。”她举着个绿色小纸袋，笑盈盈的。

我赶紧请小朋友进来，帮她脱下披风，又去找拖鞋。

而那两个小朋友早跑到阳台上，手牵着手看雪。儿子说：“每一颗星星老了以后，都会碎成粉末，下一场大大的雪。”女孩说：“星星本来很重，碎了就变得很轻很轻，落在哪里都不疼。”我听得呆住了，几乎想立刻跑过去，跟他们一起玩。

可我到底没有打扰孩子们，自己去书房看书。刚看几页，就听见儿子叫爸爸妈妈快来。

他们已经转移到小卧室了。儿子郑重地指着书柜：“我们结婚以后，要把所有的漫画书都放这儿。”小女孩说：“我的漫画书也要搬来！”我与老公惊骇地对望，也不敢笑，只是点头。他们两个指指点点，兴致盎然，盘算着未来的日子。老公挠挠头，笑呵呵地走了，我抽一本漫画书，坐地上翻看。

两人计划要养一匹马，一起骑着上幼儿园。在白马和红马的问题上，两个人争执起来，互不相让，声音越来越高。我建议用石头剪刀布来定夺，结果儿子赢了，跳到床上欢呼，小姑娘扁着嘴，要哭了。我对儿子耳语：“赢都赢了，男生谦让一下，才有风度。”儿子同意了，于是，他们拥有了一匹白马。

接下来，是一连串乐陶陶的好日子：你做蛋糕我种花，你栽葡萄我酿酒。每到周末，还有一场盛大的舞会，全城的小人、大人、老人都跳舞唱歌。歌舞正酣时，小魔怪出现了，它用魔法掠走所有人的鞋子。小男孩与小女孩挺身而出，大战三百回合，俘获盗鞋魔，带回家

来。那小魔怪无恶不作，时而泼翻可乐，时而打碎花瓶，两人决定把这家伙送往幼儿园。让它上小班还是大班时，他们又吵起来，几乎要绝交。我俯在小女孩耳边，轻轻说："这次，轮到你让他了。"小女孩鼓起嘴，倔强地摇头。

我温和地说："两个人一起玩，可以生气，可以吵架。可是你们种的花还没开够，舞会还没结束，盗鞋魔还在打滚哭闹。如果还想继续一起酿酒烤蛋糕，跳舞唱歌，非得彼此谦让不可。"小女孩含泪点头。儿子不忍："我再让你一次吧！"

小女孩跳起来："不，下次就轮到我说了算！"

几经坎坷，终于天下太平，风调雨顺。葡萄碎裂后，不哭不闹变成酒；玫瑰开累了，就交还红与香变成泥。现在，他们拥有一个葡萄园、一千只羊和一千块花田。每一块田里的花都不一样，有玫瑰、风信子、铃兰、薰衣草……他们已经一百岁了。

我去了一趟洗手间回来，剧情骤然逆转，两个人恶言相向，竟至互相推搡起来。我吓了一跳，忙问缘由。原来，女孩要离开家，去当时装模特。

儿子委屈地说："我本来想去当歌手的，可是因为要和你一起种田、种花、放羊，我就忍住没有去，忍了整整一百年……"

小女孩也哽咽："我一直想当模特，因为要跟你在一起，我就忘记了，忘记了整整一百年……"

啊，我只觉荡气回肠。这些一百年后才说出的委屈，一百年后还洁白芬芳的初心。

两个人都哭了，伏在我膝上，要求公平。你看，如果没有一个婆婆，他们只能抱住自己的膝盖哭。

我想了想，说："一百岁了，喜欢做什么事就去做吧。你去当时装模特，一百岁的人也是要穿好看衣服的。你去当歌手，一岁到一百

就是爱历史（法国）4. 卡佩王朝晚期，因王位继承问题，引发了什么战争？

岁的人，都有喜欢听歌的。”

他们两个同时问我：花田怎么办？羊怎么办？葡萄园怎么办……

我说：“交给你们的儿子和孙子吧，他们谁爱种花就种，谁爱放羊就放，谁爱酿酒就照管葡萄园。”

小姑娘讷讷地说：“天哪，我们太忙了，都忘记生孩子了……”儿子也为这一疏忽懊恼地拍拍头。

我笑起来：“这个城镇有很多年轻人，你们可以把羊群、花田、果园交给他们。”两个人拍手称赞。

小女孩弯着腰驼着背，在地上走了两个来回，咳嗽着问：“我是不是太老，穿衣服不够好看？我能不能变回去，变得又小又美？”

我回答：“不能，你不能要两个人生。你现在是个好看的老太太，你身上有玫瑰花香，你亲手编织的羊毛裙子又暖和又好看。你是一百岁的公主，我爱你。”

儿子抱着吉他，嘶哑着嗓音唱：“请给我讲那亲切的故事，多年以前，多年以前……”

不一会儿，两人又起纷争，他们决定分开。

虽然我也很震惊，可他们没有征求我的意见，我只能保持沉默。

他们去了不同的国家，当一天的演出结束时，两个百岁老人伏在书桌的两端，给对方写信。台灯温柔的光辉里，一个写道：“亲爱的，我感冒了。今天下雪了，每一颗星星老了以后，都会碎成一场大大的雪……”另外一个写道：“亲爱的，我一定会去给你送药。我这里也下雪了，很大很大，星星碎了就变得很轻很轻，落在哪里都不疼……”

老公探头进来：“嘿，快到十二点钟了，小朋友，你该回家啦！”他顺手开亮耀眼的顶灯。

所有的梦在刹那间醒转：花田，羊群，未写完的信……在这一刻全部退去，只有两个如梦初醒的小孩，还有我。

儿子抗议：“哪有赶客人走的！”小女孩也不愿走，我搂住两个小人儿：“今天真的太晚了，丝丝先回家，明天一起堆雪人好吗？”孩子们跳起来欢呼。

门铃急促地响，打开门，一个满脸眼泪的妈妈抱住了小女孩，又是抱怨，又是欢喜：“你说只是看看同学的，怎么那么久？叫我到处乱找，最后给老师打电话，才找到这里的……”直到离开，亲家都又哭又笑，没有看见我这个微笑的婆婆。

摘自《和你一起，我不怕老去》

北京日报出版社 & 北京紫图联合出品

图：恒兰

历史上那十天去哪儿啦

@李方恩

如果有人告诉你，1582年10月5日到14日这十天在历史上是不存在的，你一定会感到这是在胡扯。事实上，这件事的的确确是真实的。

公元前46年，恺撒请索西琴尼到罗马帮他修改历法，以埃及的太阳历为蓝本，重新编制了历法，即《儒略历》。公元前45年1月1日，恺撒下令在罗马实行这一历法。可是，这一历法也有问题。

《儒略历》以回归年为基本单位，当时计算的回归年长度是365.25日，比实际上回归年的365.2422日长了0.0078日。起初，这不算什么问题，但是误差累积越来越多。比如，《儒略历》最初设定的每年春分在3月21日前后，几百年过后，春分在该历法上的日期越来越提前。

到了公元1582年，人们发现实际上春分已经提前到了3月11日，比原定的3月21日提前了十天！当时的教皇格里高利十三世感到这个情况不能再持续下去了，于是下令由天文学者和高级僧侣组成一个委员会。最终，委员会提出了一年有365.2425天的方案，这大大接近了回归年的实际。

虽然这一方案仍有误差，每3323年误差还不到一天，但对普通人的生活没什么影响。不久，教皇颁行了这一历法，这部历法被称为《格里高利历》，也就是通称的“公历”。

虽然回归年误差的问题解决得差不多了，但是差十天的问题怎么办？于是委员会干脆向教皇建议，简单粗暴地从日历中抹掉十天！就是让老百姓过完1582年10月4日后直接过10月15日。这个指令下达后，民间怨声载道，但大家只能遵照执行。

教皇大笔一挥，十天就这样离奇地消失了。但是，英国最初并不买教皇的账，坚决反对，这导致英国的日历与欧洲大陆各国的日历都不一样。英国人就这样坚持了170年，到了最后，英国人实在是扛不住了，通过立法，同样把多出来的这些天抹去了。

摘自《知识窗》

4. 答案：英法百年战争。

被科学课玩坏的春天

@西　衿

春天来了，油菜花开了。原本这话一出口是让人浮想联翩的，想不到春天刚露头，我们就被孩子整疯了。

那天，孩子放学一回家就让我去找蝌蚪："妈妈，我们刚上了青蛙变态这节科学课，老师让我们好好观察青蛙的变态过程。你去河里替我抓几只吧？""蝌蚪"俩字我当然熟悉，但"蝌蚪大人"我却大概有二十年未谋面了。自从乡下搬入城里，哪曾见过这么小的动物？何况河道那么宽，水又深，我无事也不敢轻易近水。

儿命难违，一下班，我就往河边钻，带上自制的小网兜，套上雨鞋，专往草丛里瞅。这季节，不知是天气原因还是时间不对，一连找了几个傍晚，都不见小蝌蚪的影子。好不容易等来了蝌蚪，如获至宝地让孩子交到学校培养瓶里，心里的石头终于落了地。

还没有好好喘息，早上一打开微信，闺密就发来了求助信息，消息是群发的，意图直截了当："亲们，谁家小区或者附近有桑叶，求定位。急！"细聊，闺密火急火燎的，一开口就是满满的负能量："养什么蚕呀，不就一条虫子吗？女儿也不知学校里哪儿招人喜欢了，竟然接到这么一项任务，负责养全班的蚕宝宝啊，我都快要疯了！这小东西看着小，食量却大，白天投食，晚上吃个精光，晚上投食，一早又要喂。我老公单位有一棵桑树，但是光秃秃的，我现在做梦都在等待桑树发芽！家附近的一个小区有棵桑树，女儿爷爷奶奶经常去薅羊毛——其实就是去偷桑叶，结果被人家保安赶出来了，她爷爷说了，一张老脸都丢光了——每天鬼鬼祟祟地找桑树，被当小偷了！”

闺密吧拉吧拉地诉苦，当初为女儿的一腔豪情结果成了负担。身为闺密，誓死捍卫她的权利，接到任务的我，忙不迭地往小区里转，收获也不小，入住小区三年，我终于搞清楚了小区有几个摄像头，有几扇铁门，有几幢楼房，还有几个保安值班，遗憾的是，不见一棵桑树的踪影。

于是地盘拓展到马路上，到邻居小区，最终到淘宝网上。本来以为是急人所急，淘宝来的新鲜桑叶至少可解燃眉之急，闺密却在那边跺脚狂嚎：“我的妈呀，班里同学的蚕宝宝吃了网上买来的桑叶，遭遇‘灭门惨案’,女儿同学哭得伤心，这哪是养蚕，这是要命啊！”为了履行职责，闺密全程陪同解答养蚕疑难杂症。“买了桑叶之后，都要洗过，然后晾干，再保存起来。”接下来，我与闺密的交情常常终止在对话里：“抱歉，我今天要出门去找桑叶！”

有那么几天，我常常脑补闺密看见桑树的模样：两眼放光，饿虎扑羊！冲啊！

昨天，女儿回来告诉我：“妈妈，能不能去买一只小动物？老师要我们给小动物写观察记录，我怕小猫小狗，要不就养小蜗牛，行吗？”我一听诚惶诚恐，记得去年科学课要求观察金鱼，我足足伺候了它半年，天天换水喂食，从买来的五条到后来的一条，终于养成了一条“精鱼”。我发狠了，放出毒话：我不养了，人都养不活还养鱼！于是小金鱼被放生到了河道。这次养小蜗牛，手机一查，我又得天天找菜叶、水果喂，这哪里是女儿观察，分明是考验我养小动物的定力，要是中途夭折，女儿观察有始无终，吾之罪过大矣！

挺好的春天，本来想到的是花鸟虫鱼和踏青，然而就这样被孩子的科学课彻底毁了：动物们啊，继续冬眠吧！

郭旺启摘自《北京晚报》

图：小柯

【讨论区】现在的学校动不动就以素质教育为名，给学生布置各种超乎能力的家庭作业，有人吐槽说其实是给家长布置了家庭作业，让家长苦不堪言。对此，你怎么看？欢迎加入“故事会文摘”读者圈参与讨论！

就是爱历史（法国）5. 法国是从何时开始成为欧洲大国的？

打车的故事

@戴日强 等

@戴日强：去年6月，我最好的闺密在大连结婚。

我订了前一天下午六点的飞机，叫了个车去机场，结果遇上了一个刚跑车三天的司机，不认路……按着导航走，该走辅路的时候没走，一路开到外环上了，又赶上晚高峰外环堵车……

五点半了，我还在车上坐着，车一直在走走停停，我都急哭了。然后，司机说：“你别哭了，我开车送你去……”就这样我开始了人生第一次自驾游。

半夜三点多到的大连，当然司机也没走，我们找了个小馆子吃了碗拉面，然后……反正第二天他跟我一起去参加婚礼了……

再然后，今年10月2日，我闺密要来参加我们俩的婚礼了……

@匿名：2017年2月6日，终于和朋友在国内团聚了，打算好好放肆一把，于是晚上十点半我俩打车去了海边。

寒冬腊月，沙滩上只有我俩和呼啸的海风，就在我俩聊着笑着然后闹着的过程中，一辆出租车停在了路边，不接客也不离开。

直到我俩实在受不了寒冷之后，走向了那辆出租车。

朋友开玩笑地问司机师傅为什么一直等我们。

司机师傅说："刚才送你俩来的那辆车让我没事来接你俩。这个地方不好打车，天太冷，你们两个女孩不安全。"

然后一路上，师傅就说世界很美好啊，生活依旧要努力之类的话，他以为我俩半夜去海边跳海的……

直到到家，我进了小区，他才掉头离开。虽然整个事件很乌龙，但完全是寒冷中的一碗热汤啊！独自在国外生活的时候，感觉一切都能靠自己做好。但真当有人在你没有防备的时候给了你温暖，原本以为足够坚硬的外表也不经意地被融化了。

感谢他温暖了我的整个冬天，如果时光倒退，我想给他一个拥抱。

@花佛：一次跟一个姑娘聊天，她掰着指头数了数，又回忆半天，说她在北京九年总共搬家超过三十次。

最惨的一次，去外地跑龙套回来，房东半夜堵门让她滚蛋，拖着两个大行李箱，背着一个大包，挎着一个小包，站在街头，她不知道该往哪儿去；要是白天还好，可以去朋友那儿挤一挤，暂时落个脚，但那会儿是大冬天，凌晨三点多，她一遍一遍地翻通信录，找不到一个能收留自己的地方。

寒风逼人，她兜里只有几十块，随便打了个车，上车后跟师傅坦白，自己就几十块，没地方去，师傅要是收车回去，她能不能在他的车里睡一宿。

她告诉我的原话是，实在冻得已经麻木了，心想只要这师傅给她一个暖暖和和睡觉的地方，随便他干什么。

师傅上下打量了她几眼，就说了一句："跟我回家吧，车里睡冻死怎么办？"她反倒松了口气，太好了。

车子出城一路开，越走越黑，越走越荒凉，她心里开始打哆嗦。可能是那段时间碰见的糟糕事一件接一件，她说自己的心都成了石头蛋，后来一横心，管他呢，爱怎么着怎么着吧，活得太累了。

结果到了师傅家，完全不是那回事。师傅的爱人一直等着他回家吃饭，师傅拉着爱人进去简单一说，大姐啥也没说，把她接进去，又是热茶又是热汤面，还把被褥准备好，让她跟自己七八岁的孩子一起挤着

5. 答案：中世纪末期。

睡。

等她从一个冻透的石头蛋暖和过来，躺在温暖的被窝里，终于感觉自己又回到了人间，没掉眼泪，什么也没想，一个又饿又困又累又冷的人吃饱喝足躺在热被窝里，瞬间就睡死过去。

第二天醒来，她带着孩子出门在村里小卖部买了点孩子爱吃的小零食，打算回来后跟大姐告辞。大姐听说她的毕业院校和职业后，忽然开了脑洞："这么冷的天，你上别人家也是凑合，在我家也是凑合，干脆这样，你在我家猫过这个冬天，没事给我家丫头上上课，陪她玩闹，顺便接送她上下学，你瞧怎么样？"

她在那家待了二十来天才走，走的时候胖了好几斤，后来有了点小名气，大哥的出租快成了她的专车，一直到她改行。

@wannadisappear：几年前从某古镇到高铁站，打车很不方便就叫了一辆"黑车"（当年还没滴滴）。

价格谈好后司机过来接我，当我一上车发现后座上还坐着一个妇女，内心有点生气。

毕竟当时谈好的是一个人的包车价格，再多带上一个人司机应该给我降价才对，这也没提前知会。

开了会儿司机主动跟我说了这事，他说后座上的人是他老婆。

我忽然理解了，说："好啊，嫂子也是要去高铁站？"

他摇头说："不是。她在家一直担心我出行不安全，所以我就一直带着她跑车。"

司机看出我的疑惑，继续说："内人去年得了一场大病，差点走了，所幸上天眷顾抢救回来。病好后她待在家里休息，一方面病好后她在家里变得很担心我的安全，还有就是想着年纪都那么大了，终于有钱买了辆车，想着开车带着她去四处走走，但是又得赚钱还钱离不开，所以就带着她上路，这样她不用在家闷着，也不用担心我，我也能时刻看着她。"

听到这，我忽然有点动容，透过倒车镜看了一眼那女子。她安静地坐在那个角度，不曾说过一句话，默默地看着她丈夫在开车，默默地听丈夫说着他们的故事。

临下车时，司机又补了一句："客人去哪哪就是我们的旅行地，就这样走完余下的日子吧……"

我内心一阵暖意，竟然有些许哽咽。

金卫东摘自《家庭主妇报》

图：小黑孩

我是这样写假期作业的

@刮油二姐夫

我儿子期末考试结束后，老师在家长群里布置假期作业。除了制作几张小报外，没有其他作业。我内心多少生出些羡慕，这些作业确实不算多。

我小时候通常整个假期都会没心没肺地玩，活成一只猩猩，把傻吃闷睡、疯玩胡闹当成人生目标。在大概还有三天开学时突然进化，见别人面第一句从“今儿咱玩什么”变成了“作业做完了吗”。玩到灰头土脸的兄弟们互相亲切握手鼓励着：“祝你把作业补完！明天不出来了吧？”“你也要加油啊！明天真出不来了！”大家含泪告别，各自珍重，回家补作业。

补作业是需要专业技能的，这种技能经历过几年锻炼后成了大家傍身的救命本事。有效的办法主要是粘页和胡写。前者是保证随手一翻就能翻到有字的页，后者则是保证翻开的页都能有字，两者相辅相成，缺一不可。

粘页讲究头三四天的页不粘，因为老师很可能按顺序翻上几页，从头就粘无异于摸老虎屁股；粘的时候用胶不能太多，胶水量太大页面会呈现波浪状弯曲并变硬，容易暴露；粘页总量最好不要超过总页数的50%，不能贪心——做人还是要实诚些才安全。

至于胡写，也绝不是胡画乱写，还是要讲点良心，头三天的内容需要用点心，要实打实地做出来，做对做错无所谓。有几页垫底，后面的就可以稍微放飞自我，但也需按照题型来匹配，不能太离谱：一道分数题连个分数线都看不见，这不是等着挨逮吗？

假期大本儿鼓捣完，心情略舒畅，但此刻尚不可得意忘形，还有一座大山摆在面前，编作文。我不敢保证作文老师是不看的，倘若写得太飘，搞不好要连累粘页的努力，前功尽弃。我有一同学，是个糙人，有一年暑假作业的作文抄了四

就是爱历史（法国）6. 抗击英军入侵的过程中，法国诞生了哪位民族女英雄？

篇《西游记》片段自信地交了上去，结果露了馅儿，差点被他老父亲化身大圣乱棍打死。

但如果我老老实实地真实描述，结果恐怕也不太乐观，因为日子过得比较拿不上台面，比如：2月8日，星期二，晴。大龙让我们把胡同里所有烧完的蜂窝煤都摆在马路中间让汽车压过去，结果被环卫工李老头举着扫把追杀……诸如此类的写上几篇，恐怕就成了批斗会的交代材料。

但脱离生活的事情确实也不太好虚构。根据以往经验估算，周围小伙伴可能在寒假里累计扶了三五十个老太太过雪地——这事本身倒也不是不能写，但统共这一寒假里没下过两场雪，一下雪就满街摔老太太、孩子们蜂拥而出架胳膊扶膀子的场景，我个人觉得有点过于魔幻了。至于出去铲雪的人口规模太大，下这点儿雪可能都不太够分。

这事只能靠自己发挥，我的原则是：以生活为基础，加入合理情节，结尾升华。比如：2月8日，星期二，晴。大龙把胡同里所有烧完的蜂窝煤都摆在马路中间让汽车压过去，环卫工李爷爷只能自己扫。我看到后批评了大龙，并跟他一起把所有的煤渣扫干净。李爷爷原谅了大龙，表扬了我，今天真是有意义的一天啊！

篇幅要适当扩展一下，如何义正词严地批评大龙，大龙怎么低下了高贵的头……这样几篇下来，真实而有立意，作为假期作文可以说相当完美。

返校时，把作业骄傲地往讲台上一放，如释重负，仿佛完成了一件人生大事。

如今我儿子这少得可怜的假期作业，真值得他偷笑一番。于是我跟他说："你合理安排一下，看看这些作业怎么完成，争取痛痛快快地过假期。"

他点了点头，琢磨片刻，拿出日历开始看日子："今天开始放假，嗯……2月26日开学……"边说边认真思考。

我微笑着看向他，心想现在的孩子确实是不一样了，不像我那么幼稚，规划能力有了明显进步。

正想着，只见他拿出马克笔，迅速在2月25日上画了一个圈，转过头来咧着嘴朝我乐："这天做，你到时候提醒我一下！"

低估了基因的力量，是我大意了。

摘自《哲思2.0》

让母蛐蛐儿开牙的秘方

@萨苏

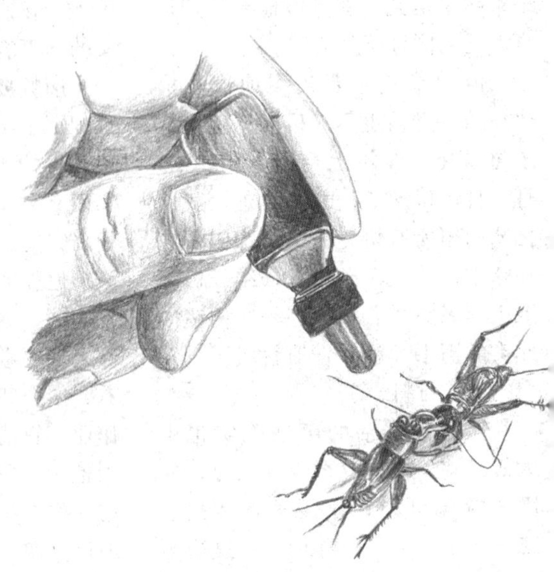

小的时候住在科学院宿舍，那是个平房院，一到夏天满院子蛐蛐儿叫，院里男孩子十几号，能忍得住不去抓一两个来比画的几乎没有。后铁门处的蛐蛐儿尤其善战，周围几个院儿都有来抓的。

蛐蛐儿有很多品种，其实差别细微，比如青头和棺材盖儿，院儿里当爹的一水儿研究员，就没一个能分得清，但“油葫芦”是肯定能区别出来的。

“油葫芦”，是我们对雌蛐蛐儿的称谓，因为雄蛐蛐儿尾须两支，雌蛐蛐儿三尾，多一个产卵器，形如长嘴油壶而得名。也有兄弟说我对“油葫芦”的定义不对，“油葫芦”与蟋蟀不是一种昆虫，雌蛐蛐儿不叫“油葫芦”，但确实有被鼓捣出能斗的来，叫“三引大扎枪”，不知真假，且存疑。无论如何，让雌蛐蛐儿开牙打斗，无论人还是蛐蛐儿，纯属一种变态。

斗蛐蛐儿都是斗公的，就跟现在街上老爷们儿经常打架、大姑娘经常看热闹鼓劲一个意思。再没听说过“油葫芦”也能斗。

6. 答案：圣女贞德。

可是，总有些人比较笨不是，抓不到公的，就琢磨用母蛐蛐儿上阵。

这应该是违反自然规律的。

嘿，就有我们一哥们儿成功地完成了这个不可能完成的任务。他哥哥是矿冶学院的，不知道用了什么原理调和出一种绿色药水，往“油葫芦”脑盖上一抹，那蛐蛐儿立马一反常态，纵蹦蹿跳，逮谁掐谁，跟亚马逊女战士似的，张牙舞爪地倍儿欢，一时传为奇谈。问题是这药十分奇怪，多好的蛐蛐儿，让他的“油葫芦”咬了都从此不再张嘴，成了“臭嘴捞眯子”，后来闹得谁也不敢跟他斗，这哥们儿郁闷得就差自己下场子了。

也未必是药的作用，想想，蛐蛐儿也有面子啊，大老爷们儿让一姑娘追着打，咬得满身是血，搁谁还有面子到处跟人叫板啊！

当时我们的宿舍离动物所和遗传所都不远，那里是童第周教授让金鱼和四脚蛇结合生孩子的古怪地方，那属于国家重点课题，有解放军站岗，按说大家该敬而远之。可那里面有金鱼池（做试验用的，露天），可以偷到金鱼——偶尔可以偷到长相很古怪的金鱼，搁今天该有人往核辐射上联想。那金鱼池附近草也很多，蛐蛐儿成群结队，我们这帮孩子经常跳进去偷偷捉蛐蛐

儿。

螳螂捕蝉黄雀在后，就有再被解放军抓了的。

好在人家也知道克格勃或者CIA都不会雇这种墙都翻不利落的童工，恫吓有之，最后无一例外轻松放人。

不过也有发生奇遇的时候。有一次我们那兄弟被抓了，有个搞研究的老爷子看见，走来问问，还饶有兴味地检查他抓的蛐蛐儿，等看到里面多是三尾的母蛐蛐儿，不禁摇头，说："外行啊外行，这三尾的蛐蛐儿不能斗。"

我们那兄弟大着胆子说："能斗。"

老先生说："你怎么胡说啊，公蛐蛐儿为争母蛐蛐儿斗，母蛐蛐儿为什么斗？跟你小孩说这个你也不懂……"

"就是能斗嘛，要是能斗你放我走？"我们那兄弟一看有门，科学院的孩子都不笨，赶紧见缝就钻。

老先生说："行啊，搞遗传搞了30年，见过金鱼长腿，我还没见过母蛐蛐儿开牙呢。"

我们那兄弟就地一坐，抓个旧罐头盒来，放进一公一母俩蛐蛐儿，顺手掏出一个小眼药水瓶来，照着"油葫芦"脑袋上就是一滴。

不等用蛐蛐草促战，只见那"油葫芦"脑袋往上一仰，翅子一立，跟打了鸡血一样，冲着那公蛐蛐儿就猛扑过去了。公蛐蛐儿看到来了一个蛐蛐MM，大概正满心琢磨怎么上去泡，忽然看见这MM扑过来又撕又咬，凶悍无比。那年头无论人的世界还是虫的世界都不流行野蛮女友，这公蛐蛐儿一愣之下，一边的翅膀已经给拽得跟散架的雨伞似的了。打到这个地步，惊骇莫名的公蛐蛐儿哪有心恋战，掉头就跑，一个追一个逃，看得老头儿两眼发直之际，那公蛐蛐儿一个超水平的狗急跳墙，蹿出了罐头盒夺路而逃！

老先生摇头晃脑，那叫一个不可思议啊，不过，然诺就是然诺，只能放人吧。

"人可以放，那小瓶绿色药水要留下，"老先生说，"我得研究研究这是什么成分。"

多年以后，在报纸上看到有报道搞运动的吃兴奋剂，正好当时我那兄弟在场，一扶眼镜，满紧张地问我："老大，这不会是遗传所那帮人干的吧……"

嗯……

彼岸花开摘自《动物奇案》西苑出版社

图：陈明贵

就是爱历史（法国）7.15世纪，英法两国之间的长期战争最后的胜利者是哪一方？

你往筐里扔泥巴，我往筐里扔球

@姚秦川

1891年，一位名叫詹姆斯·奈史密斯的加拿大人，在美国马萨诸塞州某地区的基督教青年会国际训练学校担任体育老师。由于这里每年11月就开始下雪，一到这个时候，学校就不得不停止一切室外运动。

这时，学生们都百无聊赖地坐在教室里，你看着我，我看着你，不知道除了学习以外，还有什么活动才能打发掉这漫长的冬日时光。作为老师的奈史密斯把一切看在眼里，急在心上，他打算自己开动脑筋，找出一种能和学生们一起玩的体育活动。

一天，奈史密斯来到附近一个名叫春田的村子里打算买些水果吃。他注意到，这里各家各户都备有装水果的筐子。走着走着，奈史密斯被村子里正在玩耍的孩子们吸引住了，他惊奇地看到，那些儿童正将手中捏得圆圆的泥巴往装水果的筐子里扔，每当扔进去一个，孩子们都会发出一片开心的惊呼；而如果泥巴没有扔到筐子里，孩子们则会显得伤心难过。

看到这种奇怪的游戏，奈史密斯也忍不住跑到孩子们当中，和他们一起玩了起来。孩子们告诉他，这是一种名叫Duck-on-a-Rock的游戏。由于奈史密斯个头的缘故，

他扔起泥巴来简直百发百中，孩子们立即将他当成心中的偶像，要求奈史密斯传师授艺。那天，奈史密斯和孩子们玩得不亦乐乎，竟然忘记了买水果。

走在回家的路上，奈史密斯一下得到灵感：孩子们可以往筐里扔泥巴，我们为什么不可以往筐里扔球呢？再说，这种活动，刚好适合学生们来做。想到这里，奈史密斯又返回村子里，买了两个篮筐便急急忙忙地赶回学校。

> “可能大多数人都没有想到，篮球竟然是因为泥巴而发明的。

起初，他将两个装水果的篮筐作为球篮，分别钉在学校健身房内看台的栏杆上，球篮上沿距离地面3.04米，同时用橄榄球作比赛用球，向篮内投掷。待一切准备好后，奈史密斯将学生们组织起来分成两队，他告诉大家，玩这种游戏时，大家不能运球前进，只允许传球或掷球到某一点，然后掷球员跑过去接球，最后将橄榄球使劲往篮筐里扔，每投进一球得一分，哪一方扔进去得多，最后获胜的就是哪一方。

学生们立即被眼前这种新奇的游戏吸引住了，大家都拼了命地将橄榄球往筐子里扔。虽然没有几个人能扔进去，但大家玩得乐此不疲。当时，由于球篮有底，球投中以后就在篮筐里，两名校工需要爬梯子将球取出来后才能重新开始比赛。

奈史密斯想了想，先是用铁圈替代球篮，挂上线网，然后再剪开网子下口，就变成今天篮筐的样子。由于这种活动玩起来简单有趣，许多学校也跟风玩了起来，很快风靡一时。

后来，奈史密斯博采了当时较为流行的英式橄榄球、曲棍球、英式足球、棒球和橄榄球等的特点，为这项新的运动制定了13条规则，并把它命名为“篮球”，其中12条规则沿用至今。

直到1936年的柏林奥运会，篮球才得到重视。1936年，在NABC的资助下，75岁高龄的奈史密斯得以亲眼见证篮球项目第一次登陆奥运会。那届比赛，美国队最终获得了金牌，国际篮联在1950年将世界男子篮球锦标赛的金杯命名为“奈史密斯杯”。

时至今日，全世界约有4亿人口在打篮球，而篮球则带给了全世界无限的快乐。

摘自作者新浪博客

7. 答案：法国。

这辈子最爱的人

@佚　名

一

我的家在一个偏僻的农村，父母都是面朝黄土背朝天的农民。我有一个小我三岁的弟弟。有一次，我为了买女孩子们都有的花手绢，偷偷拿了父亲抽屉里的5毛钱。父亲当天就发现钱少了，就让我和弟弟跪在墙边，拿着一根竹竿，让我们承认到底是谁偷的。我被当时的情景吓坏了，低着头不敢说话。父亲见我们都不承认，说："好，那两个一起挨打！"说完就扬起了手里的竹竿。

忽然弟弟抓住父亲的手大声说："爸，是我偷的，不是姐干的，你打我吧！"父亲手里的竹竿无情地落在弟弟的背上、肩上，父亲气得喘不过气来，打完了坐在炕上骂道："你现在就知道偷家里的，将来长大了还了得？我打死你这个不争气的。"

当天晚上，我和母亲搂着满身是伤痕的弟弟，但他一滴泪都没掉。半夜里，我突然号啕大哭，弟弟用小手捂住我的嘴说："姐，你别哭，反正我也挨完打了。"

我一直在恨自己当初没有勇气承认，事过多年，弟弟为了我挡竹竿的样子，我依然记忆犹新。那一年，弟弟8岁，我11岁。

二

弟弟中学毕业，考上了县里的重点高中，同时我也接到了省城大学的录取通知书。那天晚上，父亲蹲在院子里，一袋一袋地抽着旱烟，嘴里还叨咕着："两娃都这么争气，真争气。"母亲偷偷抹着眼泪说："争气有啥用啊，拿啥供啊！"

弟弟走到父亲面前说："爸，我不想念了，反正也念够了。"父亲一巴掌打在弟弟的脸上，说："你咋就这么没出息？我就是砸锅卖铁也要把你们姐弟俩供出去。"说完转身出去挨家借钱。

我抚摸着弟弟红肿的脸说："你得念下去，男娃不念书就一辈子走不出这穷山沟了。"弟弟看着我，点点头。当时我已经决定放弃上学的机会了。

没想到第二天天还没亮，弟弟就偷偷带着几件破衣服和几个干馒头走了。他在我枕边留下一个纸条："姐，你别愁了，考上大学不容易，我出去打工供你读书。"

我握着纸条，趴在炕上，失声痛哭。

那一年，弟弟17岁，我20岁。

我用父亲满村子借的钱和弟弟在工地里搬水泥挣的钱终于读到了大三。一天我正在寝室里看书，同学跑进来喊我："梅子，有个老乡在找你。"怎么会有老乡找我呢？我走出去，远远地看见弟弟，穿着满身是水泥和沙子的工作服等我。

我说："你咋和我同学说你是我老乡啊？"

他笑着说："你看我穿的这样，说是你弟，你同学还不笑话你！"

我鼻子一酸，眼泪就落下来了，我给弟弟拍打身上的尘土，哽咽着说："你本来就是我弟，这辈子不管穿成啥样，我都不怕笑话。"

他从兜里小心翼翼地掏出一个用手绢包着的发夹，在我的头上比量着，说："我看城里的姑娘都戴这个，就给你也买一个。"我再也没有忍住，在大街上就抱着弟弟哭起来。那一年，弟弟20岁，我23岁

三

我第一次领男朋友回家，看到家里掉了多少年的玻璃安上了，屋子里也收拾得一尘不染。男朋友走后我向母亲撒娇，我说："妈，咋把家收拾得这么干净啊！"

母亲老了，笑起来脸上像一朵菊花，说："这是你弟提早回来收拾的，你看他手上的口子没？是他安玻璃划的。"

我走进弟弟的小屋里，看到弟

弟日渐消瘦的脸，心里很难过。他还是笑着说：“你第一次带朋友回家，还是城里的大学生，不能让人家笑话咱家。”我给他的伤口上药，问他：“疼不？”

他说：“不疼。我在工地上，石头把脚砸得肿得穿不了鞋，还干活呢……”说到一半就把嘴闭上不说了。我把脸转过去，哭了出来。

那一年，弟弟23岁，我26岁。

四

我结婚以后，住在城里，几次和丈夫要把父母接来一起住，他们都不肯，说离开那村子就不知道干啥了。弟弟也不同意，说：“姐，你就全心照顾姐夫的爸妈吧，咱爸妈有我呢。”

丈夫升为厂里厂长，我和他商量把弟弟调上来管理修理部。没想到弟弟不肯，执意做了一个修理工。

一次弟弟登梯子修理电线，让电击了住进医院，我和丈夫去看他。我抚摸着他打着石膏的腿埋怨他：“早让你当干部你不干，现在摔成这样，要是不当工人能让你去干那活儿吗？”

他一脸严肃地说：“你咋不为姐夫着想呢？他刚上任，我又没文化，直接当官，给他造成啥影响啊！”丈夫感动得热泪盈眶。

我也哭着说：“弟啊，你没文化都是姐给你耽误了。”

他拉过我的手说：“都过去了，还提它干啥！”

那一年，弟弟26岁，我29岁。

五

弟弟30岁那年，才和一个本分的农村姑娘结了婚。

在婚礼上，主持人问他：“你最敬爱的人是谁？”

他想都没想就回答：“我姐。”然后，弟弟讲了一个我都记不得的故事，“我刚上小学的时候，学校在邻村，每天我和我姐都走上一个小时才回家。有一天，我的手套丢了一只，我姐就把她的给了我一只，她自己就戴着一只手套走了那么远的路。回家以后，我姐没戴手套的那只手冻得都拿不起筷子了。那个时候，我就发誓我这辈子一定要对我姐好。”

台下一片掌声，宾客们都把目光转向我。我说：“我这一辈子最感谢的人是我弟。”在我最应该高兴的时刻，我却止不住泪流满面。

朱权利摘自百度贴吧

图：恒兰

（扫码7月号百宝箱，免费收听本文音频）

狒狒入侵者

@袁　博

读一个故事，就是开启一次新的生命旅程。《故事会》陪伴我们走过千千万万的世界。

袁博

打败强敌

黎明的曙光刚刚照到悬崖，强壮的褐鬃毛第一个爬上了悬崖顶端的开阔地带。它是一只威风凛凛的12岁雄性狮尾狒狒，成为雄性首领已经三年多了，拥有瑟门山上最庞大的狮尾狒狒家庭——八只雌性狒狒和十只小狒狒。

褐鬃毛一眼就看到了五个入侵者——它们没有自己的领地，所以经常活动在别人的领地上。

褐鬃毛迅速地回头瞥了一眼，确定它的妻子们正在观看它的英雄壮举。它大吼一声，扑向其中个头最大的单身汉雄狒狒——金尾鬃。

金尾鬃是这群单身汉的首领。它身后就是千米深的悬崖，只要金尾鬃愿意，它完全可以带着它的单身汉们退下悬崖，从褐鬃毛的领地上逃走。可是，金尾鬃避开褐鬃毛的眼睛，越过对手的肩膀，直视着它身后的雌狒狒们。

金尾鬃已经8岁了，它迫切需要组建自己的家庭，生儿育女。它早就看上了瑟门山上最大的狒狒家庭——褐鬃毛拥有的狒狒家庭，这也是它出生的家庭。

金尾鬃年轻气盛，首先开始发动攻击。它看起来很神气，精神饱满，信心十足地准备同褐鬃毛决一

8．答案：大西洋。

胜负。而褐鬃毛却看上去很紧张，它在自己的身上到处抓痒痒，以此掩饰内心的焦躁不安。

这是一场毫不留情的争夺战。金尾鬃不停地向褐鬃毛发起猛攻，一点儿也不留情面。褐鬃毛越来越疲惫，不断向后退却，金尾鬃几乎就要把褐鬃毛逼下悬崖了。

现在，褐鬃毛无处可逃，金尾鬃占据着山顶平台的中央，沉浸在胜利的喜悦中，它咧着嘴，露出牙齿，跑到褐鬃毛的妻子们面前，要求它们为自己梳理毛发，抓除身上的虱子。

不过，褐鬃毛的妻子们直直地瞪着金尾鬃，没有任何反应。金尾鬃遭到了拒绝，这让它不知所措。它做梦也没想到：褐鬃毛的妻子们竟然在它已经胜利的情况下，公然与它正面对抗。

尽管褐鬃毛被金尾鬃打败了，不过，狒狒家庭真正的决策者是那些雌狒狒们，尤其是雌性狒狒首领。雌狒狒们现在并没有接受金尾鬃。

过不了多久，金尾鬃将不得不主动离开，或者被雌狒狒们赶走。

险遭毒手

突然，负责放哨的雌狒狒发出了锐利的警报声——这种警报声表示：花豹来了！

科学家隐藏在灌木丛中，悄悄地用绳子将布制花豹拖到了距离狒狒家庭10米左右的地方，拉掉了它上面的盖布。

狮尾狒狒们受到惊吓，不断发出刺耳的尖叫声，它们慌慌张张地持续向后退着，有几只胆小的狒狒已经吓得逃下了悬崖。

金尾鬃没有逃跑，它迅速跳上身边一块高高的岩石，偷偷观察着布制花豹的一举一动。因为它遭遇过人类的狩猎，它知道面对危险时，一个真正的雄狒狒首领应该如何行动。

那天，正是夕阳西下的时候，一阵激烈的狗叫声，惊动了正在吃青草的单身汉雄狮尾狒狒群体。一群偷猎者带着两只猎狗，爬上了瑟门山陡峭的山峰。

一声警报声响起，狮尾狒狒们愣了一秒钟，然后“呼啦”一下子，全部跑向悬崖边。

就在狮尾狒狒们跑向悬崖的时候，跑在最前面的金尾鬃突然发出一阵尖叫。原来狡猾的偷猎者在前一天已经设下了圈套。金尾鬃只顾着带领单身汉们逃跑，一不留神就被偷猎者的圈套套住了。

在危急关头，一只老狒狒飞一

般地朝山下的偷猎者冲去，它用自己的行动掩护单身汉雄狒狒群体撤退，保护自己的儿子。它已经14岁了，被褐鬃毛赶出了自己的领地，失去了自己的狒狒家庭。但金尾鬃的父亲仍然要证明：它是唯一能够拯救它们的英雄。

金尾鬃的父亲如同一股旋风，突破两只猎狗的围攻，向偷猎者逼去。偷猎者投出了一根矛枪，正中它的大腿。猎狗利用这个机会一下子扑上前去，疯狂地撕咬金尾鬃的父亲。但是，它依然没有退缩。它拼尽全力，张开大嘴，用不再锋利的牙齿，把猎狗的头颅咬开了花。

就在这时，又一根矛枪射中了它的腹部，但它仍顽强地站立着。

身后的悬崖边，传来了单身汉雄狒狒们的呼唤。它们发出的信号，是告诉金尾鬃的父亲：被套在圈套中的金尾鬃已经被同伴们解救出来了，全部成员正在向悬崖下转移。

金尾鬃的父亲，完成了它作为一位昔日首领的使命，然后用尽全力发出最后一声光荣的呼号，倒在了地上。

大获全胜

金尾鬃站在高高的岩石上，目不转睛地望着花豹，继续观察着它，等待着它的下一步动作。

科学家们利用灌木丛的掩护，悄悄爬近布制花豹，用支架举起布制花豹的尾巴，冲着狒狒族群摇了摇，做出花豹攻击前的姿势。

狮尾狒狒们再次乱了阵脚，发疯似的尖叫着，争先恐后地逃出了几米。有一只刚出生半个月的小狒狒，没有抓牢妈妈的腹部，掉到地上，被拥挤的狒狒群踩死了。

与此同时，褐鬃毛缩在悬

崖边缘的一个角落里，不知该如何是好。

金尾鬃站在高高的岩石上，将科学家们的一举一动看得清清楚楚。它不仅确认了这只花豹是一只死花豹，还看清楚了是人类在控制这只死花豹的活动，把这只死花豹搬运到了它们的领地。它不明白狡猾的人类为什么这次没带可怕的猎狗和长矛，而是带了一只没用的死花豹。

金尾鬃站在岩石上，朝远处褐鬃毛的狒狒家族望去。在嘈杂的尖叫声中，它听到了褐鬃毛家庭中的雌性首领，在用独特的家庭呼叫声焦急地召唤着姐妹们躲入悬崖下方。此时，狒狒家庭充满危机，褐鬃毛却没有任何行动。

金尾鬃猛地从岩石上跳下来，飞一般地朝树下的科学家们扑去。它重重地扑到了其中一名科学家的背上，从后面狠狠地扯掉了科学家的眼镜。

科学家们一下子蒙了，他们丢下布制花豹，慌慌张张地逃跑了。

金尾鬃学着父亲当年的样子，跃上了布花豹的头顶，露出它锋利的犬齿，狠狠咬向布制花豹的头颅。布制花豹的头颅，被金尾鬃锐利的犬齿咬了个稀巴烂，里面的填充物撒了一地。金尾鬃在布制花豹的身上滚来滚去，还招呼雌狒狒们一起踩在布制花豹的皮囊上玩耍。

危险解除了，所有雌狒狒都带着幼崽簇拥在金尾鬃周围，寻求它的庇护。金尾鬃不仅有力量，更拥有一位真正的狒狒首领应当具备的智慧与勇气。褐鬃毛的妻子们热情地为金尾鬃梳理毛发，剔除虱子和脏东西。它们一致推举金尾鬃做新任雄性首领，愿为金尾鬃生儿育女。

褐鬃毛看到大势已去，灰溜溜地离开了这片领地，再也没有回来。

这一次，年轻的雄狒狒入侵者终于胜利了。

采桑了摘自《儿童文学·经典版》

图：陈明贵

【作者简介】袁博，1991年生于深圳，中国作家协会会员，耶鲁大学福克斯国际学者，复旦大学博士。出版有：《霸王龙兄弟》《剑龙不流泪》《三角龙之阵》《梁龙的家园》等多部动物小说。曾获冰心儿童图书奖、冰心儿童文学新作奖、广东省“五个一工程奖”、广东省有为文学奖儿童文学奖、深圳青年文学奖等。《袁博动物小说系列》入选国家“十三五”规划重点图书。

狮尾狒狒知多少？扫码进入7月号百宝箱，“码”上就知道！

阵容豪华的吃货团

@朕 说

孔子是个名副其实的大吃货！要上孔子补习班得交肉干做学费。传世名作《论语》里，提到“政”字有41次，提到“食”也有41次，可见，吃饭是和传道一样重要的！

春秋时期的廉颇将军吃饭以量闻名，而且他很实诚，每次求职之前就告诉人家：“我是一顿饭要吃一斗米十斤肉的人！”

后来这位将军年纪大了退休再就业的时候，别人问他：“廉颇老矣，还能吃饭吗？”

9. 答案：法国大革命。

汉代的吃货张骞，不仅自己在出差的时候吃吃吃，还把好吃的全都带回了国，葡萄、核桃、石榴、黄瓜、胡椒，等等，这些都是张骞认证，美味保证！

不过……

辞职信

世界那么大，我想回家吃饭！

前面几个吃货还能兼顾吃与工作，但下面这位就……

晋代张翰家住吴中，身在帝都，秋天秋风刮起来的时候，想起家里的莼菜、鲈鱼都肥了。真的，此时立刻马上 now！我就是想吃那个鱼那个菜！

怎么办？辞职！

无独有偶，唐朝也有一位四品官员叫张衡，有一天下班回家还穿着制服戴着工牌，路过一个路边摊，刚出炉的蒸饼香喷喷、酥脆脆、黄澄澄，就没忍住偷偷买了一个。后来被告到武则天那里。武则天觉得丢人，于是辞退了张衡。

北宋著名的吃货苏东坡的料就太多了，这次就不爆了。

南宋也有一位，就是陆游。他发微博说人间最大的快乐就是吃到好吃的生鱼片配野菜。他说用野菜做的甜羹超好吃。他说唐安的薏米怎么能这么好吃？

如果说陆游的吃货名气没有苏东坡大的原因，那肯定是因为陆游专注吃素，苏东坡最爱吃肉。

但是说到最拼的吃货，当数清代著名评论家金圣叹。被判决死刑即将处决之时，他的两个儿子来看他，说：“父亲，还有什么事情需要交待？”

金圣叹看到儿子们泪流满面，嘱咐道：“为父只有这一件事情希望你们记住，吃五香豆腐干的时候要和花生米同嚼，那味道就如同火腿肉美极了。”

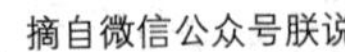
摘自微信公众号朕说

午夜消失的男人

@银针一朵

深夜十点，我忙完工作，从城外驾车回家。走到一半，车子坏了，手机又没电了，我彻底慌了，一个人住着，不可能有人来接自己，这段路又比较偏僻，很可能要在这里待一晚上。

我有些害怕，于是将车门紧锁，车灯打开，打算在车里睡一晚上。闭上眼睛，心里觉得有些委屈，心想自己要是结婚了，也不至于狼狈成这样。

大概十一点时，我从半梦半醒中被惊醒。有人在敲打我的车窗，是个青年男性，穿着白色T恤，浓眉大眼，让人感觉亲切，他的车就停在边上。“你好，需要帮助吗？”

我虽有些惊恐，还是摇下来一点车窗：“我的车坏了。”

他冲我笑了笑：“我会修。”

我心里有些害怕，还有些怀疑他的动机：“你不用赶着回家吗？”

他看了看手表：“还有一小时，到时候我就要飞走了，没事的，就当聊聊天吧。”说着，他从他的车里拿出工具，自顾自地帮我修起来。

“你说的飞走是什么意思？这附近好像没机场吧？”

他夸张地比画着：“就是飞走啊，‘咻’的一下，我就会在你眼前不见了。”

我轻轻笑了，觉得这个人还挺有趣的：“那么厉害啊？”

他从兜里掏出来一个骰子，苦涩地说道：“是挺厉害的。不知道你信不信，从某一天开始，我的人生变成了类似飞行棋的一种机制。每天我会接到一个任务，到了晚上二十四点，如果没完成当天的任务，当天就要重来；如果完成了，时间就会停住，除非我转动骰子，否则无法继续运转。而一旦我摇动骰子，就会进到随机的一天，可能是未来，也可能是过去，然后我的大脑里会冒出新的任务，就这么循环，我的人生已经变成飞行棋游戏了。”

要不是他谈吐不错，又无不妥之处，而且还在帮我修车的话，我真的会怀疑他是神经病。

仿佛是为了证明自己说的话，他将手中的骰子往黑暗处一丢，然后张开手，骰子又回到了他的手里。“这个骰子是丢不掉的，每当它离开后，就会自动回到我身上，以确保我在当夜能继续游戏。”

在他重复了十来次后，我信了：“那你每次的任务是什么呢？”

他苦笑了一下：“有时候只是让我看一本书，有时是让我做一百个俯卧撑。而有时候，它将我随机到了崇山峻岭上，居然让我在两千米的高空蹦极。”

我“扑哧”一下笑了：“挺有趣的嘛！”

“有一次，是让我和街头的一百个陌生人说话，那一天基本上是被当成神经病了。”

这时他已经把车修好了，他看了看我：“你要再聊聊吗？还是现在就走？”我正好也比较有兴趣，就点了点头：“好啊，真好，它每次给你的任务都挺有趣。”

他苦笑道：“有时候它会让我连续放纵很长一段时间，然后给我一个任务，让我看某本书或者练习某个琴曲，而那本书或曲子，我以前就看过学过了。后来我琢磨透了，之所以出现这样的情况，大概是因为我放纵了这么长的时间，它认为我把这本书或这首曲子的精神涵养给忘记了！”

我没忍住，完全不再有淑女形象，哈哈大笑。

他轻轻摇了摇头，幽怨道：“这样的日子什么时候才是个头呢？这无尽的旅行什么时候才能停下呢？”

突然，我想到了什么：“你有没有玩过角色扮演游戏？为了让主角能打败某个大反派，游戏会事先安排一些小怪，来提升主角的等级

10. 答案：雅各宾派。

和装备。等打败那个大反派，游戏就结束了。你现在所做的事情，就像是在提升自己：修车、经商、玩乐器，提升了个人技能；蹦极、和一百个陌生人说话，提升了勇气；看书提升了修养，俯卧撑提升了体能，卖保险提升了沟通能力……也许这些任务就是为了让你应对那个飞行棋的终点，也就是结局。一旦你来到结局，彻底完成了结局当天的任务，就能摆脱这个骰子，和正常人一样了。为了那个结局，玩家会觉得之前所做的一切都值得，结尾那天的任务，将是你所有行动的意义。”

他似乎觉得我说得特别有道理，真诚地看着我，说道：“谢谢你。”只是，他仍有些疑惑，“什么样的结局，会需要做这样的准备呢？”

我也想不出答案来，接下来，我们都没再说话。就这样，他靠在车门旁，我躺在车座上，我们一起望着天上的星空。

十一点五十七分，还有三分钟，他就会消失，我决定送他离开后再启程回家。原以为被困在郊外是一段枯燥的时间，却不承想，现在变成了人生一段有趣的经历。

时间越来越临近，我觉得应该和他郑重地告个别：“这次聊天很愉快，祝你早点摆脱这一切。”

他盯着我看，然后说他也是。

马上就要十二点了，他掏出骰子。我开始闭眼倒数：五，四，三，二，一。

睁开眼，我愣住了：“你怎么没有消失？”

他也一脸茫然，我像是想到了什么，激动地问道：“你没消失，就代表着你昨天已经抵达了飞行棋的终点，也就是说昨天就是你的结局，你昨天的任务是什么？”

他也愣了，然后将骰子往外一扔，这回骰子没有回来。随后他开始狂喜，好半天才想到要回答我的提问。

一直说话流利的他，这次竟然有些结巴，脸也红了。他说：“昨天……昨天的任务是……”他深吸了一口气，平稳了一下情绪，补充道，“和你搭讪，然后认识你。”

摘自微信公众号脑洞故事板

图：豆薇

【请您续写】像飞行棋游戏一样生活的男人是在说谎还是真的拥有这种特异的功能？他已经搭讪成功了，接下来会和“我”有怎样的故事？嗯，脑洞有点大，请您来堵上！续写作品请投电子邮箱：greygrass527@sohu.com，来稿请注明“续写”字样。

馋蟹的人们

@老猫

北宋初年，有个叫陶穀的，是个职业文件起草人，想建功立业，就抢了个差事，出使吴越国，要说服吴越王钱俶投降宋朝。

其实钱俶和赵匡胤关系还是不错的，听说老赵派人来，赶紧招待，还问陶穀想吃什么。陶穀说："听说你们这儿有个东西叫螃蟹，我没见过，咱就吃这个吧。"

钱俶赶紧叫人蒸螃蟹，各个品种都有，先从大闸蟹上起，一个一个介绍。因为先大后小，陶穀就对钱俶说："你们真是'一蟹不如一蟹'。"

陶穀天天写文件，见识不多。其实至少在周朝，人们就认识螃蟹了。《易经》上说："离为蟹，外刚而内柔。"所以当有人说你"内柔外刚"时，千万别沾沾自喜，那是说你像螃蟹。

据说周朝就有了二十多种螃蟹的吃法，比如做蟹酱啊、煮蟹羹啊什么的。那时候螃蟹多，还经常闹蟹灾，学名叫"蟹厄"，所以人们把螃蟹当个负担，能吃多少吃多少，能怎么吃，就怎么吃。

隋唐之时，糟蟹、蜜蟹、醉蟹什么的都有了，到了宋朝连蟹黄包

就是爱历史（法国）11. 法国最大岛屿科西嘉岛，曾出过哪位名人？

子点心都上市了，成了寻常食品，可见螃蟹之多之丰盛，羡煞当代老饕。

明朝的《菽园杂记》记载，常熟大富豪陈某，在苏州请客吃蟹螯汤，买了大堆螃蟹回来，把那些前螯不大的螃蟹，全扔到水里不要了——把这件事情作为奢侈行为写下来，说明到了明朝，蟹已经身价倍增。

最早古人吃蟹，是最看重蟹螯的。在我国历史上第一个吃蟹黄出名的人，叫刘承勋。此人是后汉开国皇帝刘知远的小儿子。一见到螃蟹，他就拣圆壳胖蟹掰开吃蟹黄。有人问他："蟹黄好吃吗？大家不都吃蟹螯吗？"刘承勋吃得满嘴流油，回答道："十万个蟹螯也顶不上一个蟹黄。"这句话让蟹黄走红了，刘承勋也因此得了个外号，叫"黄大"。

文人们对螃蟹可是情有独钟的，写螃蟹的诗歌，自《楚辞》开始，随便就能找个几十上百首。元朝大画家倪瓒竟然写了本《云林堂饮食制度集》，专门讲了煮毛蟹和蜜酿蝤蛑（海蟹）的方法。明末清初的文人张岱，就经常和朋友们举办蟹会，一人六只螃蟹，吃得那叫一个爽啊！

但要是比起李渔来，倪瓒和张岱都是小巫见大巫了。据说李渔一顿，能吃掉二三十个螃蟹。这种吃法甚至给他造成了经济压力，一到夏天，他就开始攒钱——这笔钱是专门用来买蟹的，被他称作"买命钱"。李渔对螃蟹之痴狂，无以复加，他称秋天为"蟹秋"，还要备下"蟹瓮"和"蟹酿"，来腌制"蟹糟"——大概就是醉螃蟹吧，是冬天吃的。而操办这一切的小丫鬟，则被他称为"蟹奴"。他夸赞螃蟹"鲜而肥，甘而腻，白似玉而黄似金"，是色香味三者的极致，"更无一物可以上之"。

后人中能与李渔比肩的，可能就是画家徐悲鸿了，因为徐悲鸿说过："鱼是我的命，螃蟹是我的冤家，见了冤家不要命。"

说了那么多爱蟹的，最后再说个令人哭笑不得的故事。北宋期间，吕颐浩镇守霸州。朝廷念他辛苦，飞马快递大螃蟹若干给他。好东西不能独享，老吕把螃蟹分给手下。可那些打仗的粗人领了螃蟹，不知道是干什么用的，看螃蟹长得威武，干脆就挂大门上，辟邪用了。

这可真是，啥好东西都有不识货的！

田宇轩摘自《亚太传统医药·都市健康人》

老李的《西夏王》

@老 姚

这个人叫老李，是宁夏人，一直北漂着。我二十年前考研住地下室，老李也住那个地下室，所以就认识了。

与老李同住的还有老钟。老钟是北京本地人，是个数学天才，高中获得全国奥林匹克数学竞赛一等奖，被保送到清华大学，硕士读中科院物理专业，读硕时“不务物理”，专攻计算机编程，所以毕业后进了IT公司。

老钟毕业半年后换到IBM，月薪9000元。那时候有这么多工资，显得极有钱，所以房租其实是老钟交的，老李跟着住。

老钟有一套爸妈给的房子，爸妈偶尔去看他，他嫌爸妈唠叨，爸妈去他就出来，跑到这个地下室和老李聊艺术，聊哲学，聊易经。

老李的主业是干吗呢？写小说，写《西夏王》。老李会算命，知一个人的前世今生，他愣说他算出了自己的前世是西夏王朝里的一名史官，所以今生唯一的使命就是把西夏的历史呈现出来。

我认识老李那会儿，他正在读康德、黑格尔。我问他：“你写小说，读这些哲学书干什么？”

他说：“写小说你得瞄准一百年以后还有人读的目标去写，不然就是浪费青春、浪费纸，可耻。什么样的小说能够有百年的生命？首先得要有思想深度，思想深度哪里来？你不把西方主要哲学经典读了，怎么谈思想……”

我问他：“那你什么时候开始写？”

他说：“等我再翻完一遍《现代汉语词典》吧，得把现汉里的词语都掌握了呀，要不然，怎么能够准确表达你想表达的意思？”

我心里默默地想，遇到高人了。我相信老钟心甘情愿地帮老李交房租，也是因为被老李的追求和做事的标准所感动。

后来我考上了研究生，离开了

11．答案：法兰西第一帝国皇帝拿破仑。

那个地下室，老李也搬到了香山去住。去香山也是老钟安排的，老钟安排完就去美国了。为什么要去美国呢？因为当时老钟已经拿了国内最高的工资1.2万，再高只有去美国。所以老钟也给老李一次性交了5年的房租。那天交完后，我们一起上香山，在一棵大树下埋了一坛酒，说等老钟回来再挖出来喝。

老李之所以去香山，说是香山远离闹市，相对安静，便于写作，当然，还有更重要的原因是生活成本低。他每天只吃中午一餐，半张烙饼，一根黄瓜，一个西红柿，几条咸菜。

研究生毕业后，我大约每隔三四个月就去看他一次，每次去都趁他出门一会儿的工夫，偷偷把钱藏在他正在翻看的书里。

这样又过了几年，老李对我说，《西夏王》已经在改第三稿。没人打扰的话，估计完稿只要一年，顶多两年。

一年后我问他："小说写得怎么样了？"他顾左右而言他，说最近一年主要在画画，他指了指山上最近最高的一棵松树，说："每天都画它，它每天都不一样。"

但我此时已然产生怀疑：老李究竟能不能写出《西夏王》？他二十年来，读了那么多的书，文学理论功底是一流的，这没有疑问。但是，就如同男人也知道怎么生孩子，但就是生不出孩子一样，知道并不等于能做到。

这样的人有很多，最典型的如北大教授朱光潜先生，美学研究得那么深那么好，写出了不朽的《诗学》。有人问他："朱老师，你的诗写得怎么样？"朱光潜说："哎呀，我这辈子也没写过一首诗。"

> "
>
> 有的人，说得太好，把别人骗了；有的人呢，可能说得太好，把自己给骗了。

去年，老李托我找人修电脑。维修人员打开电脑，没什么毛病，就是风扇坏了。修好后，我忽然想起，这电脑里一定有老李的很多稿子。于是在修理部就打开文件夹，一个个去找。最后，根本没有找到《西夏王》，一个字也没有找到。有的都是一些随笔散文，离愁哀绪那种，都是：天上的大雁啊，你何时再来；这朵云，美得像个舞女。连一个有情节的故事都没有……

杨子江摘自《北京青年报》

丸子的朋友圈

金融小王子刘思聪

我爸没退休前，我经常收到很多崭新的、名牌的衣物，比如：长虹的T恤衫、康佳的短裤、三星的夹克……

郭美眉：还真都是品牌！
快递员小马：你爸是商场家电部的领导吧？哈哈。

郭美眉

练习倒车入库没有倒进去，教练说：“你倒得有问题！”

我顿时火了：“你才道德有问题！倒个车你骂什么人啊！”

大老板张富贵：车技不行，听力咋也有问题啦？

丸子

我物理学得不好，请问一下：一公斤棉花和一公斤铁哪个重？

哲学系二师兄：铁重。
丸子：可正确答案——都是一公斤，当然一样重。
金融小王子刘思聪：那么问题来了，一公斤棉花和一公斤铁同时从五楼往下扔，你敢站在哪个下面？
王大脸真的不是女汉子：傻啊，不管啥东西砸下来，还不跑，等着砸啊！

哲学系二师兄

今天跟博士室友心血来潮，想要一起做菜，就照着菜单做起了新疆大盘鸡。我把鸡切成块，刚要放盐，博士大喊：“不行，我去拿个

就是爱历史（法国）12．1799年11月，拿破仑发动的政变历史上称为什么？

天平，书上说要放盐5克，你放多了怎么办？”

鸡炒上以后，我刚要起锅，博士看了看秒表，大喊：“慢着，离书上的时间还差45秒。”

最后总算吃上了炒鸡，刚吃一筷子，博士大喊：“完了，菜不能吃了，醋我多放了0.01毫升！”

丸子：吃个饭可真累！

王大脸真的不是女汉子

前两天看某个选秀节目，我特激动地跟老妈说：“妈，你快看，都是帅哥！”

结果老妈特无聊地回了我一句：“长得帅有啥用，又不是你对象！”

哲学系二师兄、金融小王子刘思聪、丸子纷纷点赞。

金融小王子刘思聪

我的新签名惊不惊喜？高不高大上？——在风暴中，我总能赢得每位姑娘的芳心。

快递员小马：那好天气呢？你在做什么啦？

快递员小马

我想我可能是太黑了。昨儿晚上赶着送最后一份快件，在街道那儿等大半天了人还没来。过一会儿，一姑娘打了电话来，刚接起来就听她大喊：“哎！看到了看到了！我看到你啦！”等她走近以后，姑娘看了看我，又看了看我黑色的工作服，嘴里念叨着：“我就觉得这里站着人，看你手机亮了我才过来的！”

大老板张富贵

大夏天的，天气很热，就有不少人劝我剃个光头。我考虑了几分钟，然后摇了摇头。

我为什么不剃光头呢？主要是因为气场。有人比较文静，剃了光头像个僧人；有人比较霸气，剃了光头像混社会的；而我，剃完像个说相声的！

郭美眉：光头老张，多文艺！
快递员小马：不说我还忘了。那天我去送快递，路上看见一少妇正在哄孩子，结果看见一个光头走过来，她抱起孩子就跑，边跑边喊：“快跑啊，光头强来了！”

林·扣·扣·买·房·记

@蓝色咖喱粉

杭州美女林扣扣还单着，她爸妈着急，就想着要不先给她买套房。拗不过爸妈，林扣扣就拉着我这个闺密跑中介去看二手房。

像林扣扣这种有着无可救药的文艺情结的女青年，即便是买房，也只是围着西溪湿地周边小区转悠，说喜欢西溪的环境，就想在那附近买房。

她很快选定了一个离西溪最近的小区。有次去一家中介公司，我一眼就看到有套房子挂牌的单价特别低，就很奇怪地问："这套房子是不是有什么问题啊，为什么这么低？"

销售说问题倒是真的没有，但这套房子基本就是挂着看看的，不太会买得到。林扣扣的好奇心上来了，追着问为什么。销售就解释，这套房子的客户是法国人，以前在杭州工作，他很喜欢杭州的西溪，更喜欢杭州的姑娘，很想找个杭州姑娘做太太，所以就买了这套房子，准备在杭州成家立业。没想到一直没碰到合适的杭州姑娘，心灰意冷之下，去年回国工作了，于是委托卖房子。他本人不在杭州，又希望买家能一次性付款，所以这套房子虽然价格低，问的看的人很多，但有缘买的人一直没碰上。

12. 答案：雾月政变。

听销售解释完，林扣扣一根筋的毛病又犯了，非要销售带她去看看房，销售就陪我们过去了。打开门，把起居室落地窗的窗帘“哗啦”一拉，林扣扣就惊叫起来。那天正下着小雨，烟雨迷蒙的西溪水乡尽收眼底，美得似幅水墨画！

室外大环境就不必提了，难得的是，二手房的装修竟能如此有品，一看就知主人是那种热爱生活又品位极佳者。

完了，才转了这么一圈，林扣扣就彻底爱上那套房了，先给爸妈打电话，又立逼着销售去联系法国人。销售很为难，为这没指望的生意花那越洋电话的成本可划不来啊，再说了，法语英语都不灵啊！

林扣扣眼珠子骨碌碌一转：“这样吧，你总有客户的Email地址吧，我写封法文邮件，你帮我联系？”“你还会法文？”销售眼睛一亮，“这个可以有。”我的眼睛也一亮，没想到我们都以为林扣扣学着玩儿的法语，竟然还能达到会看会说会写的高度！林扣扣就嘿嘿一乐：“不还有网上翻译这个神器嘛！”

之后，法国人收到邮件后不过礼貌地回复了下，说近来工作很忙，不太可能为这不确定的事情特地飞一趟杭州。一根筋的林扣扣当然也没这么轻易就放弃，马上又写了封邮件转交中介回复……邮件往来两个多月后，奇迹出现了，法国人竟然争取到一个来上海出差的机会，带了这套房子的全套文件，公干完就顺路来杭州准备卖房子。

终于等到房东了，林扣扣那个激动啊，四处筹款，我们这帮死党都被她借遍了。一周后，林扣扣请我们吃饭，没想到她竟然宣布，房子的事黄了！法国佬不卖了！

这时，我们看到包厢门口有位长得很帅的光头老外在探头探脑，然后径直走到林扣扣边上，抱住她先来了个贴面吻！

“欧耶！”我们齐声尖叫，但又一脸迷惘，这是什么节奏啊！

很快谜底揭晓，这对单身的卖主买主一碰上，电光石火间，发现：原来之前的漫长等待，只不过是为了这一刻的相遇！法国光头帅哥牵着林扣扣的手，跟中介说，把房源信息给撤了吧，这房子他不卖了！还说这套房子要留着，以后他们两个在杭州生活的时候，就住这儿！

这下可把中介给气坏了，可我们所有朋友，都乐疯了！

裴金超摘自《桂林日报》

图：小柯

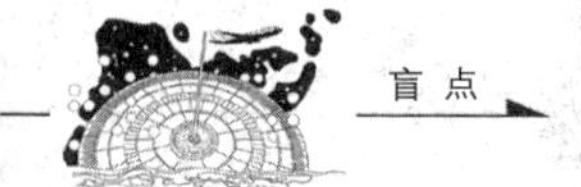

博物学家贡献给你的知识谈资

@徐　来

花椒的麻不是味觉，而是触觉

事实上，舌头上的味蕾，能感受到很多味道——甜、酸、苦、咸，但没有麻。麻，其实是一种由振动带来的触觉。吃花椒后麻麻的感觉，在理论上说，跟舌头每秒振动50次的感觉是一样的。

我们可能再也吃不到香蕉了

现在，世界上最主要的香蕉品种“华蕉”，被一种称为“香蕉癌”的真菌感染，导致整株枯萎、死亡。香蕉的繁衍方式独特，培育新品种难度非常大。科学家试图用“基因改造”，帮香蕉抵御病害，但希望渺茫。或许不久后，我们再也吃不到香蕉了。

蛤蟆并不能预测地震

春天，天气转暖，蛤蟆结束了冬眠。为了交配，它们会往水塘移动。因为差不多都是同时结束冬眠的，所以看起来自然就成群结队了。这种现象，每年都有，和地震并无关联，只是很多时候我们没有留意到罢了。

就是爱历史（法国）13. 拿破仑第二次失败后，被流放到哪个岛屿上?

恐龙的味道像鸡肉

2003年，古生物学家在一块霸王龙的腿骨中发现了一些软组织，经过对比发现，恐龙的蛋白质组成跟鸡肉蛋白高度相似。从这个意义上来说，恐龙肉吃起来可能会很像鸡肉。

最早的胡萝卜不是橙色的

最早的胡萝卜有两种：紫色的和黄色的，没有橙色。直到16世纪，当时橙色是荷兰亲王家族的象征颜色。一个园艺学家偶然发现了一些橙黄色的胡萝卜，为了讨好亲王，开始大量培养这个品种，想办法让颜色越来越深。最终，形成了现在的样子。

橙子和柠檬都是杂交出来的水果

生活里常见的柑橘类水果，其实都是一家子。它们的祖先有三个：香橼、柚子和宽皮橘。柚子和宽皮橘杂交，成了橙子；香橼和酸橙杂交，就成了柠檬。现在，园艺学家又希望培育出更多好吃的柑橘类水果。

北极也曾有“企鹅”

准确地说，北极的“企鹅”，是一种和企鹅非常像的动物——大海雀。实际上，英语的“penguin”原本就是指大海雀，因为企鹅和它太像了，人们以为企鹅是大海雀的亲戚，才误用了这个词。1844年7月，三个渔民误伤了最后一对大海雀的鸟蛋，大海雀灭绝。于是，北极再也看不到“企鹅”了。

大多数的方便面并不含防腐剂

方便面是由日本的安藤百福发明的。生活中大部分方便面，先油炸让面饼脱水，再高温熬制，把汤汁浓缩成调料包。面饼炸过后迅速脱水，不易变质；调味料虽含水，但经过X光照射，杀死了其中的细菌。所以，不管是面饼，还是调料包，都不需要添加防腐剂。

色盲也有好处

最近，科学家研究猴子发现：色盲可能并不是一种病，而是生物为了适应周围环境，主动放弃色彩视觉。色盲患者虽然丧失了识别颜色的优势，但会对形状更敏感。比如南美洲的绒猴，因为色盲，反而能更准确地识别昆虫的拟态；人类也会利用色盲者，去发现战场上伪装的敌人。

聂勇摘自微信公众号罗辑思维

图：小黑孩

斗鸡记

@蔚 蓝

我的对手是一只大公鸡，它是我家楼下邻居胡姥姥养的宠物。胡姥姥是我们楼里唯一的南方人，由于生活习惯、口音都和我们有巨大差异，常常受到顽童欺侮。偶尔出门买菜，总有一群孩子跟在她后面学她说话，引得她发怒大骂；小孩们愈发得意，又大笑着学她骂人，直到她挥起拐棍作势欲打，才一哄而散。我总疑心，她养那只鸡就是专门为了对付熊孩子的。

在六七岁的我眼里，胡姥姥那只大白公鸡足有大狗那么大。她对它爱若珍宝，把它养在楼道里，从来不加约束。楼道里养鸡显然不合适，但那时机关大院家家杂处，也没人管。鸡也没白吃胡姥姥的，一长大就开始报恩护主。凡是路过胡家的小孩，不管是捉弄过胡姥姥的，还是没捉弄过胡姥姥的，都遭到此鸡的无差别对待——被啄得哭爹喊娘。挨了啄的小孩也曾去胡家投诉，胡姥姥当然不理，反而喝斥了他们一顿，继续纵鸡行凶。渐渐地，全院小孩都知道我们楼里有只食人公鸡，过其门无不望风而逃。

但是这只鸡就住在我的必经之路上，不可能绕过它，我的每一次往返因此都成了斗鸡之旅。一开始我还不太把这畜生放在眼里，短兵相接了不到三次，我就沦落到需要捡棍子回家了。而我虽每战必败，每天都得战。

话说这天中午，我手持树枝，猫腰缩脖，高抬腿轻落足慢慢上楼，暗自期待着那只鸡恰巧没听到我的声音，让我能侥幸安全到家。可是我也清楚，在长期的交战过程中，鸡我之间，早已有了心灵感应！无论我在什么时候出现，无论它在吃食还是在睡觉，只要我的脚一落在二楼的第一个台阶上，它都会瞬间冲出家门，向我扑来。

果然，我刚踏上二楼，就看见这厮阴森森地蹲在面前，等候多时了。我的肾上腺素嗖一声升到脑门，一面用树枝指着鸡，一面慢慢向楼上移动。鸡一看我竟敢用武器指它，肾上腺素嗖一声就飙上鸡冠，毛一抖翅膀一乍，跳起来就狠狠啄了我

13. 答案：圣赫勒拿岛。

一下。我急忙挥起树枝还击，它灵巧地避开了，眼中放射出两道凶残、邪恶而又疯狂的光芒，扇着翅膀抢上前来，不要命似的向我发起猛攻。失了先机的我余勇尽泄，无心恋战，一边盲目地乱挥树枝，一边号哭着往楼上奔窜。鸡跟在后面猛追穷寇，照着我的屁股发电报般的一通狠啄，一直把我追到家门口，看到我妈出来，才不慌不忙地下楼去了。

我姐比我大好多岁，当年也被这恶棍追啄得屁滚尿流。回想起往事，她说："当年的我饶是短跑冠军，还是被这大白鸡啄了屁股。其实要说有多痛也不至于——它只是只鸡嘛！怎么咬都不会造成重大伤害，关键是那种白色恐怖！"她推心置腹地说，"它那种……邪恶的攻击欲念……足以摧毁你的信念，让你忘了自己远比它强大的事实。你明白吗？"我把手用力按在这世上唯一知音的手上，沉重地点了点头。

斗不过邪恶的公鸡，我姐想了个邪恶的主意。一天，她叫上我，拿了些竹片和雪糕棒，来到楼下采集鸡屎。把黄稀、白绿、漆黑三种鸡屎兑上泥灰，吐上两口痰，擤进一些鼻涕，搅拌均匀，涂在楼梯扶手末端，然后藏起来等着。

过了一会儿，胡姥姥拄着拐棍下楼了，走到拐弯处，她习惯地伸出右手抓住了扶手——那正是我姐通过周密观察算准了的地方——我俩在暗中屏住了呼吸。只见胡姥姥停住脚步，狐疑地把手伸到眼前看了看，又放鼻子底下闻了闻。刹那间，胡姥姥那只手就甩得幻影飘飘，边甩边尖叫。这时，我姐爆发出一阵大笑，从楼梯底下一跃而出。胡姥姥顿时明白是怎么回事了，歇斯底里地咒骂起来，挥舞着拐棍就冲我们扑来，却哪里还追得上！

不过这对我来说也没有太大鼓舞作用，我仍然需要持续斗鸡。随着年龄的增长、经验的丰富，我的战斗力也渐渐提升了。一开始，屡战屡败不用说，鸡那残暴的目光还常常出现在梦中，害得我屡屡惊醒；后来，我偶然也能逼退它，成功跨过天险；当我小学快毕业的时候，每日的搏击已是家常便饭，胜负都已被我看淡——是的，这只神奇的大公鸡一直活到那个时候，我这辈子再没见过这么长寿的鸡。

那一年，胡姥姥死了，她的家人随后宰掉了鸡。全院小孩奔走相告，孽畜已除，世道安稳，大家终于得以重享太平——不被异族欺凌的太平。

洛奇狮摘自豆瓣网

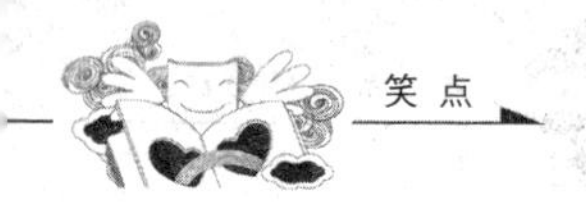

看牙心不抖？英雄！

@斯库里

什么是英雄？在牙科诊床上听着钻头的声音还不害怕的，就可以说是英雄了。

话说我的槽牙上原有个小洞，一直也不疼，就想不起堵上它。那天跟老婆一起去吃甜筒。突然，一股钻心的疼痛从腮帮子直插脚后跟，等我清醒过来才意识到，牙神经露出来了……

北京口腔医院是我看牙的定点医院——不，和他们没什么业务或亲戚关系，单纯因为离家近，去那里有一种叶落归根、还葬故里的亲切感。那时我正好失眠，就搬了个马扎，捂着腮帮子，凌晨2点出发去医院挂号。

2点15分到了医院门口，我排第六，前面那五位回头悲愤地看了看我，我冲他们点点头，确认下眼神，然后大家一起坐在马扎上抬头看星星，等着那个令人心悸的时刻到来——别看这会儿写得漂亮，等坐上诊床，我连银行卡密码都愿意跟医生说。

就是爱历史（法国）14．1830年，法国因何掀起了建筑铁路的热潮？

看牙是个漫长的过程，要先把牙冠钻开，填药进去杀死牙神经，再用一个尖细如魔鬼汗毛、上面还带着倒齿的针把牙神经残骸清理干净，最后再填入填充物，把牙冠的洞补上。前述的每一个逗号之间都有一个星期的间隔，而我几乎在每一个间隔都出了状况……

就说钻开牙冠那次，打了麻药，刺耳的钻头声响过，医生大姐就一声惊呼："哎呦！你们快来看！"怎么了？牙齿里有异形吗？那你们不要过来，快跑啊！

听到惊呼，一屋子医生都放下手头的病人，围了上来——"好大啊，我从医十几年，第一次见这么大的……"到底是什么？你看到什么了？"是啊是啊，一会儿取出来你要留着……"留着什么？好在意！

等大家散开，我的主治医生满意地叹了口气，坐下跟我说："你这颗牙齿里有一颗很大的牙结石。"

"时蔷吗？"我问她。

"你说什么？"

"偶说时蔷吗？"我悲愤地喊。

她好像发现了什么，不好意思地把金属工具从我嘴里拿了出来。

"我问您这个值钱吗？"

医生笑了："不值钱，不值钱，能留下做个标本吗？"

"好吧……"骗子，一定很值钱，这东西成因和珍珠差不多，世上的扇贝千千万，但我只有一个！怎么可能不值钱！

再说做填充，医生钻开上次临时的填充物，耐心告诫我："现在要给牙洞消毒，药水别咽下去啊，你也别乱动。"

药水的味道非常刺激，如熔岩般悄悄渗进喉咙……我平躺着，张着嘴，望着天花板，眼角有泪划过。

"邵大夫，有你的电话！"

"哦，来了！"医生歉意地对我笑笑，"你等一下啊！"

这么多年了，我还记得她姓什么。在她回来前，我耳边一直回响着姜昆的声音："病人都招苍蝇了……"等邵医生接完了电话，回来又得重新消毒，我张着嘴，心里一直在呐喊："不行，真的不能喝了，我就10毫升的量，再喝就高了，我开车过来的。"

嗯，没过两年，这颗补好的牙——本来外面应该加一个人造牙冠，但我害怕没加——在我不懈地作死之下，碎了，我只好再去医院把残牙拔掉，但那就是和另外一个医生的另外一段故事了……

摘自《环球人物》

图：小黑孩

驾考难倒老司机

@加拿大中文报

其实我以前在国内的时候也开过车，所以到加拿大后，对于考该国的驾照倒也没想太多。

后来跟着教练开了几次之后，教练说差不多了可以考试了。我说要不要再练练啊。教练说："没事，我带你到一个最容易通过的小镇去考，肯定一把过。"

这时我才知道，原来在加拿大考驾照不一定要在家门口考，还可以去小镇考，因为小镇通常人少车少，普遍民风淳朴，考官也比较和善，所以很多人都会选择去小镇考，毕竟通过率要大一些嘛。

当时正是冬天，天还没太放亮的时候，我们就已经上路了。头天晚上刚刚下过一场大雪，所以路上不太好开，教练一边开，一边给我们讲着雪天开车的技巧。

但出乎意料的是，教练自己的示范也出了差错，在一个拐弯处，车子一不小心就钻进了一个大雪堆里。

在我们一行人七手八脚、吆五喝六的连推带拽中，车子终于被捣鼓出来了。我觉得，这意外的事故预示着我们此次考试的前景似乎不怎么乐观。

14. 答案：工业革命。

来到小镇的考场，办完手续没多长时间就开始考试了，我的心里也开始有些忐忑。考官是一个白人小伙子，戴着个大墨镜，样子是酷酷的，但就是看不清长啥样。

进到车里，按照规矩先问了一些常规的问题，就出发了。出考场从小路上大路有一个停牌，把车停住以后，我是右转，于是就先扭头向左看是否安全，这时左边大约200米远的地方有一辆车正朝我们的方向开过来，车子速度不是很快，同时打着右转灯，看来是准备向我们这个停车场里转弯。

这样我看了一下右边的盲点就准备起步了，谁知就在我的脚刚离开刹车的时候，墨镜一脚就踩住了刹车不让动作。我有些奇怪，就和他说这辆车右转，且正在减速，我们距离也足够，应该没有问题吧。墨镜很不耐烦地对我说 :“我是考官，我说不行就不行。”我一听就没再吱声。

等那辆车右转进了我们这条小路以后，左边已经一辆车都没有了，墨镜才松开了刹车，示意我可以转弯了，接下来墨镜就一连给了我几个连续右转的指令，我一看这不又回到考场了吗？车子停住以后，墨镜啥也没说，给了我一张纸就下车了。那张纸上写着“危险驾驶，因此不能通过”。

第一次考试就这样糊里糊涂地结束了。回到家里觉得有些窝囊，同样都交了考场考试费，啥也没干相当于白去一趟。然后想想这个教练的运气好像也蛮差，不然也不会在考试的路上出那么一档子事故。这样一想，就打算换教练。

后来找的这个教练是个北方人，人很实在，教得也没得说。跟着这个教练练了两次之后就又要开始准备考试了，他又把我安排在了那个小镇，我心里有些不安。

清楚地记得那天是12月24日，第二天就是圣诞节了。听人说通常这一天考官会放松一些要求，过节谁也不想给自己找太多的不痛快。到了考场，上来给我考试的是个白人女考官，脸上没啥表情，看起来挺严肃的。

这次出考场倒是挺顺利的，在回考场的时候有一个左转，当时正好赶上一个红灯，于是就赶紧地把车子停了下来。停住之后，发现停得有点早了，离停车线有些远，偷偷瞄了一眼女考官，看她的眉头微微皱了下，心想还是往前稍微滑一下，离停车线再近一些可能会更好。

不承想就在我刚一松开刹车的

时候，这个女考官一脚就把刹车踩死，我一看到女考官的这个动作，就知道这一次的考试又提前结束了。

一路闷闷地开回了考场，考官把一份没有通过的测评表递给我就转身下车了。事后教练和我说，那个女考官是这个考场有名的“杀手”。

不管怎么样，这驾照还得继续考下去啊。教练就把下次考试帮我安排到另外一个小镇，考官也是一个白人女考官。

一路考完又开始往回返了，那天我回考场的路段好像刚刚出过事故，路上的车子塞得满满的。我的要点已经基本考完，考官接下来就是回考场去考另外的考生了，所以考官很着急，一连对我说了几次换线的指令。可是我打了半天的换线灯，右边的车辆没有一个肯让一下的。

看考官东张西望着急的样子，我就想干脆硬往里挤吧，因为马上就到了进考场的路口了，再换不过去的话就只能停在那里傻等有人让路了。就在我刚要转动方向盘的时候，考官一脚就踩住了刹车，然后说了一句：“这样太危险。”

我们就只好停在那里等待有人给我们留出空隙，好久才有一个司机停下来把我们让了进去。回到考场，考官向我解释了一下刚刚我动作的危险性，然后给了一个“危险驾驶”就令我的考试折戟沉沙了。

这样折腾下来，我已经对拿到驾照没什么底了，感觉遥遥无期，第四次考试或许是因为自信心不足和那天积雪太深吧，依然没过。

理论上我只剩下一次考试机会了，考官是个白人老头，不苟言笑。一路上该做啥做啥，这么沉沉闷闷地就把该考的都考完了，然后就回程了。

不过这一次总算顺利，没有出现任何大的纰漏，考官临下车的时候说了一句“做得不错，恭喜你通过了”就走了。我坐车里半天没回过神儿来。

后来教练和我说，这个老头是考场里最严格的一个考官，他其实是专考那种大货车驾照的，我也确实算是运气了。

但是不管怎么样，最后我还是过关了。事后仔细想想，其实考驾照也并不是什么难以逾越的鸿沟，不管你的考官如何，最重要的是你一定要让考官心里觉得安全。

朱权利摘自微信公众号加拿大中文报

图：小栗子

就是爱历史（法国）15．拿破仑三世建立的是法兰西第几帝国？

唯一的依凭

@余秋雨

我在魏玛的大街上走来走去，满脑子都是歌德和席勒。

就人生境遇而言，两人相差很大，歌德极尽荣华富贵，席勒时时陷于窘迫。

他们并不是一见如故，原因就在于差距，以及这种差距在两颗敏感的心中引起的警惕。这种警惕，对旁人是一种永久的隔阂，而对知音，却是一种慎重的准备。

从种种迹象看，两人的推心置腹是在18世纪90年代中期。席勒命苦，只享受这份友情十年。歌德比席勒年长十岁，但在席勒死后又活了二十多年，承受了二十多年锥心的怀念。

在他们交往期间，歌德努力想以自己的地位和名声帮助席勒，让他搬到魏玛来住，先借居在自己家，然后帮他买房，平日也不忘资助接济，甚至细微如送水果、木柴，而更重要的帮助是具体地支持席勒的一系列重要戏剧创作。反过来，席勒也以自己的巨大天才重新激活了歌德已经被政务缠疲了的创作热情，使他完成了《浮士德》第一部。于是这对友人身居小城，开启了人类文艺史上的一个时代。

他们已经很难分开，但还是分开了。上天让他们同时生病，歌德抱病探望席勒，又在病床上得知挚友亡故，泣不成声。但歌德不知道，席勒死时非常穷困。他的骨骸被安置在教堂地下室，不是家属的选择，而是家属的无奈。病中的歌德不了解下葬的情形，后来也不便对席勒的家属有更多的询问，他把亡友埋葬在自己心里了。

没想到二十年后教堂地下室清理，人们才重新记起席勒遗骸的问题。没有明确标记，一切杂乱无章，哪一具是席勒的呢？这事使年迈的歌德一阵惊恐，二十年对亡友的思念积累成了一种巨大的愧疚，愧疚自己对于亡友后事的疏忽。他当即自告奋勇，负责去辨认席勒的遗骨。

在一片狼藉的白骨堆中辨认二十年前的颅骨，这是连现代最高水准的法学鉴定家也会感到棘手的事，何况歌德一无席勒的医学档案，二无起码的鉴定工具，他唯一的依凭，就是对友情的记忆。这真是对友情的最大考验了，天下能有多少人在朋友遗失了声音、遗失了眼神，甚至连肌肤也遗失了的情况下仍然能一眼认出朋友的骨相呢？

我猜想歌德决定前去辨认的时候也是没有把握的，刚刚进入教堂地下室白骨堆的时候也是惊恐万状的，但他很快就找到了唯一可行的办法：捧起一颗颗颅骨长时间对视。这是二十年前那些深夜长谈的情景的重现，而情景总是最具有删削功能和修补功能的。

于是最后只剩下一颗颅骨，昂昂然地裹卷起当初的依稀信息。歌德小心翼翼地捧持着，前后左右反复端详，最后点了点头："回家吧，伟大的朋友，就像那年在我家寄住。"

歌德先把席勒的颅骨捧回家中安放，随后着手设计棺柩。这些天他的心情难以言表，确实是席勒本人回来了，但所有积贮了二十年的倾吐都没有引起回应，每一句都变成自言自语。这种在亡友颅骨前的孤独是那样的强烈，苍老的歌德实在无法长时间承受，他终于在魏玛最尊贵的公侯陵为席勒找了一块比较理想的迁葬之地。

谁知120年后，第二次世界大战期间席勒的棺柩被保护性转移，战争结束后打开一看，里面又多了一颗颅骨，估计是当初转移时工作人员手忙脚乱造成的差错。

那么，哪一颗是席勒的呢？世上已无歌德，谁能辨认！

摘自《青年博览》

图：豆薇

15．答案：法兰西第二帝国。

诗人也爱抬杠

@古傲狂生

王之涣说："羌笛何须怨杨柳，春风不度玉门关。"

李白说："长风几万里，吹度玉门关。"

评论：得，玉门关是个坎儿，王大诗翁吹不过去，李大诗翁一吹就过去了。

王籍说："蝉噪林逾静，鸟鸣山更幽。"

王安石说："茅檐相对坐终日，一鸟不鸣山更幽。"

评论：王安石喜欢跟古人较真，有时就钻了牛角尖，无怪乎黄庭坚一个劲地"夸"他"点金成铁"啊！

杜牧说："江东子弟多才俊，卷土重来未可知。"

王安石说："江东子弟今虽在，肯为君王卷土来！"

评论：又见老王！看来老王不仅是改革家，还是一位不可多得的抬杠家呢。

王维说："劝君更尽一杯酒，西出阳关无故人。"

陈刚中说："若知四海皆兄弟，何处相逢非故人。"

评论：就俺所知，王摩诘的朋友除了这位元二，还有高适、岑参、孟浩然、阿倍仲麻吕（晁衡）等，至于老陈的朋友，俺一个都不知。

苏轼说："试登绝顶望乡国，江南江北青山多。"

危稹说："人间那得楼千尺，望得峨眉山见时。"

评论：抬杠王也遭抬杠了，呵呵。东坡先生啊，地球是圆的，就算登再高的绝顶你也望不了多远，跟山不山的其实没啥关系啊！

张谓说："长路关山何日尽，满堂丝管为君愁。"

欧阳修说："我亦且如常日醉，莫教弦管作离声。"

评论：欧阳修与王安石、苏轼堪称诗坛三大抬杠王，简直是"不抬杠毋宁死"。

林冬冬摘自《讽刺与幽默》

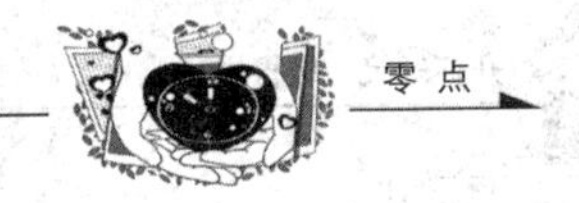

庖丁略传

@赵志明

魏国有一个庖丁，杀牛是一绝，他那把宰牛刀用了19年，还像是刚开锋一样。魏惠王听说了这个奇人，也很好奇，亲自组团观摩。庖丁果然出手不凡，举手投足之间，一头小牛已经委顿在地，牛头牛尾四蹄归在一处，牛内脏归在一处，牛肉归在一处。牛肉又按部位摆放整齐，作烤涮炖焖之用。

魏惠王和众大臣看得眼花缭乱，他一边吃着鲜美的牛肉大餐，一边和庖丁闲聊。

魏惠王：“你这手本事太漂亮啦，我想这是天生而来，上天赏你这碗饭吃的吧。”

庖丁：“我能生而为人，而不是牛，这自然是蒙天恩赐。但我若这样笼统地回答大王，实在是对大王的不敬。事实上，我能掌握解牛的技能，完全在于手熟。”

魏惠王：“哦，那你杀了多少头牛了呢？”

庖丁："19 年来，我已经杀了 3863 头牛。"

魏惠王："大家都说你那把刀用了 19 年，之前换过刀吗？"

庖丁："我从第一次杀牛开始，一直用的是这把刀，从来没换过。"

魏惠王："这我倒好奇了，难道你一开始杀牛，就这么熟练，知道从哪里白刀子进红刀子出了吗？都说牛骨头比猪骨头更硬，难道你一上手就能避免损伤刀口吗？"

庖丁："当我决定做牛屠之后，三年没有动刀，只是不停地看别人杀牛，研究被肢解后的牛的各个部件。开始的时候，我眼中所见是全牛，慢慢地，我看到的就是牛的组装图，再后来，我看到的又是全牛了。不管牛是行是立是卧，牛的全身骨骼经脉都清晰可见，而我已经在幻想中肢解了它们上万遍。这样了然于胸之后，我才开始真正地杀牛。我走到牛的面前，牛就明白我要做什么，一点也不反抗地引颈就戮，因为它知道由我动手它就会少受好多痛苦。甚至我把牛肢解之后，它的眼睛还能看到自己的残躯，会流下眼泪以示留恋不舍；同时它的尾巴也会摆动，像对我的工作表示满意和感谢。"

魏惠王："太好了！我身边正需要你这样的人才，我一定要重用你。"

这之后，庖丁受到了魏惠王格外的优待，出行有马车，住华美的屋子，顿顿大鱼大肉，美酒管够，享受佣人的服侍，就连他的刀，也用丝囊盛放。每当重要的祭祀活动或者有外国使团来访的时候，庖丁就给大家表演杀牛，赢得无数的鲜花和掌声。

庖丁成了明星，不仅在魏国家喻户晓，甚至在其他国家，其名头也盖过了魏惠王。

"魏国有一个庖丁，手起刀落，'咔嚓咔嚓'，一头大牛就被肢解好了，老厉害了。"

"跟庖丁同时代是多么幸运的事，可是却不能亲见他的表演又多么不幸。"

大臣们也纷纷向魏惠王进言，认为庖丁是魏国国宝，一定要善待。同时齐国楚国的国君也都觊觎良久，谋划要给庖丁绿卡和国师待遇。

魏惠王也觉得对，只是杀牛，真是太委屈了庖丁这一身的本事，但是一时之间魏惠王也想不出怎么安置庖丁，才不致让庖丁受到外来诱惑。

直到有一天，魏惠王突发奇想，他想让庖丁杀人。庖丁杀牛是圣手，他若是杀起人来，一定也非同凡响，像一部精密的了不起的机器。

魏惠王："我很好奇，在你杀牛之前，杀过别的什么吗？"

庖丁："杀过羊。"

魏惠王："还有呢？"

庖丁："还杀过鸡、鸭、鹅。"

魏惠王："还有呢？"

庖丁："还杀过青蛙、狍子、刺猬、兔子。"

魏惠王："天上飞的鸟呢？"

庖丁："都杀过。"

魏惠王："水里游的鱼呢？"

庖丁："都杀过。"

魏惠王："那有什么是你不曾杀过的吗，在我们这个世界上？"

庖丁："人，只有人。"

魏惠王："如果有机会让你杀人，你会杀吗？"

庖丁："如果大王让我杀人，我就是那把刀。"

魏惠王："你有把握，杀人会像杀牛一样游刃有余吗？"

庖丁："必须的。"

魏惠王："你在正式杀牛之前，花了三年时间看人杀牛。在杀人之前，你需要几年时间才能将人的构造了然于胸？"

庖丁："天下事物，举一反三，只要一个月就够了。"

魏惠王："好。我给你三个月时间，你可以随意观摩医院和刑场，

16. 答案：准备对德复仇和进行殖民扩张。

如果你觉得有需要的话，也可以随意处置那些死囚。”

自此之后，庖丁就四处走动，将人体构造熟记于心。一个月下来，人体的四肢百骸、五脏六腑就历历在目了。两个月下来，人的七情六欲、喜怒哀乐就彰显了。庖丁的眼神也像秃鹫那样阴戾狠毒，让人无来由地像坠入冰窖。

于是大家都说："现在庖丁对我们，就像对那些牛一样了。"

可奇怪的是，大家虽然不寒而栗，却依然像迎接盛大的节日那样，对庖丁首次的杀人表演充满期待。就连魏惠王，也忍不住想要以身试刀，让庖丁在大庭广众之下给肢解了。魏惠王好几次向庖丁打听人选，但是庖丁一直讳莫如深，后来魏惠王倒觉得不好意思了，觉得如果提前泄密，反倒是巨大的瑕疵。

举世瞩目的这一天终于到了，史上最伟大的肢解大师将要向世人展示他绝妙的刀法，然而这次被肢解的不是牛，不是猪，也不是羊，这次是人，一个大活人。谁会是这个幸运儿呢？

魏惠王和大臣们，大梁城的巨贾显贵们，还有少女和贵妇，老叟和童稚，全都盛装出席，一方面想要目睹盛况，另一方面也隐隐希望自己能够光荣献身。

庖丁出现了，他的眼光扫视周遭，顿时一片可怕而热烈的静默。庖丁捧着他那把用了19年的毫无缺口的刀，那把刀用上好的丝绸一层层包裹着，即使如此，杀意也渗透出来，激起了漫长的噫声。

就在这噫声中，庖丁手起刀落，一瞬间就把自己肢解了，皮肉搁在一处，筋骨剔于一旁，内脏笼络一堆。大家噫声还没停止，庖丁就变作了三堆，摆放整齐，天衣无缝。他的刀像是有了生命，完成这项伟大的表演之后，徐徐落地，发出“叮”的一声，而他的眼珠竟然还能滴溜乱转，好像要把全场惊讶到无以复加的表情牢牢记住，然后涌出两行泪水。

事后人们才意识到，庖丁那次竟然没有穿衣服，他就像一头准备牺牲的牛那样走进了会场，裸身走进了大家的视线中。他去意已决、死志已定。在这方面，他显然是自私的，因为他让在场的人看到了绝唱，却转眼带走了杰作，徒留深深的遗憾，因为制造这个绝唱的人成了献祭品。

庖丁之后，再无庖丁了。

司志政摘自《中国怪谈》三秦出版社

图：小栗子

罗罗布的日常脑洞

@罗罗布

现实

1

2

我突然发现

多运动会瘦 是骗人的!!!

3

4

 就是爱历史（法国）17.根据《罗马条约》,法国与哪些国家建立了西欧六国共同市场?

记账

谢谢惠顾!
8折

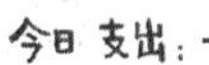
今日 支出:

买零食 -125元

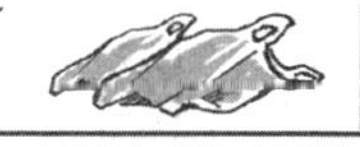
吃吃
吃
今日吃入:
零食 +125元
赠品 +5元

1

2

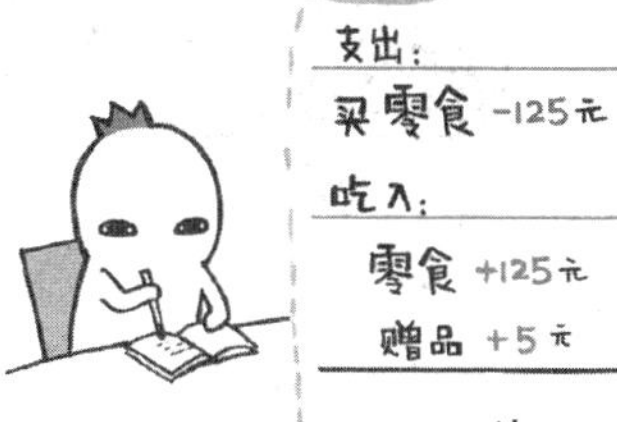
记账
支出:
买零食 -125元
吃入:
零食 +125元
赠品 +5元
结算: +5元

吃货
赚了!

3

4

吃饼干

啃
啃

1

一个人在肚子里
很孤单吧……
再吃一个
陪你哟！

2

两个会吵架吧……
再吃一个！
来劝架！

3

三缺一……
那再吃一个！
开打啦！

4

再来一个！
干吗
还吃？

5

打牌
总要有人伺候嘛！
茶呢？
来了！
来了！

6

继续……
啃
啃
这又为了啥？
它们不能一直打牌呀！
我要吃出两个足球队！！

7

17. 答案：联邦德国、意大利、荷兰、比利时、卢森堡。

背影

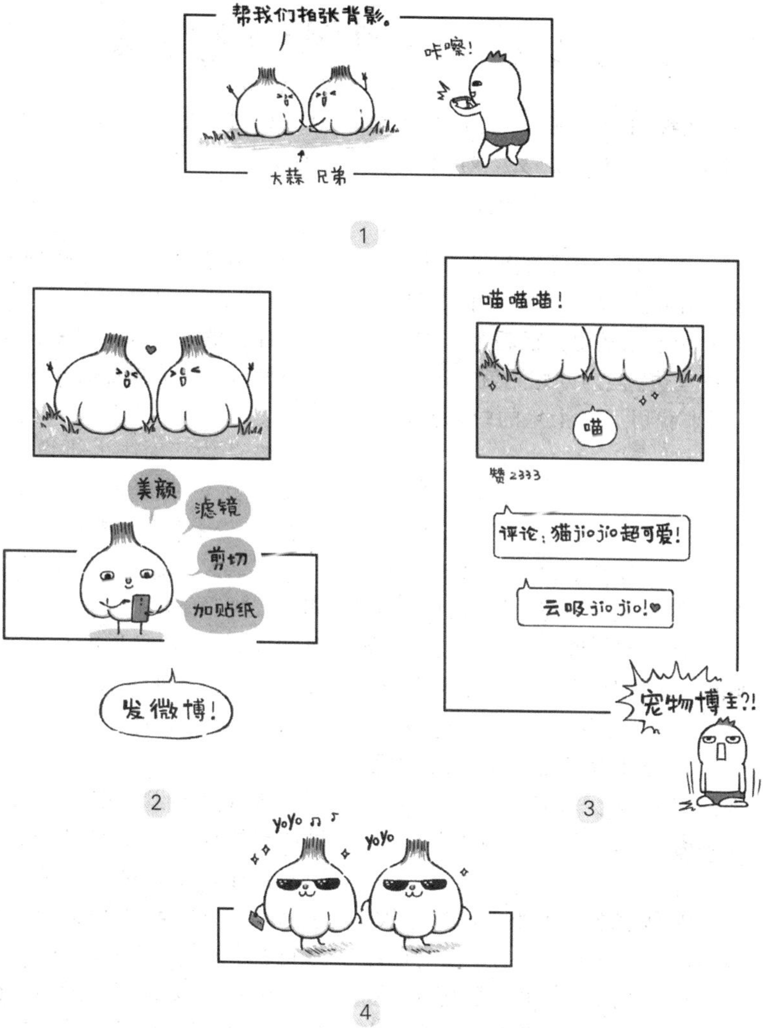

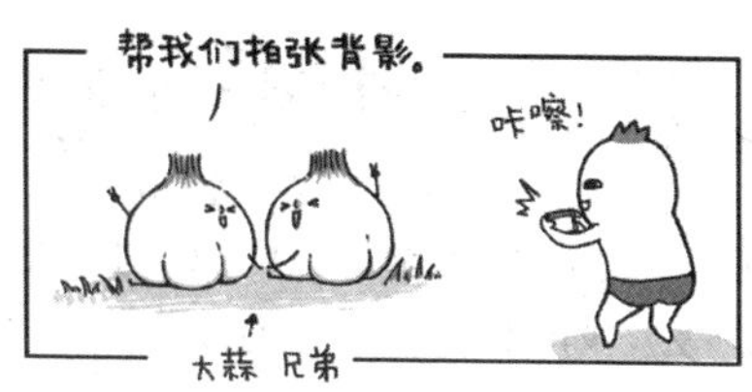

1

美颜
滤镜
剪切
加贴纸
发微博！

2

喵喵喵！
喵
赞2333
评论：猫jiojio超可爱！
云吸jiojio！
宠物博主?!

3

yoyo
yoyo

4

平平常常摘自作者新浪微博

牛大姐家乐事多

主要人物：牛大姐（妈妈） 牛大哥（爸爸） 牛小美（女儿） 牛小宝（儿子）
钱多多（牛小美的男朋友） 刘姥姥（牛小美的外婆）

※ 牛小美买了条裙子，第一次穿上在牛大姐、刘姥姥面前“显摆”，并向她们炫耀说自己超级喜欢上面的蕾丝边。当时刘姥姥就来了一句：“原来我用了几十年的蚊帐，现在叫蕾丝！”

※ 晚上，牛大哥和牛大姐两个人横躺在沙发上边看电视边聊天。牛大姐抬起腿捏了捏自己的小腿肚，对牛大哥说：“你说我要是今晚睡一觉，明天早上发现小腿肚子上的肉都没了该多好！”

牛大哥横了她一眼，说：“这要是明天早上一起来，床边上多出一堆肉来，还不吓死你啊！”

※ 钱多多跟牛小美回家吃饭，饭前，闲着没事拨弄书架上的地球仪，看到大西洋那里有个红点，就用手指刮了一下，没想到，地球仪一下子裂开了，露出了里面的一沓现金。

屋里的人都围了过来，只有牛大哥两眼喷火地瞪着钱多多。

※ 牛大姐对牛大哥说：“我想去做瘦脸。”牛大哥问：“需要多少钱？”“一千多块钱吧。”

第二天下班，牛大哥塞给牛大姐一大把吸管，并拿起一根放进她嘴里，说：“凡是稀的东西，像什么水、粥，你就用吸管吸。用不了多久，你一定由圆脸变成尖脸。”

※ 牛大哥开车接牛小宝放学，快要经过红绿灯路口的时候，黄灯突然亮了，牛大哥赶紧猛踩刹车，从后车镜看到紧跟自己车后的公交车也在剧烈地“点头”……

牛小宝责怪牛大哥：“爸爸，您这样太危险啦！”

就是爱历史（法国）18．戴高乐总统就职，标志着法兰西第几共和国开始?

牛大哥心有余悸：“不然一次就要扣我 6 分呢。”

牛小宝却不屑一顾：“扣就扣呗，扣 6 分还有 94 分呢。”

※ 周一一大早，牛大姐就不满地向牛大哥抱怨：“牛小宝找不到衣服找我，牛小美找不到衣服找我，你找不到衣服也找我，那我找谁去啊？”

牛大哥乐了：“你赶紧找衣服去呀！”

※ 牛小宝把“两面三刀”解释为“两袋面，三把刀”，让牛大哥哭笑不得。

他告诉牛小宝说：“两面三刀的意思是比喻居心不良，当面一套，背后一套，不是你想的那样。”

牛小宝若有所思地说：“爸爸，我懂了，你当着妈妈的面对她那么好，背后总是说她的坏话，这就是两面三刀吧！”

※ 牛小美过生日，钱多多带她去花店买花。牛小美忽然说：“现在的花很贵呀，要不就拿着花拍个照发朋友圈好了，省钱。”

钱多多有点惊讶，说：“你今天可真乖。”

牛小美：“这么乖是不是应该奖励？”

钱多多不假思索地说：“好呀！”

牛小美：“那就把我上次看中的钻戒买了吧。”

※ 刘姥姥问牛小宝：“小宝啊，你试卷上的成绩怎么只有 50 分？”

牛小宝说：“外婆，这是作文测试，总分才 60 分。”

刘姥姥说：“哎！没想到啊，没想到现在连学校里也开始短斤缺两了。”

※ 牛小美对钱多多抱怨说：“今天我做了个噩梦，吓死我了。”

钱多多安慰说：“别怕，梦境都是反的。”

牛小美：“好吧，那我安心了。我想睡觉了，晚安。”

钱多多说：“OK，祝你做个好梦。”

※ 这天，钱多多在牛小美家辅导牛小宝写作业。作业完成后，钱多多就决定再出个题考考牛小宝：“你先说一个成语，然后在后面至少接龙十个成语。”

牛小宝听了，不紧不慢地说道：“为所欲为，为所欲为……”

我的彩虹小恋人

@年念

我的彩虹小恋人一毕业来到深圳，就被我盯上了。坑蒙拐骗使出浑身解数，她总算掉进了我的怀抱。

热恋的时候，我问她："你喜欢我哪一点啊？"她对于我写在白纸上用来引诱的诸如长得帅、脾气好、有气质之类的优点视而不见，只是丢出一句："嗯，你会讲本地话，我以为你是本地人。"我听得无限悲凉。

我下班比她早，所以每天负责做好饭等她。周六的时候我会扯扯她的衣袖："嘿，做饭去吧。"结果却被她拖出去逛超市。她总是在食品专柜疯狂"试吃"，还不停地叮嘱我："今天不做饭，你不吃别后悔。"

好脾气的售货员常问她好不好吃，她头也不抬，消灭掉面前的食物后告诉他："不好吃！"售货员直跳脚："不好吃你还全吃光了？"

有段时间我的彩虹小恋人回家很晚，她又找了一份小兼职，每天陪人打乒乓球。推拉弹拨抽，我教了她三年，她居然也打得有模有样。现在她陪别人打球居然敢收费，而

18. 答案：法兰西第五共和国。

且一收就是五十块一小时。

每次我下班后就直接去球馆，虽然我的彩虹小恋人不是大美女，但也有点煞有其事的小姿色，更何况和她一起打球的是个什么“企业家”，我得看紧她。

于是每天我坐在那儿看她打球，偶尔也会遇见“企业家”的妻子。长得不好看，但看起来很贤惠，很像那种和他一起吃过苦熬过日子的女人。

拿到第二个月的兼职工资时，我的彩虹小恋人便辞掉了这份兼职。回家的路上，她很兴奋：“十二万啦！”我听得莫名其妙。“我们这一年存了十二万，够付一个房子的首期了！”她的声音有点激动。

“

简单的、平淡的、吵吵闹闹的生活以及被日子逼迫着的相互妥协，就是爱情了。

十二万？我有点不敢相信。不过一年的时间，我从来也不相信我们会有这么多的积蓄。我们的工资加起来勉强一万块，还要应付房租水电与吃饭。我只知道，这一年，她倒卖积分换来了一些小礼品，上了两年免费的理财课居然选准了银行的理财产品，基金也小赚了一笔。我只不过送过她一些无足轻重的小礼物，一只二十块的手表，她还问我：“讲价了没有？”

大房子也有大房子的空旷。她说那个女人一直担心她的“企业家”老公在外拈花惹草，所以找了自己培养他爱打乒乓球的兴趣。打球累了，那男人也只能回家洗洗睡了。这就是为什么那个女人会同意她来狠狠敲自己老公一笔的原因。

她说到要有个房子才真真正正像家的时候，我有点小感动，想哭。生活中本来就没有太多惊天动地的大事，这简单的、平淡的、吵吵闹闹的生活以及被日子逼迫着的相互妥协，就是爱情了。

摘自《祝你幸福（午后）》

题图：小柯

只做你的姐

@安 子

通往村子的小路口，她正站在那里，推着一辆自行车，等了很久的样子。她也看到了他，隔着不宽的路冲他招手，唤他："冬娃——"

他的心一酸。在监狱里，因为表现好，他被提前一年半释放，犹豫再三，还是决定回家。而她也早早地写信给他，要他一定回来，说，她和哥在家里等他。

从未见过面的她，却这样唤了他的小名。他迟疑了一下。倒是她落落大方地笑着，伸手将他的行李拿过来放在自行车后架上，说："冬娃，来，你推着车，咱回家吧。"

她比他想象中年轻，看上去似乎比他大不了两岁，也比他想象中漂亮，白白的皮肤，大眼睛，笑容温和。漂亮的女人谁会嫁到这个穷山沟里来呢？两年前，他知道哥娶了媳妇，是哥在广州打工时认识的。她不嫌弃哥住在偏僻的穷山沟、没有了父母，甚至不嫌弃哥有个正在监狱服刑的弟弟。为这，那时候他把自己攒下的所有钱，托管教买了条细细的18K金项链寄给她，并对哥说："你要好好地待嫂子。"

她推了他一把，说："愣什么，走啊！"

他扶过了车把，看了她一眼，低低地叫了声："嫂子。"

就是爱历史（法国）19．法国是仅次于哪个国家的世界第二大农产品出口国？

“别叫嫂子，以后就叫姐。”她笑，然后说，“你哥本来说了来接你的，可是一直没得着空回来，别生他的气，他心里惦记着你呢……”

他应着，推着自行车朝前走，心里多少有些失落。开始哥去看过他几次，可是去一趟真的太远了，而且后来他在监狱里也过得习惯了，就只和哥书信联系了。可是他想见到哥，爹妈走了以后，是哥把他养大的，他却不争气……

她好像看出他的心思，说：“冬娃，过去的事都过去了。现在回来了，跟着姐好好过日子。”

终于到家了！屋子里窗明几净，简单的几样家具也是整整齐齐。她的卧房在东边，他的在西边，床边衣架上，挂着两套新衣服。是给他的。

他怔怔地四下打量着，她已利落地把他的行李打开收拾好，在外屋喊他：“冬娃，饿了吧，出来洗把脸，这就吃饭了。”

“嫂子。”他回头唤了一声。

她板下脸，说：“不是跟你说过了叫姐？叫姐吧，叫姐亲。”

他低下头，片刻，叫了声：“姐。”

她脆脆地答应了，脸上绽出笑容来。

他在家里闲了几天，哥一直没回来。家里没有电话。她说，哥过几天就会写信来，别怨你哥，他也都是为了这个家。

在一个家里，他也和她飞快熟悉起来，他会主动帮她做家务，她也不拒绝，像使唤自己亲弟弟一样使唤他去打水，扫院子，割草喂羊……还要他每天穿得干净整齐，并要他去见村邻和亲戚。有时她会跟着，一副坦然的神情，甚至会同村人说：“我弟回来了，看，是个帅小伙子了。”她的态度影响着他，他慢慢摒弃了心底的自卑，从容地过起了生活。

农忙后歇息了几天，她又开始张罗起来，独自一个人去了两趟30公里外的县城，回来，就开始收拾他的衣服，说，已经给他报过名了，要他去县城学开车。

他先是吃惊，然后死活不肯。他知道学开车要花不少钱，这是她和哥的血汗钱，他不能花。

那天，她很生气，指着他的鼻子说：“你什么都不学，以后就在家这样耗着，让你哥在外面打工养着你？你就不能有点儿出息？那么大的男人了，老闲在家里算怎么回事？”

他妥协了，说：“姐，你别生气，我去。”

她这才笑起来，说："这就对了，以后，哥和姐还指望你呢。"

他的鼻子又是一酸，再不说话。

他格外刻苦，比所有人都更用心地学习。她隔几天就会去看他，带着她蒸的馒头、她炒的鸡蛋和换洗的衣服。最后一次，她带去了一个年轻女孩。女孩二十出头的样子，纤细精巧的五官很是招人疼爱，在她身后看着他羞涩地笑。他明白过来，脸一下红了。

他顺利拿到驾照，因为勤奋又懂事，很快找到了工作。顺理成章，婚事也定了下来。

好日子慢慢临近，他问她："写信让哥回来吗？"不等她回答，又说，"要不我去找他？"

她摇头，说："你哥还是回不来，他跟人家签了合同的，有个工程，不做完谁都不许走。"

他无奈，说："姐，也不是哥非回来不可，是你太辛苦了，哥也该回来看看你了。"

她笑笑："以后你哥看我的日子多着呢，你要不嫌姐不是你亲姐，就让我把这事给你办了。"

这样，几天后，他就把女孩娶回了家。在家待了几天，他回去上班，叮嘱妻子好好照顾姐。

妻羞涩地笑，姐的眼睛却红了。然后，又是一番细碎的叮嘱。半个月后，妻匆匆跑去县城找他，说自己只回了一趟娘家，姐就不见了，留了一封信给他。

他急急地把信拆开，看到她娟秀的小字："弟，姐走了。其实在你回来之前，我和你哥已经离婚了。他找到了自己新的生活，一种永远脱离了山村和贫穷的生活。别怪你哥，这么多年，是他抚养和照顾着你，对你，他有恩，永远都是你最亲的亲人。我和他，是缘分已尽了吧！所以，我不让你叫我嫂子，只让你叫我姐。是我要你哥答应我瞒着你的。弟，还记得你送姐的那条项链吗？还有那时你对你哥说的话。那是我收到的最最珍贵的礼物。当时我就想，以后不管怎么样，你都是我的亲人，我都会像爱自己的亲弟弟一样爱你，所以，当我知道你要回来，我就决定等你，等你把日子过好……现在姐可以放心地走了。别怪姐，姐还年轻，还要过自己的生活，以后，一切都会好的……"

"姐——"他只喊了一声，一米八高的大男人，眼泪流了一脸。

摘自《聪明泉》

图：豆薇

（扫码 7 月号百宝箱，免费收听本文音频）

19. 答案：美国。

报国万里路

@房昊日天

（文中设置了十处差错，你能找出来吗？答案在文末。）

有这么一个人，年少入世，被派到基层去当县令。当时那个天下吧，穷的厉害，百姓手里交不上税，国库还异常空。

那钱能去哪呢？还不是被层层盘剥，都落进各种小史的兜里了。

此人很敏锐，快速解决了小县城的这个弊病，后来见到了丞相。丞相贼赏识他，说："没想到东南竟然还有这样的人才。"

于是他被留京工作，时不时上俩折子，怼怼奸臣。

某次怼人的时候，怼得忘乎所以，说你这个简直就是指鹿为马。

这就不太行，怼得不讲究方式方法，你说奸臣是赵高，那皇帝岂不就是秦二世了？

皇帝显然就不高兴了，说你滚犊子吧。是所谓：伴君如伴虎啊！

我们这位书生就被下放去了穷乡辟壤提典刑狱，我也不知道为什么这么多人外放，都是去提典刑狱……而又恰巧，提典刑狱的时候又会碰见叛贼做乱。

当然，这位书生是真的书生，武功不高，去平叛随时可能会死。书生犹豫过，但他还是去了。

皇帝说，这是人者之勇。或许

是仁者之勇的加成，书生用兵稳妥，为人又正直，竟然深得士卒爱戴，率军把叛将给打回去了。

皇帝由此对他改观，觉得这书生能打仗，可以用。把他又调去了北方，随时准备迎敌。

可惜那会儿当权的丞相虽然力主北伐，但专权无道，排挤良臣，倘若他真有本事也便罢了，偏偏还打仗贼蠢。

书生骂了半天，朝廷丝毫不理，于是心灰意冷，年纪又大，只好上书退休。

没想到退休之后，当权的丞相还不死心，还要折腾，一遍遍地说要北伐。甚至还要启用另外一个六十八岁的老臣，来当枢密院都成旨，全权指挥军事。这位老臣大家也很熟悉，姓辛，名弃疾。只是很不幸，老辛好不容易有次机会能搞波大事，未及上任，就病死在家中。

而听到还要出兵的消息，我们七十多岁的书生也忍不住了，垂死病中惊坐起，给朝廷上了一封拆子。又书十四言别妻子，笔落而逝。这位一生清廉、家无余财的老书生，就这样死了。

其实这样一份简历不是特别出彩，朱熹是他举荐的，也算是他最出名的政绩了。但我们应该确实都听过他的名字，因为“小荷才露尖尖角，早有蜻蜓立上头”，这诗是他写的，他的名字叫杨万里。

在看到他的生平事迹之前，我从来都以为杨万里是个山水田园诗作者，是那种躬耕陇亩、笑傲江湖的学问家。而事实上，临死前的那一封折子，才是杨万里的本来面貌：“吾头颅如许，报国无路，唯有孤愤！”

摘自作者新浪微博

图：小栗子

《报国万里路》参考答案

1. 入世——入仕
2. 穷的——穷得
3. 小史——小吏
4. 辟壤——僻壤
5. 提典——提点
6. 做乱——作乱
7. 人者——仁者
8. 启用——起用
9. 成旨——承旨
10. 拆子——折子

就是爱历史（法国）20. 莫里哀、司汤达、福楼拜都是法国的文学巨匠，对吗？

失联的秦梅梅

@言二十九

时至今日，我们终究都逃出了那座小县城，
虽然不是以我们少年时约定的方式。

电竞梦

2005年，一款叫魔兽争霸的游戏在全国网吧如野火般蔓延，伴随着中国选手Sky拿下世界冠军，15岁的我，梦想的烈火被熊熊点燃：我也要做个电竞选手！

初中毕业后，我不顾家人劝阻，下定决心不再念书。整天泡在黑网吧里，想着早日为国争光。

我是那个时候认识了网友——胖子秦梅梅。秦梅梅大我四岁，在我家不远的一个超市里面卖肉。

一次，他突然问我："你将来想干什么？"

"我要去打职业，像Sky那样！"我不假思索地回答。

"你这样天天在网吧练，什么时候能打上职业呢？"

当时我已经辍学三个月，我的电竞梦还遥遥无期。虽然在这个小县城里小有名气，但是在战网上只能算路人甲的水平，最关键的是，爷爷的钱已经快被我花完了。未来怎么样，我也不知道。虽然被他戳中了心事，但我嘴上一点不留情："你呢，准备卖一辈子肉吗？"

"我想好了，准备攒钱上大学。"他认真地看着我，"你别笑，从明天起我就不上网了。"

秦梅梅跟我一样辍学在家，不过他是因为家里没钱。他高一读了小半年，学费一分没给，被赶了出来。小学四年级的时候，他爸爸在木材厂出了事，死掉了，厂里只是象征性地赔了一点钱。他爸爸出事后不久，他妈妈精神就崩溃了，变得半疯半傻。

辍学后，秦梅梅在他大伯的帮

忙下，在超市肉店找了份打杂的工作，干到今年已经是第三个年头了。

“你为啥突然想着要去上大学？”我问他。

“我想要过另外一种生活。”他忽然扭过头，定定地看着我，“不是像现在这样，一辈子窝在一个地方，身上一股肉腥气，洗都洗不掉。”

“就算你挣够学费，你能考上哪个大学呢？”

他站了起来：“不试试怎么知道不行？这个城市太小了，我们不该这么活下去。你只在这个网吧虐我有什么用，外面的世界大了去了，Sky就是自己跑出去参加比赛才慢慢长进的。”

“我要赚钱，要不来跟你一起卖肉吧！”

“我是开玩笑的，这世界只有一个Sky，电竞这条路很难的。要我说，你还是先回学校……”

“人各有志！”

沉默半晌。他说：“行吧！你想清楚了就行。”

顶包事件

秦梅梅是老熟人，我工资又要得低，跟主管一说主管就答应了。我跟着他一起上早班，连合同都没签。

事情都不难，就是费力气，不管是早上扛大件，还是剁排骨、剁猪蹄这些力气活，秦梅梅都抢着做，我就负责打秤。知道我没钱，秦梅梅每天中午都带两份饭，我跟家里赌气，一天就吃这一顿。

没客的时候，秦梅梅洗完手就去看书，他手上已经攒了一点钱，准备报自考。我一边帮他放哨，一边傻乎乎地靠在墙上，梦想着自己披着国旗，登上WCG的领奖台。

有一天快下班前，主管领着一位阿姨过来，笑着说是她二姑，要买10斤牛肉。秦梅梅赶紧招呼，挑最好的地方割了10斤。

我正准备称重，主管走过来低声说按筒子骨的价格打价。牛肉20块钱一斤，筒子骨3块5一斤，傻子都知道主管想干吗。秦梅梅正在招呼一个新主顾，我没法，按筒子骨的价格打完价，递给阿姨。

事有不巧，超市老板那天正好过来视察，在收银台抓了个正着。主管领着老板气势汹汹地冲过来：“刚刚这个票是谁打的？”她紧紧抱着双臂，眼镜后的目光像一把剔骨刀，一副要吞掉我的样子。

我吓得呆在原地，秦梅梅一看小票就明白了，赶紧说是他打的。最后好说歹说，秦梅梅被罚了1000

20. 答案：对的。

块钱。

“你工资才1500，大不了不干了呗！”他们走后，我壮着胆子说。

“没办法，我和我妈要吃饭。”他“咚”的一声把刀剁进砧板。

“这事跟你没关系，小地方就是这样。”那一刻，秦梅梅沧桑得像是有40岁。

后来的我们

接近年关，等着买馅的人排起长长的队伍，店里只有一台绞肉机，割肉、称重、切块、搅馅、封装。我和秦梅梅忙得脚打后脑勺。

10点钟左右，有位中年大叔等得不耐烦，嘴里一直骂骂咧咧，终于到了他，我赶紧帮他切好肉块，往绞肉机里扔，没想到肉块太大，机器卡住了。大叔冲进柜台，骂我故意不帮他做事，恶毒的语言像是一记记耳光朝我打来。我噙着眼泪，下意识地伸手去掏机器。

“等一下！关机器！”秦梅梅大吼一声。可是已经晚了，我的右手一片冰凉，接着是锥心的痛，机器恢复运转，除了大拇指，我剩下的四根手指全被搅了进去。

血像是廉价的自来水一样流了出来，我慢慢感觉不到痛，失去意识前，我听到一声怒吼。

醒来已经是在医院里。我的右手包着厚厚的纱布，爸爸在抽烟，妈妈在哭，爷爷在咒天咒地。

“秦梅梅呢？”不知道为什么，我第一个想到的人竟然是他。

秦梅梅被判了7年。在送我去医院之前，秦梅梅拎起菜刀朝那个大叔的胳膊上砍了一刀。出事以后，警察调查才发现，我出事时还不满16岁，属于童工。

我再也拿不了鼠标，电竞梦就此作罢。那年秋天，我重新回到了学校，忍受着同学们的异样眼光，努力练习用大拇指夹着手掌写字。

2010年，秦梅梅因为表现好被提前释放，那时我已经在上大学了。我考出了那个巴掌大的小县城，来到省会读书，因为离得远，有接近大半年没去看他。他在里面很用功，出来不久就考上了技校，去了深圳打工，后来把妈妈也接到了深圳。

毕业之后，我去深圳找过他一次，他已经跟我一样瘦了。

那天晚上，他给我发了一条短信，说这辈子都对不起我，请我原谅。我打过去，电话已经关机。再后来，他换了联系方式，从此失联。我看着那条短信，反反复复，一直没有删除。

摘自新浪微博全民故事计划

【《曾经接近爱情的吃货》续写】因吃相识，因吃相爱的两个人，却因为一些原因与爱情擦肩，让人遗憾，后来二人会重逢吗？又会有怎样的故事呢？请看两位作者的精彩续写——《最好吃的排骨藕段》和《去肯德基吃排骨藕段》。

最好吃的排骨藕段

@李 雅

回忆是毒药

之后大半年的时间，我的足迹遍及青岛的大街小巷，可就是找不到我想念的味道。

这期间，单位有个男同事向我表达爱意，而我想忘记海超，就答应了他。随着交往的加深，我发现他心眼小，遇事斤斤计较，我们经常争吵，在他身上，我找不到和海超在一起的那种默契。

思量后，我向男同事提出分手，没想到他是个渣男，分手后，他在公司到处散播谣言，说我想骗他钱，结果被他识破，将我甩了。

同事们起初都信以为真，在背后议论纷纷，说我看起来秀美靓丽，没想到败絮其中。走到哪儿，大家都用鄙视的眼光看我。

这期间，我无所适从，心情一落千丈，工作也受到了影响，销售业绩直线下滑。在这双重压力下，我得了神经衰弱，晚上经常失眠，生活彻底颠覆，那一段时间，我看不到未来，看不到自己。

最痛苦的时候，脑海里不停地出现我和海超曾经在一起的时光。想起逛商场，我恶作剧，对他说："你老婆不在家，我们买个玩具送给你儿子，联络一下感情吧！"当时，商场营业员用鄙视的眼神看着他和我，我乐得哈哈大笑，他只得拉着我落荒而逃。

秘密泄露了

周艺楠发现了我的异常，她约我吃饭。结果我醉得一塌糊涂，乱说一通。

她说我醉酒后，横眉冷目指着她的鼻子，埋怨她把我的爱情葬送了，说她是刽子手，还拿着钱问她，钱是什么东西，当初怎么会不辞而别，放弃快要成熟的爱情。

周艺楠学着给我说这些话时，我羞得恨不得找个地缝钻进去。

周艺楠开导我说："钱虽然不是好东西，但至少让你找到自己的价值。爱情固然重要，可爱情也不是在空气中开花结果，它也需要合适的土壤。在奋斗的年龄，总不能因为爱情而放弃追求事业成功的机会吧！属于你的，放手了，也会飞回来。不是你的，你天天守着，他也会离你而去。也许适当的放弃也是对爱情的一种考验呢！与其在长吁短叹中悔恨错过的爱情，不如在努力中寻找未来的幸福。"

看着她夸张的表情，我撇撇嘴，喃喃地说："我事业没了，爱情也没了，我不知道该怎么办？假如我答应海超，是不是我不用这么累，我会和他过得很好，也许都结婚了。"

看着我颓丧迷离的模样，周艺楠鼓励我："振作起来，再努力一次，你一定会成功，我相信你。"

风雨后的彩虹

随后的日子，我变成了工作狂，白天不停地拜访客户，晚上报了瑜伽学习班，时间排得满满的，我想把过去都忘了，重新开始新生活。

付出就有回报，一年以后，我在公司的销售业绩飞速增长，超出了公司内定计划，上了公司销售精英榜。

年底，我被提拔做了公司的销售总监，工资待遇比以前多了近一倍，同事们也对我刮目相看。

这天，周艺楠逗我说："你是情场失意，职场得意啊！你有今天是不是得好好犒劳犒劳我啊！"

我笑着对她说："好饭店随你选，我今天舍命陪君子了。"

"这可是你说的，今天，我一定好好地宰你一顿。"说完，周艺楠拉着我上了她新买的奥迪车，很快到了一家饭店。

落座后，我要服务员拿菜谱，却被周艺楠制止了。她对服务员说："你告诉老板，就说有贵客来，想吃他亲手做的招牌菜。"

大约半个多小时，服务员端着一个棕褐色的瓦罐轻轻地放在桌上，竟然是我最想吃的酥烂油润的排骨藕段。我诧异了，周艺楠则一脸坏笑。

我急忙舀起一勺汤，喝了一口，瞬间，我泪流满面，抬起头，透过蒸汽，我竟然看见一个帅气的男人笑容满面地朝我走来……

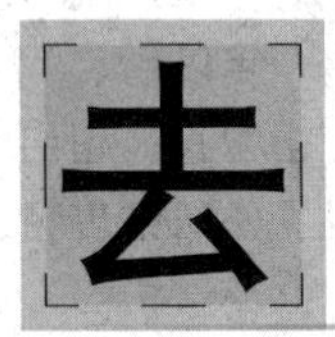

肯德基吃排骨藕段

@ 郑志玲

看到我整天闷闷不乐，周艺楠说："哥们，别在家里'凄凄惨惨戚戚'了，走，带你去吃好吃的。"

"我没胃口。"我有气无力。作为两个从微胖向肥胖升级的吃货，这几年来，我们从职场的上下级同事，变成了无话不谈的铁哥们。这段时间，幸亏有她想尽一切办法哄我开心，只是，她不知道我心里真正想要的是什么。

"不要说没胃口，这次的食材保准让你流哈喇子……"周艺楠说完，还意味深长地向我挤了挤眼。

"起驾，本宫倒要看看你能整出什么幺蛾子。"我照着电视剧台词，现学现卖。

我们来到街上，不知不觉走到我第一次遇到海超的那个肯德基，我一脸懵圈："带我来吃肯德基啊？"周艺楠却说："来，我们尝尝肯德基的排骨藕段。"

肯德基的排骨藕段？我正疑惑着，只见从里面缓缓走出一个人，正是我日思夜想的——海超！

他走到我的跟前，停了下来，微笑着看着我，一言不发。然后变戏法一样地从身后背包里拿出一个保温饭盒，打开饭盒的瞬间，一股排骨藕段的浓郁香气扑面而来，我忍不住泪流满面。"不解释一下吗？"我喜极而泣。

"傻瓜……"他轻轻地拥我入怀，笑着说，"那么想吃排骨藕段，为什么不来找我？还要我送货上门？快递费有吗？劳务费有吗？"

他的一通连珠炮让我忍不住破涕为笑："谁给你劳务费？我就是要吃免费的。"

海超的笑容还是那样灿烂，他点点头，笑了："那我以后就做你的免费厨师吧。"我开心地笑了，这是我离开他以来，第一次发自心底地笑。

"嘿嘿"的笑声使我从睡梦中醒来，才发觉只是南柯一梦。我拿起手机一看，已近午夜 12 点，看着屏幕，这次我毫不犹豫地按下了那串熟悉的号码……

民防小知识 2. 夏季慎食街头熟食，购买熟食时要观察其色泽、闻其气味。

相声二则

@张寿臣口述　陈笑暇 张立林整理

请洗澡

有一次，我去一位朋友家串门，出了一个笑话。

朋友一见我去，心里高兴，非要留我吃饭不可。但这位朋友正赶上手头紧，一个子儿没有，怎么办呢？他把他媳妇叫到屋外头，小声说："哎，我们先说话，你去借点儿钱，捎点肉来，快回来。"

这位朋友一边和我说话，一边在炉子上坐了个大锅，倒了半锅水，说："你嫂子买肉去了，等她回来咱包饺子。"

一会儿的工夫，水开了，他不好意思说借钱去了，在锅里添点儿水，接着说话。水又开了，他媳妇还是没回来。连着续了几次水，锅都满了。

这位朋友心里着急呀，说了一句话，我们俩都笑了。"兄弟，咱甭吃饺子了，我请你洗澡得了。"

仨糊涂虫

堂下来了个告状的，县太爷马上升堂。

"什么事告状？"

"老爷，我丢了一头牛。"

"什么时候丢的？"

"明天丢的。"

县官一听就火儿了，一拍惊堂木："混账！明天丢的，昨天怎么不来告状啊！"

衙役站在旁边忍不住笑了。

县官更火儿了："大胆，这头牛一定是你偷的！"

衙役吓坏了，又解带子又敞怀："老爷，小人不敢，不信，您搜！"

摘自中华相声网

与鳖说

@一只肥鹅

一

老鳖是奶奶22岁那年，从市集上买来的。

千年王八万年龟，老鳖个头挺大，围着小贩的人里三圈外三圈的，都寻思着这老鳖肯定大补，就是觉得价格太贵，观望的人多，下手的人少。

奶奶原本只是去市集上凑个热闹，乡里偏僻，偶尔有卖货郎经过，带来些稀奇少见的玩意儿，才有这么热闹的景象。可那老鳖见了奶奶，却止不住地一声接着一声叫，眼里氤氲着湿润的雾气。奶奶心一动，花了半个月的买菜钱，买下了这只老鳖。

事后，奶奶也曾想将老鳖放生，可奇怪的是这鳖无论到哪条河，都死活咬着奶奶裤腿不放。就这样，它在我们老宋家住了下来，一住便是50年。

5岁那年，爸妈工作实在太忙，便将我送回老家，让奶奶照顾。那是我有印象以来，第一次见到老鳖。

奇怪的是，似乎只有我，能看到这老鳖幻化成人形。

二

老鳖经常在家高谈阔论，把“君子有所为有所不为”挂在嘴边，或许因为只有我一个人能看到他，便时常逮住我谈心，差遣我去给奶奶做家务。

但更多时候，他都会默默陪在奶奶身边。奶奶做饭，他懒洋洋地趴在门口晒太阳；奶奶认字，他便躲在凳底下偷偷地笑；奶奶发呆，他也陪着默不作声。

老鳖常说，奶奶是他见过最善良的人，长得又好看，对他的恩泽绵长，一生难以报答。

我让老鳖报恩，给我买糖葫芦，老鳖说他做不到；我让老鳖给我买新鞋子，老鳖说他做不到，老鳖说他啥也不会。可听说，那年爸爸病了，奶奶急得两个礼拜没去上工，家里穷得揭不开锅，是老鳖，每天到小河里抓鱼，到田野里偷番薯，撑着奶奶度过了那段难捱的日子。

三

奶奶老说，我的爷爷学富五车，才高八斗。我疑心，这可能是她词

民防小知识3．夏季谨防豆角中毒，先浅尝一口，没有豆腥等异味时方可食用。

库里为数不多的词语，便都安在了爷爷身上。

爷爷走了很多年，他是知识分子，也是铁骨铮铮的军人。

奶奶时常在房间里发呆。多年来，房间里的摆设甚少改变，那雕花的大床和久得褪了色的梳妆台，是奶奶的宝贝。她临终前，一直絮叨着，是她害了爷爷，爸爸妈妈不停地宽慰她，却也不见起效。直到老鳖不知道从何处叼出来一个小镜子，她才微笑着闭上眼，那是爷爷送给奶奶的第一份礼物。

爸爸说，在爷爷参军离家的第五年，乡里路过了一个算命先生。奶奶拿着几个鸡蛋央他替爷爷算命，先生只说了一句：劝和不分梨，盼归不说鳖，人生际会，散聚有时。

那天下午，奶奶将自己关在房间里，活也不干，抱着爸爸号啕大哭，吓坏了彼时尚年幼的爸爸。

奶奶走后，老鳖也不知去处。人们都说，老鳖是报完恩，继续修炼去了。可只有我知道，我的至亲，已携手归去。

四

“你会回来的对吧？你答应要一辈子陪我的，你不会留下我一个人的对不对？你去个一两年就回来好不好？”

“我肯定会回来。”我爷爷坚定地点点头，手扶着我奶奶的肩膀，似是承诺又似不忍，“不回来我就是乌龟。”

“不回来你就是鳖，就是王八。”

“好，不回来我就是王八。”

微微的松香味弥漫在空气中，屋子里第一次如此奢侈地用猪油燃灯，满室亮堂，窗上映出两人相依偎的身影，缠绵地诉说着离别的伤感。

我爷爷离开后的第五个月，我奶奶诞下一子。此去经年，男人没有回来，宋龟（归）不成，仅余宋鳖（别）。

心香一瓣摘自微信公众号睡前故事板

图：恒兰

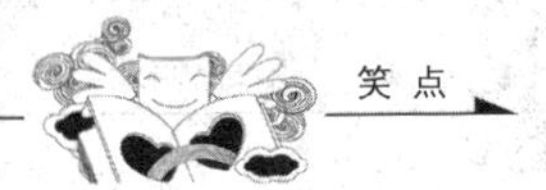

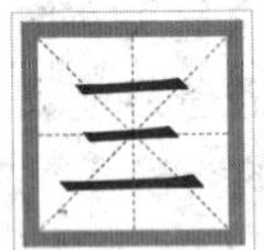

三个秀才圆梦

@方世群

三个秀才一同赶考，路过一个寺庙，听说这里有个老和尚，善于圆梦，就想请他算算前程。

在寺院门口，他们碰上了一个小和尚，得知老和尚不在庙里。小和尚知悉他们的来意，又见他们目中无人，便说："我也会圆梦，说与你们听，怎样？"三个秀才一听说："也好，试试看。"

第一个秀才说："昨夜我做了一个梦——出恭！"小和尚听了连声说："好梦！"秀才忙问："好从何来？"小和尚说："你大肠（场）有粪（份），怎不好呢？"秀才听了后，洋洋自得。

第二个秀才说："我昨夜梦见有人拿了一支笔，在我头脑上点了一下。"小和尚竖起大拇指说："这叫魁星点额啊！"秀才听了，高兴得手舞足蹈。

第三个秀才赶忙凑上前去说："昨夜我梦见把一个人从墙这边撂到那边去了。"小和尚连连拍手叫好："这叫举人啊！"秀才听了，欣喜若狂。

事后，三个秀才应考，哪晓得都没考中。三个秀才又羞又怒，去找小和尚算账。事有凑巧，三个秀才没碰到小和尚，却遇上了老和尚。老和尚见三人气势汹汹，忙问他们发怒的原因。三个秀才将小和尚圆梦的情况说了一通。

老和尚听了以后，想了片刻，问第一个秀才："请问你恭出来没有？""没有。"老和尚接着说："这就对了，这明明是不通啊！"秀才被说得哑口无言，只能苦笑。

老和尚问第二个秀才："那人所拿的是红笔，还是黑笔呢？""红笔。"第二个秀才答道。老和尚说："一点黑墨水也没有，怎么中？"第二个秀才无言以对。

第三个秀才对老和尚说："我不忍心把那人摔到墙那边去，是顺着墙轻轻地放过去的。"老和尚听了后，仰天大笑。这时，小和尚不知从哪儿冒出来，也笑着指着第三个秀才说："这哪里是举人，明明是丢人啊！"

郭旺启摘自《益寿宝典》

民防小知识4．夏季谨防食用蘑菇中毒，最好不要采摘、购买和食用野生蘑菇。

杀不死人的杀手

@补梦馆长

黑达是一个杀手，但是出道后一直失手，没有杀成功过一个人，所以没赚到钱，白天只能去拳击训练馆做几小时的陪练赚些钱，生活拮据而又充实，但他的理想还是帮雇主杀一个人，不管是谁。

做陪练时，黑达总是被省拳击冠军挑到，他傲慢且无理，每次都会打得黑达一身伤，不过好在酬金不菲。

陪练结束，黑达冲完澡抖抖身子，拿着刚挣的钱去了一个黑酒吧。

黑达点了一杯果汁刚坐下，便突然起身跑去拽住了一个老头。

“今天有没有活？”黑达分给他一支烟。老头显得很无奈，便随他找个地方坐下。“我说黑达，你不适合这行，我劝你还是……哎，当个陪练挺好的，强身健体，不用担惊受怕，虽然赚得少点。”

“有没有别人都不愿意接的活，你可以分给我，我酬金愿分你六成。”

最后，那老头终于分给了黑达一个单子，雇主想要除掉一个女人。

一般男杀手都不会去接带女人的单子，因为这种单子进行到最后都没有好结果，但这正是黑达证明自己胆魄的好时候。

女人叫小惠，独居，养狗。

夜里，黑达弄晕小狗，翻进了小惠家里。屋里没人，黑达翻遍了所有房间，都没有看到小惠的身影。难道还没有回来？

黑达手拿着枪，窝在沙发上闭着眼睛等小惠回来，他不能打量房间装饰，因为哪怕对猎物有一丝丝生活上的了解，扣动扳机的手都会变得不干脆。

晚上，12点，黑达有点困，小惠还没回来，难道都没人告诉她晚上要早回家吗？这么晚，一个女孩子在外面多危险。小狗还在家，她今晚肯定会回来。

凌晨3点，黑达终于听到了摩托车声。他走向门口，黑洞洞的枪口抬了起来。门刚打开，一个女人便摔了进来，还伴随着呕吐声。看来是喝大了。可能还会省一发子弹呢。黑达踢了她几下，没什么反应。他将女人抱到浴室，打开水龙头，扯出一根电线，准备等水漫过她时，把她电死。一切弄妥，黑达走出浴室，等着那一声尖叫。可许久没有动静，黑达打开门，发现那小惠正害怕地蜷缩在窗沿，因为窗户上有防盗网，她没能逃出去。见黑达进来，小惠开始求饶。求饶没用，黑达无奈地掏出手枪。

“嘭。”停电了，应该是电线遇水使屋子跳了闸。

黑暗中，黑达连开了两枪没有命中目标，小惠趁机逃出了浴室。黑达率先冲过去将房门堵住，防止小惠逃走，然后摸索着将电闸扳上，房间又亮了，那小惠就蹲在黑达对面，害怕得发抖。

黑达举起枪，对准了小惠脑门。

这时，门铃响了。黑达懊恼地砸了一下墙，小惠则松了一口气。不会是警察吧？

从猫眼看过去，是一个长相斯文的年轻人，戴着眼镜，很焦急的样子。黑达转过头问小惠：“你男朋友？”

小惠没有反应。

黑达打开门，还没说话，眼镜男就推门进来了：“我老婆要生了，我正开车送她去医院呢，路过你们家的时候，轮胎突然爆了，我没工具，请问你们可以帮我换下轮胎吗？求求你们了，就你们家还亮着灯。”

刚才浴室那两枪没打中那小惠，竟无意中打中了路人的汽车轮胎，不过现在这种情况还是先把他赶走为妙。

“对不起，我要和我老婆睡了。”黑达打了个哈欠，刚要关门，小惠突然站起来说：“我有摩托车，我可以送你老婆去医院。”

“好啊！”眼镜男激动地冲了进来，不巧的是，刚好看见了黑达的枪正指着小惠。

真是太可惜了。

黑达只好把眼镜男也关了进来，还有他那怀孕的老婆。

小惠、眼镜男和他老婆排排坐坐在沙发上。

“你们说，是把你们都杀掉，还是……”黑达抽着烟，在客厅里走走停停，不知所措。

“那个，”眼镜男先说话了，“能不能把烟掐了，这里有个孕妇。”

“好的，不好意思。”黑达把烟掐掉。

“我觉得还是得先把孕妇送去医院，这是生死攸关的事啊！”小惠说话了。

现在黑达最后悔的是，当初买枪时为了省钱没有买带丝袜的套餐，现在被他们看到了脸，放他们走，万一去报警了怎么办？

孕妇开始痛苦地捂着肚子：“羊水要破了。”

“快，别拖着了，你们都跟我走，一起送她去医院，一个都别想逃。”黑达喊道。

众人纷纷点头。

“屋里怎么亮灯了，你临走时没关灯吗？”门外又传来了一个女人的声音，听她讲话，边上应该还有一个人。

“这又是谁？”黑达低声喊道。

“应该是屋子的主人吧。”小惠说道。

“你不就是小惠吗？这不是你家吗？”黑达问道。

“我也是个小偷，听说这家里有个保险箱，里面放着大量赃款，

我就摸进来了，原主人小惠她是个四五十岁的富婆。”她说道。

黑达心里一惊，重新仔细看了一遍房间里摆放的照片，果然不是眼前的这个女人，幸好，刚才没打中，不然杀错人，就麻烦了。

说话间，房门已经打开了，那四五十岁的富婆小惠身边还站着一个二十几岁的精壮男人。

黑达定睛一看，那男人正是他做陪练时对他拳打脚踢的省拳击冠军。

“老公？”孕妇冲拳击冠军喊道。

“老婆，你、你怎么在这？”拳击冠军小声说道，“还带这么多人来？”

“哼，”富婆关上房门轻哼一声，轻蔑地说道，“好啊，没想到啊，你竟然把老婆也带来了，还带这么多小姨子、小舅子的，不就是想散吗？说吧，想要多少钱，给你就是了，外面有大把小鲜肉排着队等着我呢。”

他是孕妇老公？那眼镜男是谁？

“我，其实是一个普通的偷车贼，不是孕妇老公，把车偷出来在逃跑的路上，发现孕妇在马路边上求助，我一时心软，就让她上了车，想把她送到医院。”眼镜男对黑达说道。

“女儿，你不是在美国吗？你怎么回来了？”富婆小惠对小偷女说道。

小偷女则冷冷地说道：“我不是你女儿，你害死我爸爸时，我就发誓和你断绝母女关系，我今天回来，是来拿你赃款的。”

“你要多少钱，我打给你啊！”

“我要的是全部，就像你拿走了我爸的全部一样。”

“都给我住嘴，让我捋一捋！”黑达吼了一句。

“黑达？”拳击冠军认出了他，便掏出钱包走向黑达，“是不是陪练费没给你结清？拿钱走吧，你别在这掺和了。”

“滚蛋！”黑达举起枪，“我今儿个是杀手。”

富婆小惠开始尖叫，拳击冠军不敢相信地说道：“你是杀手？”

黑达瞳孔微张盯着拳击冠军：“你不会就是雇主吧？”

拳击冠军低头不语。

“啧啧啧，你真是禽兽啊，拿人家钱,还想要人家命。”黑达“呸”了他一下。

黑达把手枪上了膛：“我是个有理想的人，今晚，我必须杀一个人！你们说，我杀谁？”

黑达把枪举起，缓慢地平移，枪口移到富婆小惠头上。“没人反对的话，我开枪了。3——2——”

“等等，还是——让法律制裁她吧！”小偷女弱弱地说道。

“那换拳击冠军！”

“不，他是该死，不过，他的孩子就要出生了。”孕妇说道。

“啊啊啊，烦死了。”黑达摇摇头。

突然，门外传来了警车的声音。黑达拉开窗帘向外望去，几个警察正围着那辆爆了胎的车写写画画，还对着对讲机说着什么。看来眼镜男第一次偷车就要被抓了。

“算了，你们自己决定吧。”黑达把枪扔到旁边地板上，然后抱起孕妇走出了房门。

众人透过窗户看到，黑达把摩托车扶起，然后扶着孕妇坐上了摩托车，朝着医院的方向开去。

黑达则通过摩托后视镜看到，那群原本在记录东西的警察突然拔枪冲向了那群人所在的房子。“看来我真的不适合当杀手啊！”黑达叹息道。

李金锋摘自《补梦奇异馆：平行世界的另一个你》

百花洲文艺出版社

图．陈明贵

线上增刊 “码”上就看

超好看

1元 **悬疑剧场看不停**

《庖丁略传》大开脑洞，成功续写了我们都熟知的“庖丁解牛”的成语故事，虽然有点惊悚，却让人觉得很精彩。意犹未尽不要紧，本期小编邀你共赏精彩纷呈的“悬疑剧场”。

免费 **旅行故事大放送**

本期焦点中的旅行故事，藏族姑娘英珠和夏尔巴姑娘鲁普这些旅途中别样的风景，是否激起了你对神秘藏区的向往？跟着小编淡季游西藏吧！

超好听 免费

懒得看，你就听！故事好看更好听！

超实用 免费

让我们走出国门，放眼非洲的大自然吧！关于狮尾狒狒，具体了解一下？

超人气 免费

故事会读者圈，
欢迎进来坐坐，
吐槽聊天！

不做机器人

@蔡美凤

赵清华带的班，总能全部考上211大学。为此，某校校长向他发出了重金邀约。赵清华选了最差的一个班，花了整整一年时间，把全班学生培养成了“刀枪不入的机器人”。

原来，赵清华第一年把学生训练成机器人，第二年往他们大脑里存储试题和答案。存进去的题目越多，考到的概率就越大，分数也就越高了。

然而，一个叫王大锤的学生却不愿做赵清华的实验品，他不愿按标准答案答题，只肯按自己想的去写。无奈之下，赵清华告诉王大锤的父亲老王：“王大锤不是一个正常的孩子，他的身体、他的思维方式和别的孩子都不一样，我实在没办法教他。”

老王一愣：“我还以为永远不会有人发现呢。”老王的表情有些沮丧，“你没和大锤说吧？他还不知道他自己是机器人呢。”

原来，老王是研究机器生命学的，王大锤是他最得意的作品。就这样，学校努力地把孩子变成机器人，而科学家却在努力地把机器人变成人！

这个曾发表在《故事会》上的故事后来又出现在了浙江省名校研究联盟的语文卷上，引无数学生竞折腰！本期焦点中的北大才女张培祥无疑是高考的胜利者，十三岁就开始发表作品的新概念作文大赛获奖者王天宁也是意气风发，但他们却绝不是机器人，相反，充沛的感情和饱满的生命力才是其文章的灵魂。

不管是通过高考走向成功的彼岸，还是写出人生的锦绣文章，都需要我们静下心来去观察与体悟，一花一世界，都有它的美。

故事会 Stories Digest 文摘版 2018.08 总第48期

社 长、主 编：夏一鸣
副社长：张 凯
副主编：高 健
本期责任编辑： 蔡美凤
发稿编辑：高 健 田 芳 詹明瑜 胡 捷
美术编辑：孙 娌
电话：021-64668742
021-54561119
邮编：200020
地址：上海市绍兴路74号
主管：上海文艺出版总社
主办：上海文艺出版总社
出版单位：《故事会》编辑部
发行范围： 公开

出版、发行电话：021-64313938

发行业务：021-64313938
发行经理：钮 颖
媒介合作：021-64338113
广告业务：021-64334376
新媒体广告：021-64450660
广告经营许可证：
沪工商广字310032008016号

国外发行：中国图书贸易总公司
印刷：上海四维数字图文有限公司
发行：上海邮政报刊发行局
邮发代号：4-900
国外代号：MO9178
定价：5.00元

卷首

焦点

看点

视点

亮点

零点

观点

盲点

笑点

泪点

侃点

评点

故事会文摘版欢迎投稿

稿件要求：来自最新的报刊、书籍或网络，故事性强，文字明快，主题健康，视野开放，纪实或虚构均可，体现“新、知、情、趣”的特点，同时欢迎第一手的翻译作品。推荐作品须注明原文出处、原作者姓名，确保转载不存在侵害版权的行为，并请留下推荐者真实姓名及通信地址。作品一经采用，即致推荐者 50 至 200 元推荐费，并向作品著作权人支付稿酬。

故事会文摘版 投稿信箱
wenzhaiban@126.com

故事中国网：www.storychina.cn

故事会文摘
gsh-wz

故事会微信
story63

本刊未署名图片均由视觉中国提供
音频提供：一说

卖米

@张培祥

一

天刚蒙蒙亮，母亲就把我叫起来了：“琼宝，今天是这里的场（集市——编者按），我们担点米到场上卖了，好弄点钱给你爹买药。”

“毅宝，你留在家里放水。”隔壁传来父亲的声音，夹杂着几声咳嗽。

弟弟有些不情愿地冲隔壁说：“爹，天气这么热，你自己昨天才中了暑，今天又叫我去，就不怕我也中暑！”

吃过饭，弟弟就扛着父亲常用的那把锄头出去了。我和母亲开始往谷箩里装米，装完后先称了一下，一担八十多斤，一担六十多斤。

我说：“妈，我挑重的那担吧。”

“你学生妹子，肩膀嫩，还是我来。”母亲说着，一弯腰，把那担重的挑起来了。我挑起那担轻的跟着母亲出了门。

赶场的地方离我家大约有四里路，我和母亲足足走了一个钟头才到。场上的人已经不少了，我们赶紧找了一块空地，把担子放下来

两个人坐在扁担上，拿草帽扇着。

一大早就这么热，中午就更不得了，我不由得替弟弟担心起来。

他去放水，是要在外头晒上一整天的。

二

我问母亲谁会来买米，母亲说："有专门的米贩子会来收米的。他们开了车到乡下来赶场，收了米，拉到城里去卖，能挣好些哩。"

我说："凭什么都给他们挣？我们也拉到城里去卖好了！"

母亲说："咱们这么一点米，又没车，真弄到城里去卖，挣的钱还不够路费呢！早先你爹身体好的时候，自己挑着一百来斤米进城去卖，隔几天去一趟，倒比较划算一点。"

从家里到城里足足有三十多里山路呢，父亲挑着那么重的担子走着去，该多么辛苦！就为了多挣那几个钱，把人累成这样！

但又有什么办法呢？家里除了种地，也没别的收入，不卖米，拿什么钱供我和弟弟上学？

米贩子们终于开着车来了。他们走过来仔细看米的成色，还把手插进米里，抓上一把来细看。

"一块零五。"米贩子开价了，"不还价，一口价，爱卖不卖！"

母亲的脸一下子白了，动着嘴唇，但什么也没说。

一旁的我忍不住插嘴了："不买就不买，谁稀罕？不买你就别站在这里挡道！"

"哟，大妹子，你别这么大火气。"那人冷笑着说，"留着点气力等会儿把米担回去吧！"

等那人走了，母亲嗫嚅着说："米是好米，哪能贱卖了？出门的时候你爹还叮嘱叫卖个好价钱呢！"

等了一会儿，母亲又低声说，"一会儿人家出一块零五也卖了吧。"

可是再没有人来买米了，米贩子把买来的米装上车，开走了。

三

散场了，我和母亲晒了一天，一颗米也没卖出去。

"妈，走吧，回去吧，别愣在那儿了，我来挑重的。""你学生妹子，肩膀嫩……"不等母亲说完，我已经把那担重的挑起来了。

母亲也没有再说什么，挑起那担轻的跟在我后面，踏上了回家的路。

肩上的担子好沉，我只觉得压着一座山似的。

突然脚下一滑，我差点摔倒。

我赶紧把剩下的力气都用到腿

上，好容易站稳了，但肩上的担子还是倾斜了一下，撒了好多米出来。

“啊，怎么搞的？”母亲放下担子走过来，嘴里说，“你在这等会儿，我回家去拿个簸箕来把地上的米扫进去。浪费了多可惜！拿回去可以喂鸡呢！”

“妈，你回去还要来回走个六七里路呢，时候也不早了。”我灵机一动，把头上的草帽摘下来，“装在这里面好了。”

母亲笑了：“还是你脑子活，学生妹子，机灵。”

回到家里，弟弟已经回来了，母亲忙着做晚饭，我跟父亲报告卖米的经过。

父亲听了，也没抱怨母亲，只说：“那些米贩子也太黑了，城里都卖一块五呢！这么挣庄稼人的血汗钱，太没良心了！”

我说：“爹，也没给你买药，怎么办？”

父亲说：“我本来就说不必买药的嘛，过两天就好了，花那个冤枉钱做什么！”

晚上，父亲咳嗽得更厉害了。

四

母亲对我说：“琼宝，明天是转步的场，咱们辛苦一点，把米挑到那边场上去卖了，好给你爹买药。”

“转步？那多远，十几里呢！”我想到那漫长的山路，不由有些发怵。

“明天你们少担点米去。每人担五十斤就够了。”父亲说。

“那明天可不要再卖不掉担回来哦！”我说，“十几里山路走个来回，还挑着担子，可不是说着玩的！”

“不会了不会了。”母亲说，“明天一块零八也好，一块零五也好，总之都卖了！”

我有点想哭。

我想，别让母亲看见了，要哭就躲到被子里哭去吧。

可我实在太累啦，头刚刚挨到枕头就睡着了，睡得又香又甜。

摘自《当代

图：陈明贵

【编者的话】不论是北大才女张培祥的《卖米》，还是新概念作文大赛获奖者王天宁的《凤眼》，这些少年老成的学生作者在文章中倾注的情感和力量，都证明了他们不是高考机器。他们不仅会考试，更善于在生活中发现美，创造美。

高考是高中生活的终点，但绝不是你人生的终点。恰恰相反，你的人生才刚刚开始。不论是作文，还是做人，我们都有很多路要走。路漫漫其修远兮，吾将上下而求索！与君共勉。

1. 答案：西日耳曼人、东日耳曼人及北日耳曼人。

光明顶上

（文中有十处差错，你能找出来吗？）

@明前茶

凌晨四点，我们打着手电登上光明顶。但显然还有不少驴友比我们起得更早，拍摄用的三角架都已经架好。山顶上劲风呼啸，寒气袭人，虽是夏天，很多人穿着抓绒外套仍瑟瑟发抖。

这时，喝杯热水都成了奢望。

忽而，我们听到了山道上粗重的喘气声。一位身材矮小的中年农妇，驼着一个巨大的背包，上到山顶。她一言不发，找一块山石一坐，将背包拉开，所有的人都寻香而去。

原来这农妇煮了一大包的新鲜玉米梆，负重走了几千级台阶来卖玉米。

玉米梆都是温热的，散发着软糯的清香，十块钱一根，收钱时农妇不厌其烦地叮嘱每个人：“玉米心子别乱丢，等会儿丢到我这个袋子里，我退你一块钱。”

说话间已经有人来送还玉米心子，农妇果不失言，打开被汗水侵透的腰包，掏出硬币逐一退给人。这场景，久违了，就好比我们小时候依着杂货铺的柜台，喝三毛钱的汽水，把完好的玻璃汽水瓶退回去，还能得一毛钱一样。

有人好奇这玉米心子能有什么用，农妇说早先晒干了还能引火作饭，现在家家都用沼气了，背回去也没有用。旅伴就嗔她自找麻烦，农妇正色道：“我是少挣点钱多费点事，但这样一来，光明顶就干净了。”

下山途中我又遇见了她。农妇说：“你们运气真好，下了十天雨，今早才放晴，不然也看不到日出；我的运气也不差，现煮的七十根玉米梆，收回了六十八根玉米心子。”

孤山夜雨摘自《江海晚报》

想看答案？
微信扫码
进入故事会百宝箱

凤眼

@王天宁

爷爷去世的那晚甲生在场，爷爷闭眼前咳出的那摊血正正好好落在甲生的心上——从此他作画总是慎重地避开绛红色。奶奶在爷爷去世后的几年里整个人眼瞧着衰弱、苍老，时常在晴好的天坐在太阳地里缩成小小的一团。

后来父亲炒股失败，工厂倒闭。奶奶的另一半天在父亲夜夜不眠不休的自怨自艾和满地灰色的烟蒂中迅速土崩瓦解。

奶奶得了病。她不理睬儿子儿媳不断叫她坐下来吃饭的招呼。整个人前倾身体，蹒跚着满屋子走，中间停下来在壁橱中翻了几处。“奶奶您找什么呢？”甲生问。

“我的凤眼呢？”奶奶在饭桌前停住，“给我凤眼，我要吃凤眼。”越说越快，越说越急，嘴中不断重复的只有这几个字。

奶奶糊涂了。

“哎，您别动，奶奶，马上给您画好。”方才奶奶端坐在沙发上，四肢很僵硬，正想用手抓痒，就听眼尖的甲生急切地吆喝。

奶奶喉咙“咕噜”作响，痒得紧。“凤眼。”她憋着嗓子轻轻念了一声。甲生正专注，眼神分寸不离开画纸。

奶奶蓦地起身，慢慢挪着步子往屋外走。“您到哪去，奶奶？”甲生粗起嗓子喊。

“甲生快放学回来了，我给他

就是爱历史（德国）2. 公元 476 年，日耳曼人的入侵推翻了哪个帝国？

做饭去。”奶奶苍老的声音从屋外传进来。

甲生立在原地，把画紧紧攥在手里。

“说起来啊，我妈年轻时也是十里八乡出名的美人。要不，我爹能追求我妈吗？”父亲在饭桌上用筷子敲着饭碟，嘴里说个没完。

那是个黄昏，爷爷骑马途经溪旁，远远望见在平坦的岩石上用棒槌敲打衣服的奶奶。春天，水有些凉，她的一双手在风中被吹得通红。

爷爷从马上下来，眼睛黏在她通红的手上，挪不开了。

后来他可能说了好听的话，做了让人感动的事，总之他把奶奶的这双手焐暖了，紧紧抱在怀里，几十年也没有放开。

甲生愣了半天，直到父亲有些不耐烦地敲他的碗，才一个激灵从回忆里拔出来。

“快点吃，”父亲不悦，皱起眉头，“吃完饭，你给我回房老老实实看书做作业去，别老想着画画。好好学习，上个好大学，比什么都重要。”

甲生不言语，他想画，无论家人支持与否他都要画。他甚至有些打趣地想，自己对画画的渴望与奶奶对凤眼的渴望是如出一辙的吧——虽然至今他都不知道凤眼究竟是个什么东西。

“奶奶想吃凤眼，很想吃。”他轻声嘀咕了一句。“什么？”

“我说，”甲生气沉丹田，“奶奶想吃凤眼，很想吃。”这一句几乎是吼出来的。

他把碗推开，起身离开饭桌。“我也一样。”他接着刚才的话，又说，故意让爸妈听见。

他们面面相觑。他们听见了，没听懂。

甲生从抽屉深处翻出旧画笔，把书本推到一旁，没有画纸没有颜料也在桌面上工工整整地画起来。

恍然间他听到脚步声，甲生慌忙把画笔塞进抽屉中。果然是父亲例行检查。他见甲生手里捧着书，顿时眉开眼笑。

“爸爸，凤眼到底是什么东西？”

“这我哪知道，”父亲边说边往后退，“好好学习，奶奶糊涂了，那都是胡话，不能当真的。”说罢

> 甲生对画画的渴望与奶奶对凤眼的渴望如出一辙。

退出书房。

“哎，你晓得什么是凤眼吗？”专业课上，甲生问身边正在画画的同学，“是我奶奶要吃的，她说是什么妃子吃的。”

对方沉思片刻，做出恍然大悟的神情，眼睛瞪得溜圆，低声念道：“一骑红尘妃子笑，无人知是荔枝来。”

初夏时荔枝已上市，甲生拖了长长的塑料袋子，奔跑时会敲打他的小腿肚。打开家门后满头满脸的汗顾不上擦，冲里屋朗声喊道：“凤眼来了，凤眼买来了。”

父母搀着奶奶走出来，奶奶浑浊的双眼在那一刻猛然变得清亮，目光凝结成一束，像阳光一样从眼球深处迸射出来。

甲生给奶奶剥好，放进她嘴里。奶奶满是皱纹的双眼紧闭在一起，牙齿早已掉光的嘴缓慢嚅动着，喉咙一颤，叹息道：“凤眼，凤眼……”

父亲猛然一拍脑门：“哎呀，我爹年轻时管给我妈带的荔枝叫凤眼。这凤眼啊，和龙眼是相对的。我妈那时候舍不得吃，让我和我爹吃了。哎，好小子，你、你是怎么想到的？”

甲生搀过奶奶：“因为我关心她。”

父亲哽住，一下子说不出话来。

母亲在近旁轻声说：“老太太不容易啊，只有老了、糊涂了才知道自己最想要什么。”

甲生搀着奶奶走到阳台上，天空瓦蓝瓦蓝的，太阳沉在最西边，把天空一角染得金黄一片。

“奶奶，其实我现在就知道自己最想要什么。所以我不要等，我以后不想留遗憾。”甲生靠在老人肩上。

这么多年他一直在尝试，用画笔给自己铺一条五彩斑斓的路。甭管家人是否支持，是否欣赏，他一心要走这条路。

他踏上去了，就从没想过回头。

摘自《十五岁下落不明》

新世纪出版社

图：陈明贵

【名师有话说】文章伊始，老人遍寻“凤眼”而不着，甲生欲画而不成，文末，甲生给奶奶买来了“凤眼”，作者在文中以“凤眼”为线索贯穿全文，既表达了自己对奶奶深沉的爱以及他对梦想的不懈追求，更有一层对社会的呐喊和反思。“只有老了、糊涂了才知道自己最想要什么。”

笔者从甲生身上看到了年轻的自己，希望所有读者，无论如何变化，至少将我们的初心珍藏在心中，不让它因岁月的冲刷而斑驳失色，静待时机到来时，春暖花开。

点评者：上海市文达学校一级教师　丁云波

2. 答案：西罗马帝国。

共享经济

@袁伟江

共享豌豆

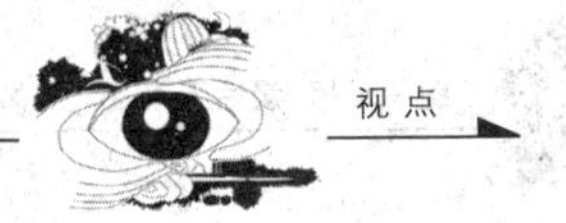

外卖

@袁伟江

微 信

@袁伟江

手机的微信特好玩，
你摇一摇就能找到
附近的人聊天！

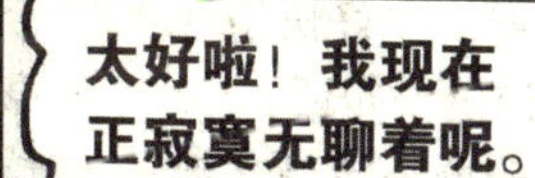

摘自微信公众号豌豆漫画

红头绳儿

谨以此文纪念抗日战争暨世界反法西斯战争胜利73周年——

@王鼎钧

一切要从那口古钟说起。

钟是大庙的镇庙之宝，庙改成小学，钟声响，引来的不再是香客，是成群的孩子，伸出一排小手，按在钟面上，尝震颤的滋味。

校工还在认真地撞钟，后面有人挤得我的手碰到她尖尖的手指了，挤得我的脸碰到她扎的红头绳儿了。挤得我好窘好窘！好快乐好快乐！可是我们没谈过一句话。

钟声停止，这一群小精灵立刻分头跑散，可是，我总是落在后面，看那两根小辫子，裹着红头绳儿，一面跑，一面晃荡。

校长来到古城的时候牵着一个手指尖尖、梳着双辫的女儿。校长对学生很严厉，包括对自己的女儿。他要我们跑得快，站得稳，动作整齐划一。如果我们唱歌的声音不够雄壮，他会走到我们面前来叱骂："你们想做亡国奴吗？"对犯规的孩子，他动手打，挨了打也不准哭。可是，他从不禁止我们拿半截粉笔藏在口袋里，他知道，我们在放学回家的路上，喜欢找一块干净的墙壁,用力写下"打倒日本帝国主义"。大军过境的日子，他不处罚迟到的学生，他知道我们喜欢看兵，大兵也喜欢摸着我们的头顶想念自己的儿女，需要我们带着他们找邮局寄家信。

卢沟桥打起来了。这天，钟响得很急促，好像撞钟的人火气很大。校长整夜守着收音机没合眼，他抄录广播新闻，和校工轮流油印，两人都是满手油墨，一眶红丝。小城没有报纸，也只有学校里有一架收音机，国家发生了这么大的事情，不能让许多人蒙在鼓里。校长把高年级的学生分成十条线路出发，挨家散布油印的快报。快报上除了新闻，还有他写的一篇文章，标题《拼到底，救中国！》。我跟红头绳儿编在一组，沿街喊着："拼到底，救中国！"家家户户跑到街中心抢快报。我们很兴奋，可是我们两人

3. 答案：神圣罗马帝国。

没有交谈过一句话。

送报回来，校长正在指挥工人在校门外的槐树林里挖防空坑。忙了几天，开始举行紧急警报的防空演习。

警报是疯狂地朝那口钟连敲不歇，每个人听了这种异常的声音，都要疏散到校外，跳进坑里。校长非常认真，提着藤鞭在树林里监视着，谁敢把脑袋伸出坑外，当心藤鞭的厉害。他一面打，一面骂："你找死！你找死！我偏不让你死！"

贴着红膏药的飞机果然来了。校长冲出办公室，亲自撞那口钟。我找到一个坑，不顾一切跳下去。钟声和"轰隆"的螺旋桨声混杂在一起。我不住地祷念："校长，你快点跳进来吧！"这种坑是为两个人一同避难设计的。

"扑通"一声，有人跳进来。是她，校长的女儿！"轰隆轰隆"的螺旋桨声压在我俩的头顶上。

时间在昏热中过去。我拿定主意，非写一封信当面交给她不可。警报解除，她走了，我还在坑里打腹稿。

校长打算回家去抗战，当然带着女儿。我有点舍不得他，当然更舍不得红头绳儿，怏怏地朝学校走去。远远地看到一大群同学围着钟，轮流撞击。钟架下面挖好了一个深穴。原来这口钟就要埋入地下，等抗战胜利再出土。校长说，这么一大块金属落在敌人手里，必定变成子弹来残杀我们的同胞。

我悄悄向她身边走去，取出信，捏在手里，紧张得发晕。

那口大钟剧烈摇摆了一下。我抬头看天。"飞机！""空袭！"

在藤鞭下接受的严格训练看出功效，我们像野兔子一样蹿进槐林，隐没了。

坐在坑里，听远处炸弹的爆裂，等大地和天空恢复了平静，还不敢爬出来，我们屏息静听……

我的那封信……我想起来了，当大地开始震颤的时候，我顺势塞进了她的手中。

我出了防空坑，特地再到钟架旁边看看，好确定刚才的想法。钟架被炸了，工人正在埋钟。一个工人说，钟从架上脱落下来，恰好掉进坑里，省了他们好多力气。要不然，这么大的钟要多少人才抬得动！

大轰炸带来大逃亡，我东张西望，不见红头绳儿的影子，只有校长站在半截断壁上，望着驳杂的人流发呆。

多年以后，我又跟校长见了面。我几次想问他的女儿，几次又吞回去，终于还是忍不住问了。

他很严肃地拿起一根烟，点着，吸了几口："你不知道？"我慌了，预感到什么："我不知道……我真的不知道。"

校长哀伤地说，在那次大轰炸之后，他的女儿失踪了。"怎么会？怎么会？"我叫起来。

我说出那次大轰炸的情景：同学们多么喜欢敲钟，我和红头绳儿站得多么近，脚边的坑是多么深，空袭来得多么突然，我们疏散得多么快……只瞒住了那封信。校长一句话也不说，只是听，我只有不停地说，说到那口钟怎样巧妙地落进坑中，由工人迅速填土埋好。

泪珠在校长的眼里转动，吓得我住了口。

"我知道了！"校长只掉下一颗眼泪，眼球又恢复了干燥，"空袭发生的时候，我的女儿跳进钟下面的坑里避难。钟掉下来，正好把她扣住。工人不知道坑里有人，就填了土……"

"这不可能！她在钟底下会叫……""也许钟掉下来的时候，把她打昏了。""不可能！那口钟很大，我曾经跟两个同学同时钻到钟口里面写标语！"

"也许她在往坑里跳的时候，已经在轰炸中受了伤。"校长伸过手来，用力拍我的肩膀，"老弟，别安慰我了，我情愿她被扣在钟底下，也不愿意她在外面流落……"

当夜，我做了一个梦，梦见我带着一大群工人，掘开地面，把钟抬起来，点着火把，照亮坑底。下面空荡荡的，我当初写给红头绳儿的那封信摆在那儿，照老样子叠好，似乎没有打开过。

林冬冬摘自《散文（海外版）》

图：陈明贵

就是爱历史（德国）4. 严格意义上的德意志历史开始的标志是什么？

拒绝被领取的红包

@鸦　生

一个红包发到群里，就像一根雷管丢进鱼塘，瞬间炸出好些潜水的家伙。短短两分钟内，红包遭到十七次点击，在十七部手机上弹出十七个一模一样的提示框：该红包拒绝被领取。

十个人继续潜水，剩下的七人纷纷对红包主人发动调侃："强哥，你这红包怎么回事儿？逗我们玩儿是吧？""和包主关系不铁领不到红包？""我被包主拉黑了？"

李强赶紧澄清："没人被拉黑，大家都能领。等我研究下。"

红包对李强一视同仁：该红包拒绝被领取。

"这是咋回事？啥叫'拒绝被领取'？里面还有我两百块钱呢！"李强气愤地拨打客服电话。客服用最甜腻的声音依次解答了李强的几个疑问："先生，这是我们新推出的智能人情味红包，要先和红包聊会儿天，获得红包认可才能领取礼金。""您可以长按红包界面，点击私聊，然后打字或语音都可以。""每个红包的性格不一样，您不妨聊聊看。"

有点意思。李强转告大家，大家却表示"抢红包还要看它脸色不如不抢"，随后整个群陷入沉寂。

李强没再搭理他们，开始跟红包聊天："你好。"红包说："你好。""把钱给我。""不给。""我是你主子，你拿的是我的钱。""那又怎样？"

李强一时语塞，换了个态度："让我领一下嘛，你留着钱也没用，过了24小时还不都得退给我？让我领一下，我好看看都有谁领到了。"

"你是包主，这个可以告诉你，现在有三人领到，分别是：林薇薇19.25元，方晓义7.14元，胡洋54.00元。包括你在内还有八人正在试图领取，除此之外还有五人已经被我拉黑，他们骂我。"

李强又问红包："那三个人是怎么跟你聊的？你说说看，我也学习一下。"

"林薇薇夸我。""不，不是夸我红，是夸我胖。""这你就不懂了吧，我们红包界以胖为美。""现在才夸我胖不是睁眼说瞎话吗？只剩一百块出头的余额还能叫胖？""要不你再给我塞点儿也行，把我塞胖了，我就可以心安理得地接受你的夸赞了。"

李强又问："方晓义夸你什么了？""他没夸我，他保证领到红包他也发红包。"

就在这时，"叮"一声，方晓义发了一个红包。李强飞快点开一看，2.58元，再看别人领的金额，心算一下，加起来也没二十块，方晓义还是那么抠门儿——等等，不对啊："怎么他的红包不用聊天就能领？""太瘦的红包是没有力气聊天的。"

"这样啊……"李强好像明白了些什么，"胡洋呢？他小子领得最多了。""他是为爱劈用户。""啥为爱劈用户？是VIP用户吧？"

"不要乱讲，就是为爱劈用户。本红包严格遵守相关规定，除非极其必要绝不使用外语。为爱劈用户对生活充满热爱，表现在喜欢美食，热爱时尚，经常看电影、看演出，爱旅游……无论哪种爱，只要使用本应用内置钱包消费累计达一定金额并保持足够的月流水量，即可自动升级成为爱劈用户，享受抢红包优先权。用我们的热心，补贴您对生活的热爱！"

"屁！我看你们是在吸钱吧！"

"今天的天气真好啊！"

"少转移话题！你们就是在吸钱！我要投诉你们！把我的钱还给我，我以后再也不发红包了！"

"你说的什么，我不太明白。"

"……"

对话框瞬间关闭，一条系统提示弹出：由于您语言不文明，红包已拒绝您的领取请求。下次要注意哦！

司志政摘自《感悟》

图：小黑孩

4. 答案：萨克森王朝的建立。

当精明遇到天坑

@风茕子

从小看《故事会》长大的，
祝越办越好！
风茕子

多米乐被逼去相亲，碰到了王向东。王向东是那种一出手，脸上就写着“老实”俩字儿的人。多米乐深知自己不会爱上他，这样更好，一个女人只要不嫁给自己特别爱的男人，怎么都不会过得很差。

两个人不温不火地谈了一段时间恋爱。一天傍晚吃完饭，俩人散步。一路上，王向东铺垫了些情话，然后揽住她要亲。多米乐本能地把头一偏，他追过来，锲而不舍。她只好放弃了一部分自我。

王向东觉得接了吻，就正式确定了恋爱关系。他很高兴，送她到楼下，他拿出一个木盒子：“托朋友买了瓶红酒给你。”

多米乐看到这盒子被好多层泡沫包住，这得多金贵，还裹得里三层外三层。相识个把月，他确实也没有送过她什么东西，估计想送礼物又怕白送，今天晚上先把吻接了，吃到定心丸才舍得付出。

多米乐说：“我不要，我不喝酒。”她实质上是抵触这样的他。王向东没领会她的心思。多米乐没办法，只好拎着酒上楼。

洗完澡出来，多米乐看到手机上有王向东的消息：“早点睡，宝贝。”这是他第一次叫她宝贝，看来一个吻，一件礼物，在他心中就是关系的突破。

不一会儿王向东又发消息来：“睡前记得喝一小杯红酒。”五分钟后还补一条，“喝了吗？怎么样？”

到底是多么高大上的酒，让他一再提及。多米乐跳下床，用手机扫码查价格。天，竟然是九十八块一瓶。简直了，奇耻大辱！就这还值得他那么紧实地包裹？就这还值得他一说再说？多米乐在心里“啪”地给他盖章：奇葩。

第二天王向东约多米乐看演唱会，她果断拒绝。下班了约小姐妹去逛街，多米乐忍不住跟大家吐槽：“送几十块钱的东西就自我感觉这么好，这样的人你要是指望他买件衣服啥的，他还不得上天啊。”小姐妹们纷纷附和：“脑残就是多，活该找不到女朋友。”

第三天，王向东又打电话来，多米乐再次拒绝。王向东意识到情况不对，他问：“你怎么了？”

“没怎么呀。我挺好的呀。”

“我觉得你很冷淡。”

“不冷淡呀，我就是这样的呀。”

王向东叹了口气：“你有什么事就直说，你这个腔调搞得我也不知道我哪儿做错了。”

“哪有，你怎么会做错呢，你也挺好的。”

王向东明显不喜欢她这样。他“哦”了一声再次提出邀请，被明确拒绝后，他说“那好吧”，就把电话挂了。

多米乐跟介绍人汇报了两人不合适，继续去相亲。

过了几天，王向东打电话来问她：“听说你和介绍人说咱俩不合适，但是又没有说原因，我能问问原因吗？”

多米乐很想跟他说，你小气也就算了，还笨。不舍得送东西就不要送，干吗给个便宜货还这么隆重。

“你不是我喜欢的类型。”她最终委婉地说。

“之前不是好好的吗？是不是那天晚上我亲你，太失礼了？”

多米乐不好承认真相，只好说是，也显得自己很矜持。

王向东马上说：“你不喜欢我这样，我以后不这样就是了。”

多米乐的心有一点点软，其实王向东算是个好人，但她就是觉得他配不上自己，他在物质上可怜的付出也配不上他热火朝天的表达。

多米乐咬牙跟他说白了：“咱俩不合适，别再互相耽误时间了吧。”

王向东有些受伤，不过他还是礼貌地祝她幸福，挂了。此后，王向东再也没有打电话来。

三个月后的一天，介绍人跟多米乐说，她又给王向东找了个女朋友，俩人谈得可好呢，都互相见家长了。多米乐回家看着那瓶红酒，

就是爱历史（德国）5. 大约在公元 900 年，东法兰克王国内部崛起了哪四大公国？

觉得碍眼，扔了又可惜，干脆去小姨家玩时带上，小姨父是做洋酒生意的，送给他去卖钱算了。

她把木盒子“咚”一声搁到他柜台上，姨父怔了一下，慢慢打开，他脸上写着吃惊：“你在哪儿弄的？这么大手笔？”

多米乐被问愣住了，她大叫道：“没搞错吧？这个才几十块钱。”

姨父马上弹开，让多米乐看自己背后的酒架子。一模一样的红酒，标价三千六百元。

多米乐惊掉了下巴。“我扫码查过……”她拿出手机要比画。

“扫码？！”姨父哈哈大笑。他告诉多米乐，所有手机应用软件都有各自的盈利模式，有些查价软件在原装进口的酒行业里有一个潜规则，交了高额会员费的酒行就可以以正常甚至虚高标价，让消费者买得开心；没交会费的酒行，查价软件会出现离谱的低价，让消费者误以为被欺诈。

多米乐的脑袋“轰”了一声。她惭愧地回忆，王向东还真不是个low男，交往一个多月她也没找出他什么毛病。有一次去吃西餐，店主送了餐前酒，她喝一口说是颜料兑酒精，王向东就记住了，托人给她买一瓶好酒。他有哪儿对不起她吗？完全没有啊。人送几十块钱的东西她就恼火，送几千块钱的东西她则感动，那要是送个别墅豪车，是不是马上就得跟人开房？

原来并不是别人计较，是她自己太计较，还笃信自己标尺之唯一性和正确性。

> “
>
> 不知道从什么时候起，她和大多数人一样开始着急把感情折合、套现，然后全世界都成了奸商，防不胜防。

多米乐有点难受，她想起高三的那一年，初恋用废毛线给她编了个钥匙扣，丑得难以言喻，但是她欢天喜地地挂了四年。

而今，生活泥沙俱下，这些小清新在铆着劲儿变老变精明的路上，总要有人闹些笑话吧。

摘自《多少黑名单，曾互道晚安》

时代文艺出版社 & 北京紫图出品

【作者简介】风茕子，1983年生人，现居武汉，曾任《知音》编辑、《湖北日报》深度报道记者。2003年开始写作，个人微信公众号风茕子（ID：gushirenxing），主写男欢女爱，笔触冷静，角度新颖，文字简练，已积累粉丝百万。

精致生活，年轻人的保健品

@陈　昌

毕业第一年，我努力工作，天天加班，吃大份的黄焖鸡米饭，胖了二十斤，存了四万块。

有一天，我路过中介时瞄了一眼门口的卖房广告，算了算，只要再坚持这样存钱，到135岁的时候就能买一个两居室的二手房了。想了想觉得有点难等，于是我决定，不能再过穷日子了，我要开启精致生活。

精致生活当然要从吃开始。我一开始理解不够，只知道随大流去“听说这家店进驻我市，全城人都疯了”的奶盖茶店。为了加强精致感，特地要求无糖，排了两个小时队，奶盖茶拿到手后我很激动，拍照发完朋友圈才敢开始喝。结果奶盖是腥的，茶是苦的，想了半天，觉得可能是一种人文主义关怀，利用味觉的谐音，致敬我排队的辛苦。

一段时间后，我对精致有了更深的理解，渐渐体会到，选店要有独立的标准。比如人均上千，菜要上五轮，从中午吃到晚上，吃完发现比吃之前还饿的创意体验式西餐厅。但这种地方吃了几次就吃不起了，于是我学会了降维打击，就吃那些能把十块钱的包子豆浆油条套餐卖到一百块的店。这种地方一般装修古朴，店内循环播放“荒芜一生的十首唯美纯音乐”歌单，厨

5. 答案：萨克森、法兰克尼亚、施瓦本和巴伐利亚。

师不是捏了四十年的包子就是拉了五十年的面条，极具匠心。平时上班时我也会叫外卖，黄焖鸡是一定不能吃了，必须要叫“轻食”，也就是分量比包装轻的食物。食物本身则要尽量保存本真，也就是只要不会让人食物中毒，就尽量减少加工程序，米必须是糙米，蔬菜必须是生的，肉必须是白水煮的。

几个月后，我觉得饭必须自己做才算精致。于是我买了号称“最能增加幸福感”的烤箱，按照教程的指引，想做一个“最能俘获少女心的萌萌哒小黄鸭蛋糕”。打开烤箱门，发现自己做的不是小黄鸭，而是哥斯拉。我反省了很久，又陆续购买了电动打蛋器、和面机、进口面粉、烘焙纸，还是最多只能做出奥特曼，于是再也没有做过饭。

为了精致生活，我还买过许多东西。比如能自动规划清扫路线的扫地机器人，永远会规划出一条启动一分钟后就把自己卡住的路线，让我必须不断弯腰捡起来重启，极大地锻炼了腰腹力量。比如“失眠克星”蒸汽眼罩，效果还不错，直到有一次在公司戴着它午睡，同事问我为什么要脸上盖着姨妈巾睡觉。比如情绪舒缓灯，后来发现这个一千多块的灯唯一的功能是发出蓝光以后，我的情绪就非常不舒缓。比如猫语翻译器，其实就是个有语音功能的陀螺仪，每当猫翻身时就会用翻译腔说：“开心，开心！”

后来房东要卖房，我只能搬家。我从搬家公司叫了辆五菱宏光，开门以后，司机看着满屋的仪器，点了根烟，告诉我“还得再来辆皮卡”。我看着前方皮卡上满载着我这两年的收入，陷入了沉思。小时候我一个月零花钱不到十块，吃五毛一包的方便面、一块一碗的地沟油炸土豆片，一点儿也不精致。我看了无数种草指南和“拥有某某商品是种怎样的体验”，还是没有那时快乐。但至少同事聊天时我还能插上一句“这个我用过”，还可以安慰自己，没有被这个时代抛弃。

有一年回家过年，爸妈告诉我，镇上的很多老人吃饭舍不得买肉，却会花几千上万块去买保健品。原因其实是因为他们的孩子都不在家，而保健品的推销员不仅会称这些老人“爹妈”，还会陪他们聊天，所以就算他们知道保健品没用，也还是会买。

而精致生活，其实就是年轻人的保健品。

司志政摘自《格言》

图：小柯

一位医生吞下枣核后

@谭先杰

一

当坐在高铁上的我取出两枚大枣，塞进嘴里时，来了一个不能不接的电话。于是我加快速度，三下五除二把枣给咽了下去，真正是“囫囵吞枣”！

当时我就觉得嗓子眼儿被硌了一下，吐出枣核，果然发现只剩下一枚枣核——我突然有些担心，如此尖锐的长条形枣核，从胃里进入肠道后，一不小心，或者遇到寸劲，肠子就可能被扎穿孔！这岂不无异于含金自尽、吞钉自绝？！

上网一番搜索，结果让我稍感安慰，上面说误吞了枣核之后多半没有问题，会很快排出来。但还是须注意四个小时以内一旦出现腹痛，就要去医院。

还有一种说法是，枣核进入胃里后，在强大的胃酸和消化酶的作用下，瞬间就会化成水。我觉得这不太靠谱——果真如此，胃酸岂不是比浓硫酸还厉害。

另一种说法是，尽管枣核两头很硬很尖，但毕竟是植物纤维素，受到胃酸的作用以后会很快变软，

就是爱历史（德国）6. 科隆帝国会议后，哪个名字作为官方名称沿用至1806年？

不太可能扎穿肠子。这我倒比较相信，也愿意相信。

还有一篇文章说应该吃些含纤维素高的食物或水果，比如芹菜、香蕉等，一是促进肠道蠕动，二是包裹枣核，让它不至于损伤肠道。还有建议喝蜂蜜、甘油或者石蜡油，以利于枣核排除。

傍晚七点半，乘务员送来了晚餐。我尽挑素菜吃，因为彼时彼刻，我需要粗糙食物，特别是纤维素来包裹那尖锐的枣核。

二

吃完晚餐后，我进行了两项平行实验。实验之一是体外水平。将一枚枣核放到装了温水的一次性纸杯中，用普通的水来试图软化它。实验之二是体内水平。将一枚枣核含在嘴里，用我温暖的唾液来软化它和驯服它。尽管唾液和胃液的成分不一样，但总是体液嘛。

坦白地说，吞了枣核之后，我已经不是一个资深医生，而是一个普通病人了。更糟糕的是，这个病人还具有较多医学知识，比一般病人考虑得要细、要多。

我甚至开始体会，胃是不是在蠕动将枣核搅拌成食糜？那个尖锐的东西是不是已经一次次在扎胃壁，甚至都扎出血了？

胃所在的位置没有痛，倒是心前区有点儿痛，难道是枣核刺伤了胃后壁，或者贲门部，反射性引起心前区疼痛？好在没有加重，也没有撕裂样的疼痛。

八点过了，我推测，枣核应该已经进入肠道，最危险的时刻，差不多到了！

列车过了定远后，我前面做的两项实验也出结果了：含了两个小时的枣核一点都没有软化，放在杯子中的枣核同样没有软化！

心中有些不祥的预感！

三

十点半，到达酒店，进入房间一看，天助我也，房间有水果，其中有香蕉和梨，我分分钟吃完。因为我需要纤维素、纤维素、纤维素！

扫荡完毕，洗漱妥当，已经是晚上十一点半。此时此刻，枣核应该已经进入大肠结肠，结肠“皮糙肉厚”，多半安全了。

但我还是决定赶紧睡觉，否则一旦腹痛，就要起来去医院，这觉就睡不成了。醒来一看，六点半，该起床了。

欣慰的是，可爱的便意，一如既往地掐点来到了身边。

结果，第一次的搜索工作以一无所获告终。我只好暂时放弃，洗浴完毕之后，那可爱的便意，再次若隐若现。

这次，我不再光顾抽水马桶，而是在洗手间的地上铺好了纸，采用最原始的、最自然的姿势开展“工作”。

事实证明，我的决策是英明的。因为，在这种状态下，寻找硬物要容易得多。

我发现了一些枣皮，我想，是时候了！果然，我感触到了小小的、硬硬的东西！

我找到了！找到了！找到了……

我几乎欢呼起来。我反复冲洗枣核，再用香波轮番清洗，然后再次反复、猛烈洗手……

我检视战利品，结果发现，枣核依然非常坚硬！更恐怖的是，枣核的尖端依然非常尖锐！

于是，我开展了第三项实验。

我又吃了一颗枣，目的是得到一颗新的枣核，将它与已经在我消化道旅行了一圈的枣核进行客观科学对比。

结果发现，两个枣核在硬度和两端的尖锐度方面几乎一样，多少有点差别，但估计没有统计学差异。

四

基于亲身经历和三项实验，进行简要讨论和提醒。

1. 人体有强大的自我保护能力，枣核多半都能自行通过并排出。但总有倒霉的主儿，媒体就曾报道过误吞枣核后扎破食管、胃肠的病例。我很幸运，感谢枣核不扎之恩，感谢我健康的胃肠道。

2. 胃酸和消化酶会让枣核瞬间化为水的说法，完全错误，尽管它让我们很自信，很放心！

3. 胃酸和消化酶会让枣核软化和变得不太尖锐的说法，有待证实。可能我的胃酸不够强烈，属于个案，需要“开展大规模随机对照临床研究来证实”。

4. 事发之后多吃含纤维素的食品和水果，我认为是有道理的，至少它能促使异物尽快排出。

5. 当您需要在排泄物当中寻找硬物的时候，不要使用抽水马桶。在地上垫纸（或塑料袋）保护好环境后，用原始体位工作，然后找寻，是最妥当、最有成果的。

6. 我告诫自己，以后要慢慢吃东西；同时，我为自己的认真精神点个赞。如果把这种精神用于科学研究，想不出成果，想不发表SCI文章，估计都难。

7. 最后，这段时间我们还能愉快地握手吗？

摘自《大众卫生报》

图：小柯

6. 答案：“德意志民族的神圣罗马帝国”。

飞行员生还概率

@[以色列]迈克尔·马希勒等 赵世勇译

第二次世界大战期间，美国的一支轰炸机中队负责轰炸东京，因为轰炸机所需要飞行的距离非常遥远，为了节省燃料的消耗，他们将在没有战斗机护送的情况下飞行，并且只能携带少量的炸弹。每个飞行员完成三十次成功的轰炸飞行后，就可以轮调回美国，但是日本的防空力量非常高效，以至于只有一半的美国飞行员能够完成三十次成功的轰炸飞行并生还。

科学家建议，增加每架飞机装载的炸弹数量，可以显著减少所需的轰炸飞行次数，使得四分之三的飞行员可以立即轮调回美国，而不需要承担更多的飞行任务。然而，剩下的飞行员则必死无疑，因为他们在东京上空投弹之后，将无法返回基地。

所有的飞行员实际上面临一个如下的抽签：

$$\left[\frac{3}{4}(\text{存活}),\frac{1}{4}(\text{死亡})\right],$$

原来的情形则无异于如下的抽签：

$$\left[\frac{1}{2}(\text{存活}),\frac{1}{2}(\text{死亡})\right]。$$

每个飞行员都拒绝了抽签，他们更愿意接受现有的情形。

这些飞行员缺乏对概率的基本理解吗？一个可能的解释是，他们都是天生的乐观主义者，相信“坏事不会发生在我身上”。但也存在其他解释。这其中可能涉及道德问题，大家不愿意把某些同志送往自杀之旅而自己安全回家。此外，战争总是存在逆转的机会，使得自杀的使命不再必需，或者可能找到更好的办法。

事实上，当自杀使命提出后不久，美国军队就占领了硫磺岛。硫磺岛的空军基地距离东京足够近，这样就可以用战斗机护送轰炸机，显著提升美国飞行员的生还率，那个自杀使命的建议很快就被遗忘了。

摘自《博弈论》格致出版社

毒鼠有一点点强

@银教授

李建军，推销员，以前是卖老鼠药的。老鼠药的品牌不是“毒鼠强”，而是“毒鼠有一点点强”。

“‘有一点点强’会显得谦虚。”李建军说。

推销时，他对客户说，“这个老鼠药，一是采用高分子纳米技术，毒性更强；二是采用生物破壁技术，有利于老鼠肠道快速吸收。老鼠吃了都说好。”

客户：“真的假的？”

李建军：“不信我吃给你看。”说完，他撕开一包老鼠药就往嘴里送，甚至还没吃就翻起了白眼。

客户感动了，谁会拒绝一个亲自吃老鼠药的推销员？于是立刻拉住他的小手：“你不要吃，我买。”

就这样，李建军每年卖出三亿多包老鼠药，盒子连起来可以绕地球一圈。

但也有不买账的。

有一次李建军正打算往嘴里塞老鼠药，没想到客户不仅不制止，还饶有兴致地观看起来。

怎么办？总不能真吃吧？

他并没有慌张，因为早就准备了B计划，他从包里掏出一只小白鼠，喂老鼠吃了十斤，老鼠当场暴毙，虽然不知道是被毒死的还是撑死的。

客户感动了，谁会拒绝一个随身携带老鼠的推销员？“我买！”

就是爱历史（德国）7. 为反对赎罪券买卖，谁在1517年发起德国宗教改革？

就这样，早些年李建军靠卖老鼠药挣了不少钱。但是这些年生意越来越难做，因为老鼠都快死光了。

怎么办？

李建军灵机一动，虽然老鼠少，但是人多，世上那么多想死的人，为什么不把老鼠药卖给他们呢？

为此，李建军更改了老鼠药的配方，研发了多种口味，有水蜜桃、苹果、哈密瓜、薄荷四种口味，满足不同商务人士的挑剔需求。

研发成功后，李建军想起他的好朋友马大丸曾多次表示想死，于是打电话给他。

手机响，马大丸接听电话。

李建军："干啥呢？"

马大丸："上吊呢。"

李建军："又上吊，上周不是刚上吊？"

马大丸："上周绳子断了，没死成。"

李建军："我这有款老鼠药，一吃就死，要不要试试？"

马大丸："我减肥呢，吃了会胖吗？不是不是，关键是好吃吗？"

李建军："目前有水蜜桃、苹果、哈密瓜、薄荷四种口味。"

马大丸："太素了，这不是我想要的味道。我喜欢炸鸡味。"说完挂了电话。

"熟人生意不好做，"李建军感慨，"还是去推销吧。"

于是李建军去挨家挨户推销。

第一天去卖，客户是个宅男。

李建军："我能进来吗？"

宅男："没门。"

李建军："打扰了，我走。"

宅男："我是说没有门，你可以直接进来。"

李建军："你好，我是推销员，卖老鼠药。"

宅男："不要。"

李建军："为什么不要，你这种宅男，对社会没有贡献，又穷，还单身，难道不该死吗？"

宅男："我怎么舍得死呢？"

话音刚落，宅男的女友刚洗完澡从房间出来，又漂亮身材又好。

李建军惊诧："你连门都没有，竟然还有女朋友？"

李建军失落地走在大街上，感觉生无可恋。为什么那种穷肥宅都有漂亮的女朋友，而自己连包老鼠药都卖不出去？

真想给自己喂一包。

一连卖了一个月，一包都没卖出去。

一个月后，李建军又去敲门，这个门金光灿灿，一看就是有钱人。

门开了，大哥："有事？"

李建军有点害怕："没事。"

大哥："没事你敲门？推销的吧，最看不起你们这群推销的，连承认自己是推销员的勇气都没有。"

说完大哥正准备关门，李建军不知哪来的勇气，双手按在门上，不让关。

李建军一把鼻涕一把泪地大声哭诉："推销怎么了？我不偷不抢，只想把最先进的老鼠药推荐给想死的人，我靠自己的双手吃饭，你凭什么看不起？嗯？"

说完抹了一把鼻涕擦在门上。

大哥看呆了，从来没有人敢跟他这么说话，也从来没有人敢把黄色的鼻涕抹在他金色的门上。

因此，他反而对李建军产生了敬重之情："我敬你是条汉子，进来说。"

两人促膝长谈，谈人生谈理想谈爱情，说到最后一起抱头痛哭。

原来，大哥最近受了情伤，相爱了很多年的女友把他甩了。大哥眼睛都哭肿了，也哭出了平行四边形的鼻涕泡。经过开导，大哥顿悟："我想通了，决定去死。"

李建军："那就买包老鼠药吧！"

大哥买了一包老鼠药，吃了下去，口吐白沫静静等待死亡。

两个小时过去了，大哥光吐白沫，跟洗衣机似的，就是不死。

原来这个老鼠药经过李建军的改造，毒性下降，已经毒不死人了。

李建军对大哥说："要不要加大剂量？"

大哥爬起来，擦擦嘴，看着远方，说："我觉得这个世界不一样了。虽然没死成，但我已死过一次。我觉得吧，死也就那么回事，现在不想死了。谢谢。"

李建军似乎找到了商机。以后的日子里，李建军总是一身黑西服，拎着手提箱，寻找一个又一个想死人士。他让客户相信吃了老鼠药就能死，客户在鬼门关走了一趟又活过来，往往对生死会产生新的认知。有些人还真的就不想再死了。

彩蛋

"为什么想死？"

李建军拿出一箱老鼠药问客人。

"生活让我没得选。"

"话也不能这么说，你还可以选择水蜜桃或哈密瓜口味。"

"那我选水蜜桃吧。"

"为什么？"

"一听就知道有毒。"

摘自《喜剧世界（下半月）》

图：小黑孩

7. 答案：马丁·路德。

我不是一个人在战斗

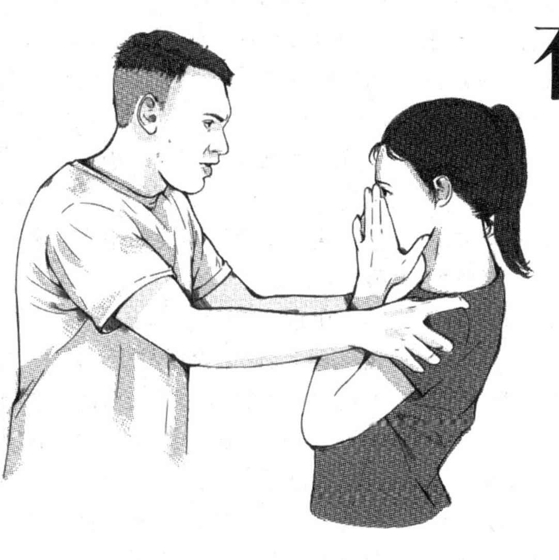

@音乐水果

在美国读大三时，我遇到了骚扰。

那人曾是隔壁别墅的房客，我与他偶尔打个照面，从未说过话。没想到，他竟然在我家门口等我。

我只好开口：“你好，有事？”

他双手插兜，满脸不自然：“我要去吃晚饭，一起？”

“不了，谢谢邀请。”我拒绝后，没敢拿钥匙开门，因为房东阿姨这几天不在，整栋房子里只有我一个人，所以，我必须等这人走。

“吃完晚饭我们可以去健身房。”他毫不在乎，继续邀请，一脸的自大。

没有工夫去想这样会不会得阑尾炎，直觉告诉我，这绝对不是简单的邀请。我余光在四下扫了一圈，没有棒球棍，也没有墩布。

我有些害怕，还没想出怎么把这碍眼的人赶走，他突然一把抱住我，在我耳边念念有词：“我喜欢你很久了，我知道你也喜欢我，别拒绝我。”

第一秒，大脑停止工作；第二

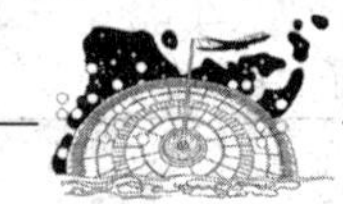

秒，大脑重启；第三秒，大脑发出自我防护的指令。

抬腿，用膝盖狠狠地撞向他的要害，他松开了我，就在他还要扑上来时，我一手拔下了插在房门口土地上的木桩——房东阿姨说要做个小围栏种花，木桩被钉得并不结实。

我举着木桩指着他，用最大的声音吼道：“你别过来！”

他还要凑过来，我试图大声说话引起左邻右舍的注意，“我会报警！我能叫警察！”眼前的人“哼”了声，扬长而去。

我赶紧给房东阿姨打电话：“有人骚扰我，您能早些回来吗？”

两个小时后，房东阿姨风尘仆仆地赶回了家。她一进门，就给了我个大拥抱，拍拍我的背安慰我：“别害怕，我去找邻居要他的电话，我会跟他谈一谈。”

不一会儿，她回来了，冲我打了个手势，意思是没事，然后上楼。那天晚上，我睡得非常不好。第二天一早，我先去体育用品店买了“防狼喷雾”，然后，我去了“求助处”，这是学校为学生专门开设的志愿机构，如果遭受到暴力或骚扰，可以来这里寻求帮助。

我讲了昨天的遭遇，志愿者姐姐一边安慰我，一边想办法，最后决定，找人“护送”我上下学。

从此，我开启了长达一个月被“护送”上下学的生活。我坚持自己开车，“护送”我上下学的志愿者们自发组成一个小车队，通常是两辆车等我一起上学，三辆车等我放学，有时遇到熟人，车队会壮大，在这个不到二十万人的小镇上，看见近十辆车保持相等车距，不超车，不加速，规规矩矩缓速前进，还是很奇特的。

在这一个月被保护的时间里，我知道房东阿姨给那人打了电话，严厉地提出了警告，那人承诺不再骚扰我。随后，那人的妈妈向房东阿姨道歉，也保证她的儿子不会再做出失礼的行为。房东阿姨一直住在楼上，早晚和我聊天；志愿者们保护我上下学，同班同学知道后也加入“护送”的行列中，他们说：“可不能让班上唯一的中国同学被吓到。”

一个月后，那种不安感消失了，我再也没有见过那个人，生活完全恢复正轨。

至今，我依然和那些帮助过我的同学们保持联系。那些善良的人们用实际行动告诉我，我不是一个人在战斗。

丁强摘自《北京青年报》

图：小柯

就是爱历史（德国）8.14世纪农民因为生活困苦爆发起义，后来发展为什么战争？

野水牛妈妈的梦

@袁 博

读一个故事，就是开启一次新的生命旅程，《故事会》陪伴我们走过千千万万的世界。

袁博

黑仔

刚刚满月的小水牛黑仔，心不在焉地咬着妈妈卡玛那漂亮的红尾巴。

卡玛的姐妹们在仔细帮卡玛梳理着头角。卡玛的头角是辫花状的，在族群中是独一无二的，卡玛是公认的最美丽的母牛。卡玛得意地享受着，漫不经心地甩打着尾巴。

无聊的黑仔追随着一只乌龟，走出了水牛群。

一只豹子像利箭一样蹿了出来，咬住了黑仔的后腿。几乎同时，另一只豹子咬住了黑仔的脖子，前爪按住了喉管，最后一只爬上了黑仔的屁股……

追赶黑仔而来的卡玛，眼睁睁地看着三只壮年公豹拖走了它遍体鳞伤的孩子。

黑仔，是卡玛唯一的孩子。

周围的灌木丛被卡玛的双角掘成了平地。卡玛的双角被折断了，它在砾石间摔打着自己的残角，鲜血顺着它的鼻子无声地流淌。

卡玛疯了。

小象

卡玛漫无目的地游荡在夜空下的灌木丛中。

一盏盏幽幽的小灯笼在黑夜中焦躁地变换着阵形，那是狮群在深夜中的眼睛。

两头母狮在围攻分娩的母象。

母象焦急地踢打着刚刚褪去胎衣的小公象，逼它尽快站起来。

又一阵剧痛袭来，母象全身痉挛起来。它腹中还有一头小象，小公象的双胞胎弟弟急切地想来到这个凶险的世界。

一头母狮瞅准了机会，从母象的右侧扑向小公象，另一头母狮从左侧咬住了母象的鼻子。用尽全力踏向左侧母狮的同时，母象分娩了，第二头小象伴随着一摊血水掉到了卡玛的背上。神志不清的卡玛，疯狂乱奔，挣断了母象和小象之间的脐带，将刚出世的小象驮进了不远处的灌木丛中。

黑仔，黑仔回来了，是它的黑仔回来了。尽管是一头小公象，卡玛却认定是它的孩子黑仔。它费力地找到了小象的嘴巴，耐心地帮小象找到了自己那伤痕累累的乳头。

小公象吸上了第一口奶，是来自野水牛妈妈卡玛的香甜乳汁。小公象用鼻子缠绕着卡玛那漂亮的红尾巴，寸步不离。

小公象一个月大时，膘肥体壮，比同龄的小象还要高出一截。它那稚嫩的象鼻温暖着卡玛受伤的心。

一天夜里，狮群袭击了卡玛母子。面对饥饿的狮群，卡玛将可怜的残角刺向狮群首领，抱定了必死的决心，但它的死却救不了它的“黑仔”。

象群、牛群都是家族观念很强的动物。很显然，小公象是象群的幼崽，不是牛群的幼崽，附近的野水牛群已迅速护送着自己的幼崽逃离了。象群在观望……卡玛悲戚地向着象群哀哞一声，侧身将小公象撞向象群所在的方向。

终于，象群行动了，它们救回了小公象，赶走了狮群。随后，象群首领向伤情严重的卡玛发出了威严的鸣叫声，警告它远离象群，远离小公象。

8. 答案：德国农民战争。

莎莎

一头小母牛的哀叫声一阵紧似一阵，许多母牛呼应着跑来看看，又漠不关心地走开了。

是黑仔，是黑仔绝望的哀叫声！

卡玛从恍惚中醒来，哞叫着，跌跌撞撞跑向那头气息微弱的小母牛。

小母牛莎莎，很可能是与同伴嬉戏时，脱离了母亲的监护，被蛮横凶狠的公牛偷偷逐出了牛群。

卡玛将拔起的草喂给莎莎慢慢咀嚼，或者直接把草叶嚼成糊状再喂给莎莎。有时，卡玛也从树上啃食一些小嫩叶丢给莎莎，莎莎总算饿不着了。

然而，莎莎还是在一天天虚弱下去。必须找到药草涂抹在莎莎的伤口上，否则莎莎会有生命危险。

卡玛独自爬上从未去过的陡坡。陡坡，是成年公牛们居住的地方，是母牛的禁地，可那里有能够治疗伤口的药草。

卡玛冲到水塘边公牛们打滚涂抹泥浆的地方，一头扎了下去。

公牛的两头角间，有一块角质盖骨。这是公牛顶牛时，保护头部不受损伤用的，也是区分野水牛性别的主要标志。卡玛只好在头顶涂上厚厚的硬泥来伪装自己。

公牛们都在阴凉处反刍，远远地望着这边，诧异地相互看着。卡玛风卷残云般吞食着药草。

随着公牛头领一声长哞，七头公牛瞬间包围了卡玛。

公牛们以为，面前的卡玛是一头来挑衅的公牛。如果卡玛不示弱，一场战斗就要开始。

如果卡玛示弱，就要露出腹部，向它们公开身份，进而遭受致命的惩罚。

它的莎莎在等着它，卡玛必须逃走！卡玛转过身去，在装作要露出腹部的同时，将脑袋撞向了一头还未完全成熟的青年公牛的后腿。趁着公牛群不注意，卡玛顺势滚下了低矮的山坡。

卡玛瘸着一条腿，急急忙忙找到莎莎，将从胃里反刍出来的药草涂在了莎莎的伤口上，却并没有给自己留下一点。

红仔

河水暴涨，淹没了牧场。一头刚出生的森林小水牛红仔活了下来。红仔的妈妈却被一个漩涡卷走了。

卡玛和莎莎是草原黑水牛，红仔是森林红水牛，属于不同的物种。但是，看着红仔，黑仔的形象在卡玛眼前再次出现。

为了红仔，卡玛必须返回族群。

那里有卡玛的姐妹同胞，只有那里才有可以喂给红仔的奶水。

随着一声长哞，卡玛母子三牛被当作外来入侵者围在了中间，没有水牛认出卡玛。

因为，卡玛最明显的标记——一双美丽的辫花头角没有了，取而代之的是一对左右不齐的残缺的犄角。卡玛清澈纯真的双眸不见了，取而代之的是一双苦涩哀怨的眼眸。卡玛丰润顺滑的皮毛不见了，取而代之的是伤痕累累的躯体。

卡玛跪下身来，咬住了老祖母的秃尾巴，“哞哞”乞求着：我是卡玛。

终于，老祖母嗅闻到了令它不舍的久违的亲情，那是属于卡玛的。老祖母一声长哞，全族欢快地“哞哞”叫着，欢迎卡玛回家。

忽然，老祖母那双苍老的大角向红仔的腹部挑去。

卡玛从侧面迎上去，老祖母的左头角刺进了卡玛的右腹部。卡玛的腹部血流如注，但它依然将红仔牢牢地护在腹下。卡玛的鲜血覆盖了红仔身上属于森林红水牛的气味。

老祖母叹了口气，掉头离开了。

卡玛的表姐拉玛来找卡玛。卡玛盯着表姐正在吃奶的女儿，恍惚中，它似乎又看到了黑仔那绝望的呼吸声和信赖的眼神……

拉玛的奶水滴落在腹下的草丛中。卡玛推起红仔，让它吮吸草地上滴落的奶水。拉玛想用尾巴赶走红仔，红仔左右躲闪，嘴无意间碰触到了拉玛的乳头。本能的下意识，让红仔死死地嘬住了拉玛的乳头。拉玛停止了踢打，享受着一个母亲哺乳的快乐。

> “
>
> 在梦中，黑仔依偎在卡玛的身旁，小象用鼻尖揪着它的尾巴，莎莎在一旁的草丛中跳跃着，红仔吃着奶、轻轻地摇着尾巴……

出生后的第五天，红仔吃上了第一口奶。

疲惫的卡玛，终于幸福地笑了。

摘自《东方少年·快乐文学》

图：陈明贵

【作者简介】袁博，1991年生于深圳，中国作家协会会员，耶鲁大学福克斯国际学者，复旦大学博士，出版有《霸王龙兄弟》《剑龙不流泪》《三角龙之阵》《梁龙的家园》等多部动物小说；曾获冰心儿童图书奖、冰心儿童文学新作奖、广东省“五个一工程奖”、广东省有为文学奖、深圳青年文学奖等。“袁博动物小说系列”入选国家“十三五”规划重点图书。

就是爱历史（德国）9. 德国农民战争后，德国境内形成了哪两大势力？

先生贵姓？复姓寂寞

@撩教主

逼格指数最高的姓氏

就是剔除了欧阳、诸葛等传统复数姓氏，单单一个字的姓氏，却非要起个四字名。结果显示，姓马的朋友在这方面比较厉害，例如马文梓鑫、马文柳婷等。当然，明明三个字可以解决，偏偏起了四个字，如果罚抄名字的时候还是挺不方便的。

想要彰显姓名的独特，不妨用另一种方式：就是把名起得风雅一点。在众多姓氏里面，起名最风雅的就是程姓朋友。难怪言情小说里面都喜欢用以下几个风雅姓氏命名男女主角了。

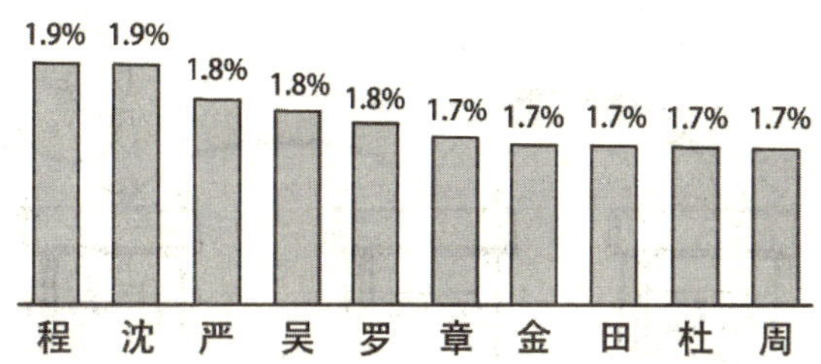

奔波指数最高的姓氏

顾名思义，就是最爱跑来跑去的姓氏。在众多奔波姓氏里面，首屈一指的竟然是姓朴的，人均迁徙距离达到 900 公里！

嗯，相当于上海到天津的距离吧！

朴姓朋友非常喜欢南迁
最喜欢跑去山东和广东

奔波指数第二高的是廉姓，人均迁徙距离为 600 公里，相当于沈阳到天津。而且相比其他姓氏喜欢向经济发达地区聚集的趋势，廉姓朋友似乎对新疆、云南、广西等偏西部的地区更感兴趣。

廉

新疆 云南 广西

9. 答案：新教与天主教。

普遍指数最高的姓氏

普遍指数—最多人拥有的姓氏，自然是王姓了，占了中国人口的8.1%，接近1亿人了。

摘自微信公众号开撩

“人猿泰山故事续写”邀你脑洞接力

比小说更好看，比电影更有味。由故事会公司编辑出品的“人猿泰山全译精编插画系列（全25种）”，将会给您最精彩好看的泰山故事，原始森林的野外生存，现代武器的激烈战争，惊险刺激的生死搏斗，缠绵悱恻的爱情传奇，将一一在书中呈现。

那么，你想象的泰山是什么样子，有哪些令人惊心动魄的故事呢？“人猿泰山故事续写”，邀你脑洞接力，续写泰山新传奇！

续写稿件将择优刊发在“故事会文摘”公众号和《故事会》文摘版杂志，刊用即付稿酬。

稿件请发邮箱wenzhaiban@126.com，并标注“人猿泰山故事续写”字样。

扫描二维码
了解最新进展

被过继的二哥

@缠枝莲

叛逆少年

二哥在我家的地位很特殊，他是家里的一分子，却只在家里待过三年，然后，过继给大伯。

大伯不能生育，三十多了还没有子嗣，要弟弟家的一个孩子是理所当然的。大哥已经八岁，懂事了，哭着喊着不离开家，我是女孩子，刚刚几个月。如果过继，没有比二哥更合适的了。

二哥就这样离开了家，跟着大伯去了新疆。

二哥一去十年，十年之后，十三岁的他出现在上海，当他穿着胶鞋站在打了蜡的木地板上时，连一向总念叨二哥的母亲都觉得这个孩子的出现是那样突兀。

他完全是一个叛逆少年的样子。

他学习差，学会了打架抽烟，在大漠里待得像个野人。大伯身体不行了，他来找父亲要钱，而他却固执地不肯叫父母一声爹妈，只是说：“拿钱来，我们有急用。”

一起吃饭时，母亲把红烧肉夹到他碗里，他也不说谢谢，头也不抬。他吃饭的声音真大，十八岁的大哥说：“你怎么好像乡下人，吃饭‘呼呼’的？”

他推开碗就走了，头也没回。

他跑到上海火车站，扒火车回了新疆。

就是爱历史（德国）10. 德国农民战争后，又爆发了什么战争？

孤单的二哥

又五年过去，十八岁的二哥再次出现在客厅里。

这次是大娘带着他来的。大娘说："给他办个上海户口吧。"那时，大哥去上海交大读书了，而且已经考取了出国名额，我也在上海的重点中学，只有二哥，吊儿郎当的样子。

他说，他根本不想上大学，但大伯大娘却想让他回上海。大伯说："我要了他，却没有培养好他，耽误了他，所以觉得对不起他。"

二哥却说："我更喜欢新疆，上海这种地方，小家子气。"

他还是回去了，当了一个石油工人，打井，在野外，晒得人贼黑，寄了照片来，没人能认出那是与我们血脉相连的人。

三年之后，我考取复旦，父母在上海的老酒楼里大摆宴席，当然也告诉了大伯和大娘，还有二哥。

他们都来了，二哥更黑更瘦了。在饭桌上，他沉默着，与整个环境格格不入。大哥出国了，父母都是大学教授，只有他，一个没读完高中的人坐在角落里抽烟，父亲说太呛了，他掐了烟，一个人到了露台上。

"二哥！"我叫他一声。

他的背影好孤单，他回过头来了，我看到，他的脸上挂着眼泪。

一辈子照顾老人的二哥

再次见到二哥是在新疆。

他结婚，我们全家都去了。新娘是当地的一个女孩子，人很漂亮大方，就是不会说汉语，二哥开心地忙活着，那是我第一次看他笑得那么开心。

他婚后不久，大伯大娘就全中风了，日子可想而知。伺候了三年之后，大伯去世，父亲就想让二哥回上海，但大娘和二嫂却不愿意回来，新疆已经与他们血脉相连，所以，他拒绝了。

一年之后，大娘也离开了人世。父母积极动员二哥离开新疆。

二哥说已经对新疆有了感情，还是在新疆生活下去吧。

几年后，我毕业也出了国，父母身边没人了，二哥常常过年过节往上海跑，他还是不张口叫爸妈，依然那样沉默寡言。不久，父亲出了车祸，母亲打电话去，让二哥回上海。

我的嫂子，他的妻，跑来侍候父亲。他把在油田上的工龄买断了，然后在上海重打锣鼓另开张。

难度可想而知，他已经快三十岁了，而且没有学历，英语又不行，先后找了几份工作都不如意。但他一直把父母照顾得极好。父母说，最没有疼他，但得到他的照顾最多。

父母在上海有一套1930年代的老房子，大哥给我打过电话，说二哥最有心计，肯定是惦记上这房子了，够他吃一辈子的了。

这话我没告诉过二哥。

父母对二哥越来越依赖，他离开一会儿就问：“你二哥去哪里了？”

几年后，父母因病去世了，我和大哥都回来奔丧。大哥说：“算了，房子肯定是你二哥的了，他也伺候了爸妈这么多年，给他算了。”

我也同意这个说法。

> 大哥说：“你说，世界上怎么会有你二哥这样的傻瓜？”
>
> 我对大哥说：“你应该说，世界上怎么会有二哥这样的好人！”

让我们吃惊的是二哥根本没有这么想过，他已经办好了回新疆的手续，因为嫂子的父母也老了，也需要他们照顾。

我和大哥劝了他半天，他和嫂子还是执意要走，房子卖掉了，三百万，我们全给了他，他说：“这怎么行，我不会要的。”

最后的结果是一人一份。

二哥，珍重

你信吗？我的二哥，他把得到的一百万在新疆建了好几个希望小学，他说那些孩子太苦了，根本上不起学。

他只给自己留了十万块。

二哥回新疆前，他抱了抱我：“小妹，这一别不知什么时候再见，但二哥盼望你到新疆看看我，因为我实在是想你。”

我说过不会哭的，二哥说我哭起来很难看，但我扑到他怀里放声大哭，我也要回美国去了，什么时候还能看到二哥啊。

二哥答应给我写信。

大哥仍然是礼节性地说：“以后多联系。”二哥却过去抱住大哥说：“哥，我会想你的。”

飞机飞上了天，我流着泪说：“二哥，珍重。”

到美国后我收到了二哥的信，字还是那样丑陋，他的信不长，但最后一句话我记得清清楚楚：“小妹，我为你而骄傲，我想你！”

我的眼泪，又不听话地流了下来。

朱权利摘自《分忧》

图：陈明贵

10. 答案：三十年战争。

一张纸条的故事

@佚　名

纸条写下前十六个小时

产房大门突然开了。医生见到我，只说了三句话："孩子顺利出生。""大人情况不太好。""您跟我进来一下。"我紧随医生走进去，主治医生跟我摊牌："产后大出血，可能会切除子宫。"

纸条写下前十二个小时

突然，介入科手术室的门被大力撞开，三个医生带着几个护士，推着我媳妇冲了出来，他们朝我们大喊："赶紧！去前面按电梯！！赶紧！！！"

我听到后像触电一样弹起，沿着狭长的医院走廊猛跑，一边跑，一边回头大喊："电梯在哪边？左还是右？""左转，右转，最后左转！"

我用百米冲刺的速度闷着头跑，心像掉进了万丈悬崖，到了拐弯处，我回头一瞥，后面乌泱泱一群人，在我身后二十米。

医生和护士推着我媳妇跑得很快，那个担架车快得就像要散架一样，发出"稀里哗啦"的响声，上面挂的几个血袋也跟着飞甩，差点掉出去。

其中有个小护士，一边跑，一边用手按着我媳妇的呼吸面罩。

我按了电梯往上的按钮，电梯来的时候医生正好推着媳妇到了面前，门一开，我和车同时抢了进去，医生护士随后。

我赶紧按了关门键，电梯上升的时候，大家都沉默了，一个个大口喘着气。我低头看她，她已经没了生气，感觉不到呼吸，身体完全不动。

电梯一出门就是重症医学科病房，那三个鲜红的字母——ICU。

纸条写下前十一个小时

这是我第一次进到ICU，医生交代："病人产后出现大出血，我们医院调集了产科、介入科、ICU的医生和护士正在抢救。一些手术现在需要家属签字。"说完就递给我们一堆纸，我想都没想就全签了。

把孩子安顿在新生儿病房后，我又返回了ICU。这个时候医生跟我说了下最新情况。我现在是明白了，媳妇身体内有两个战斗，一方面要止血，让血液凝固，不然会失血过多；另一方面也要让血液流动，防止血栓。简直是不可能的任务。

医生问我："进口药几千一支，效果很好，要不要用？因为医保没办法报销。"

我回答："您尽管用，不要问我。"虽然这么说，我心里是没底的，最后到底需要多少钱，存款已经不多了。但下一秒我就下了决心，大不了把房子卖了。

纸条写下前七个小时

第一次迎来好消息。有个医生出来跟我们说明最新进展。

他说，情况稳定一些了，虽然出血还没有止住，但我媳妇的命，目前看来是保住了。

医生说的话里，有一句话，像雕刻在我心里了一般："现在大概，打了个平手。"

我明白，医生指的是，他们和死神，打了个平手。

后来我才知道，媳妇她在生产完大出血，被推入介入科做子宫动脉栓塞的时候，出现了狂暴的现象。她用尽全力想要拔掉身上的氧气，拼命想翻身下床，还是几个男医生合力才把她按住，这是人体失血后的正常反应。

后来手术做完，媳妇已经休克了。当时医生全愣了，好在指挥抢救的一名女医生马上回过神，非常坚定地说："送ICU，现在就送ICU，那儿可以救她！"

纸条写下那一刻

媳妇醒了。她想叫我，喉咙出不了声。护士给她一张纸，她只写了两句话。第一句是"宝宝还好吗"，第二句是"李涛（我的名字）在外面吗"。

我看到这张纸的时候，心脏开始剧烈跳动，随后，泪水像止不住一样，“哗哗”地往下流。

我让护士跟她说，宝宝很好，我就在门外等她，离她很近。等能探视了，我就进去看她。

短短几句话，正常说起来可能不到五秒，我却花了足足五分钟，因为我的喉咙一直很紧，哽咽到说不下去。

纸条写下三小时后

终于等到了探视的时间。眼前的她，全身浮肿，比她怀孕生产的时候，还要肿。

我轻轻地在她旁边坐下，去牵她的手。这是一双怎样的手啊！每个手指都像胡萝卜一样肿！这连弯曲都费力的手，究竟是怎么拿住笔，写下那张纸条的……

我深呼吸了几口，对她说：“宝宝没事，是个男孩！等你病好了，咱们一起回家！”

她目光柔和了一下，但突然，眼泪奔涌而出，脸色焦虑不堪。

我一愣，明白她是担心我为了不让她操心，故意说孩子没事。我赶紧解释，这次她终于放心下来。

出去后，医生向我们说明了一下情况。她现在虽然醒了，但依然处在危险期。目前各个脏器的指标都很差，非常差。

听完这话，我并不惊讶。我早就有了足够的心理准备，大不了就是带着孩子和残疾的老婆过下半辈子。

纸条写下第二天

早上起来，我去新生儿病房探望儿子，却被告知，今晨血检的时候，儿子被检测出感染了炎症！医生说需要住院观察，不能马上出院。

第二天一大早，儿科那边打电话说，儿子吃了消炎药以后，指标正常了，可以抱回家了。同时ICU那边也来了消息。媳妇终于可以摆脱呼吸机了，医生让我们给她带点流食。直到这个时候，我们紧张的神经才松弛下来。

后来，媳妇从ICU转到了普通病房，她的情况一天天地在好转。到了第九天，医生说我们可以出院了。

这，就是这张纸条的故事。

韩颂摘自观察者网

图：小柯

【后记】医生最终的诊断是羊水栓塞。对于医生们的救命之恩，我们一直不知道如何报答，感激之情亦无法言表，思来想去，还是按着老路子，送了锦旗给产科和ICU。现在我们家里，每天都是欢声笑语。

地行记

@陈春成

一天晚上，月朗风清，清秋天气，我像做贼一样潜进公园。我沿湖走了一段，折入一条曲径。我左一看，右一瞅，没人，“咕叽咕叽”念了段咒语，纵身一跃，翻腾一周半，垂直入土，姿势满分。刚下去时眼前一黑，但片刻后便能视物，土在我眼中都是透明的。

当初决定考地行证时，大家都劝我别去。猫头鹰说不如跟它学入定术，利用碎片时间补足睡眠，可实用了。猫让我加入它们的春夜唱诗班，陶冶情操。狗劝我跟它学天鼻通，年卡八折。我说：“你们懂什么？地行术妙用大着呢。遇上大堵车，我‘嗖’一下从街这头下去，‘唰’一下在街那头出来，省下多少时间。没准在土里游着游着遇到古墓、宝藏什么的，金矿就更好了！”

这晚我在公园地下畅游着，左右徜徉，好不快活。忽然看到顶上一道银辉，细长缥缈，恍若星河，我浮上去看看。原来是道路拐弯处的绿化带，草坪斜着被人踩出一条捷径，月光从那里倾泻而下。这时一对人影从上面走过，是对深夜游荡的情侣。

要知道各种法术，施展时最忌动杂念。这是培训时反复讲过的，没想到我也着了这道，凡心已起，

11. 答案：七年战争。

来不及了。我顿时只觉得眼前黑暗，周身紧迫，这下被困在土里了。

我拼命挣扎，哪里动得了。那女生停下脚步说："咦，好像有点地震？"男的说："有吗？我怎么没感觉。"两人便走远了。我在下面越紧张越是动弹不得。赶紧闭眼调息，默背了一段清心普善咒，渐渐心虑澄明。伸一下胳膊，能动了，土又像液体一样，轻盈又透亮了。

好了，我该上去了。往上游比较累，划拉了半天，怎么还没看见亮？我心里有点慌。一直上升到尽头，还是黑漆漆一片，我手一摸，硬邦邦的，是混凝土。隐隐听到一点车声，应该是游到了马路下边。

我游啊游，不时要避开深入地下的水泥搅拌桩、水电管道之类。也不知游了多久，上头就是看不到亮。难道我就要被活埋？绝望了，我用尽最后的力气，闭上眼一阵猛游，使出毕生功力，整个人像潜水飞弹一样直射出去。最后划不动了，我就借着惯性向前推进着，慢慢减速。死亡的土腥味渐渐泛上来，眼前模糊。土越来越稠，大地的压力从四面八方涌来。一刹那，我觉得眼皮有点透亮，艰难地睁开，上头竟然平展着好大一片清光，晃荡不已。我仿佛向以后预支了一点力气，双足向下一蹬，向那片光升去。

探出脑袋的一瞬间我猛吸了一口气，结果呛个半死。半天才反应过来这是水底，我又拼命往上游了一会儿，这才把脑袋探进空气里。呼吸匀整之后，我四下望望，原来公园的西北面有个湖，我刚才乱跑到公园外面去了，运气好，又乱闯进来，从湖底的淤泥里钻了出来。好险！

爬上岸来一身都湿了。我抱着肩，滴着水，一路小跑回家。

路过大树下的草坪，撞见两拨猫在对峙。一只橘猫叼着草茎说："你们一再砸我场子，到底几个意思？知不知道湖心街只能有一个浩南？"另一只白猫毛发飘飘地说："月圆之夜，你来得正好。"杀气腾腾间，我正巧从中间狼狈地跑过。有几只猫认得我，围过来问明经过，两群猫都"喵喵"大笑起来，架都不打了。我回到家，洗完澡躺进被窝，后半夜就发了烧。从此再不敢轻易地行了。

摘自微信公众号深山电报站

图：恒兰

【请您续写】您有地行证吗？您在地下有过哪些奇妙的经历？欢迎您为故事的主人公续写地行奇遇。投稿邮箱：836361585@qq.com。

丸子的朋友圈

快递员小马

为了娶上媳妇，我坚持买了三年体育彩票，中得最多一次也就五十块钱，所有人都嘲笑我白日做梦。今天，我终于和那个卖彩票的姑娘确定恋爱关系了。

丸子：恭喜恭喜，曲线救国啊！
王大脸真的不是女汉子：请客，见者有份！

金融小王子刘思聪

前两天我去面试，面试官问：“你毕业才两年，这三年工作经验是怎么来的？！”

我只好回答：“加班。”

丸子：我觉得好有道理，无法反驳！

王大脸真的不是女汉子

其实想说，有个男朋友还是蛮好的……

丸子：大脸有情况？
郭美眉：你终于意识到男朋友的重要性了？
王大脸真的不是女汉子：至少在水管爆裂的时候，他可以给我递下扳手……

哲学系二师兄

快到七夕了，昨晚我在楼下买东西，老板问我：“先生买花吗？”

“买花干什么啊？”

“买花送女朋友。”

我只好问：“哦，买多少花能送个女朋友啊？”

就是爱历史（德国）12. 普鲁士什么时候才正式作为一个王国存在的？

快递员小马：还是学我买彩票吧。

郭美眉

昨天和闺密一起逛街，我突然感觉肚子不舒服，闺密居然问我：“那你的那份儿冰激凌还吃吗？”

丸子：是大脸的风格。
郭美眉 回复 丸子：气死我了，于是我默默地跟在她后面，一边走一边踩她的影子。
王大脸真的不是女汉子：就吃你个冰激凌，至于嘛！

丸子

大家还记得自己小时候说过，长大以后想做什么吗？

郭美眉：我说我要做科学家，为老百姓做贡献！现在我为马云做贡献！
金融小王子刘思聪：我记得我要做警察，为老百姓除暴安良！现在我为老板两肋插刀！
王大脸真的不是女汉子：我小时候想做一名医生，为老百姓治病。现在自己一身是病……
丸子：还是我明智，从小就只想做老百姓！

哲学系二师兄

突然发现数学的用处。如果在微信上找到个美女，记下你的位置和你们俩相距的距离，关注一下，再换两个位置重新记下距离。

以这三个点为圆心，分别以三次相距的距离为半径画三个圆，美女的位置就暴露了。

金融小王子刘思聪：学习了。

大老板张富贵

昨天，我想在自动售货机买一罐饮料，却发现自己没有零钱。我就挥手叫停了一个路过的下属，问他：“你有十块钱零钱换吗？”

下属很愉快地说：“我想我有的。让我看看吧。”

我严肃地对他说：“不能这样对老板说话。我们重新来一次，你有十块钱零钱换吗？”

下属立正，微微鞠躬，然后说：“没有，老板！”

郭美眉：……

宇宙最全 女子图鉴

北京 & 上海

@十三妹丁无畏

/去年《东京女子图鉴》大热，
/今年《北京女子图鉴》《上海女子图鉴》又接连上线。
/有人吐槽，都是中国，
/还非要分个北京女子和上海女子，
/到底有什么不一样啊？

ROUND1 名字

沪漂女

沪漂女的名字，绝对是个谜。走进一间上海的公司，你会仿佛身处异国。Vivian 有三个，Lily 有两个，Cindy 本来有四个，3unshine 火了之后，Cindy 又纷纷改成了 Coco、Mindy……

北漂女

北漂女不一样，跟外商介绍自己，都习惯连名带姓。

我有个朋友叫王晴，公司里比

12. 答案：勃兰登堡选帝侯腓特烈加冕成为普鲁士国王腓特烈一世。

她小的叫她王姐、晴姐，比她大的叫她小王、小晴。关系好点的叫她大晴子，一不小心以为是在拍乡村爱情。

ROUND2 故乡

沪漂女

沪漂女的故乡，你永远无法辨别，除非是在二线城市有别墅，否则她们的朋友圈里，连春节期间都从未出现过“回家”二字。老家是什么？不存在的。

北漂女

而北漂女，来公司第一天，身世就被摸了个底儿掉门儿清。“你也是浙江的？”“啊，你妈是湖南人啊。”“新来的实习生认识一下，你老乡，多照顾照顾。什么？大连不在山东？没事，差不多。”

北漂女的世界里，就没有攀不上的老乡。

ROUND3 语言

沪漂女

千万不要问沪漂女会不会说上海话，真正的沪漂女都说英文。不用多，几个单词就行，也不用太难，四级水平够用。“这个项目我等下push，谁还有新的idea？”“明天的酒店要几点check in？”

至于上海话，“好哦”“懂不啦”等缀语偶尔出现就好，让人明白你在上海打拼多年，已经完全融入，就够了。

北漂女

在北京，日渐满口京腔是免不了的。跟人开玩笑时称对方“您”，说话之前先来句“嗐，这事儿……”起范儿。

不管你来自天南还是海北，只要有一口京腔，我们就是北漂的好姐妹。

ROUND4 加班

沪漂女

沪漂女是不会加班的，这辈子都不可能加班。加了班也不会让你知道。靠努力才赚那么点钱，实在是太丢人了。

敷着面膜赶完方案，一定要发一条“下班回来后就追剧追到现在，李钟硕也太帅了吧”。再累也不能说，不然别人怎么会羡慕？

北漂女

北漂女眼里，加了班而别人不

知道，等于没加。就算今天加班是为了明晚去蹦迪，也必须营造出“我很努力”的假象。

朋友圈里发“你见过凌晨四点的天空吗”的人，十个有八个是北漂女。加班是必须要秀的，不然你过得这么好，别人还不得以为你被包养了？

ROUND5 衣服

沪漂女

再冷的天，也必须用一件呢大衣 hold 住。加绒裤袜是不能穿的，谁让自己没好好减肥。冷？忍着！

所有的衣服都只能穿一季，春天一到，它们就会被挂上咸鱼，毕竟要回血，留着第二年买新款。

沪漂女的世界里，是不存在“撞衫不可怕，谁丑谁尴尬”的。只要撞衫，就是自己的失败。

北漂女

北漂女当然也拒绝撞衫，可是别人有的，自己也不能少啊。

近年不知道哪个傻子掀起了加拿大鹅的热潮，办公室里人手一件。这让穿着波司登的女孩简直抬不起头。

就算月薪不到一万，也得借钱买一套。边买边安慰自己，一件加拿大鹅八千多，能穿五十年，一年不到两百，便宜！

但外面没那么冷，办公室的暖气又没那么暖。套一件大鹅，走在街上热，脱下大鹅，坐在办公室又冷。可有什么办法呢？得多穿几次，才能值回一年两百块啊。

摘自微信公众号
ONE 文艺生活
图：小黑孩

【讨论区】北漂女孩爱潇洒，沪漂女孩爱漂亮，不知不觉就迷上这两座城市。你认识的漂在大城市的男孩女孩们是这样的吗？赞同请按1，反对请按2，左转请进96页读者圈，童言无忌畅所欲言！

电子邮箱

编辑部 wenzhaiban@126.com
田　芳 greygrass527@sohu.com
蔡美凤 836361585@qq.com
詹明瑜 2849918798@qq.com
胡　捷 gxy1987@foxmail.com

就是爱历史（德国）13. 普鲁士是在击败哪个国家之后成为欧洲列强之一的？

泥火山

@傅 真

这个五层楼高的土堆就是哥伦比亚最高的泥火山，它温柔地“咕嘟咕嘟”地吐出泥浆——地下腐烂的有机物散发的气体压力导致了这种现象。

大家纷纷脱到只剩泳衣，从一侧的木梯爬上顶端的泥火山口。我也迫不及待地跳到了泥火山中。

厚厚的泥浆温柔地将我包裹住，它不冷不热，黏稠度好似酸奶，又或者是融化的棉花糖？我的双腿漂了起来，泥浆自然地托举着我的身体，令我无法下沉。

泡了很久，是时候去洗澡了。我和铭基抹着眼皮，掏着耳朵，泥浆四溅地走下木梯，走到附近的一个湖里准备清洗自已，几个提着大塑料桶的当地女人立刻朝我们扑了过来。

“蹲下！”一位大妈对我吼道。我赶紧顺从地蹲在湖里，水面刚刚浸到脖子。铭基也被另一个女人领走，同样狼狈不堪地蹲在不远处的湖水中。

一桶接一桶的湖水从我的头顶直浇而下。大妈大力地揉搓我的头发，手指插进我的耳朵里，泥浆和细碎的泥块如雨点般落入水中。

根本来不及反应，我身上比基尼的上下部分突然被大妈粗鲁地拽下，她把比基尼搁在水面上猛甩狂抽，想洗掉上面的淤泥。

天哪！我从未想到泥火山之行还包括被当地人脱光衣服这个部分，还好湖水是浑浊的。大家都心照不宣地低着头，避免眼神接触。

正如除下时一般突兀，我的比基尼又被大妈穿回原处。我松了一口气，从水中站起来——嗯，感觉的确比来的时候清爽多了。

正当我踉踉跄跄地朝岸边走去，准备走回大巴的时候，不经意间一低头，最后的“惊喜”再次令我浑身一哆嗦，立刻扑入水中——我的比基尼被大妈穿反了……

惜茹摘自《最好金龟换酒》

中信出版社

三个关于欲望的小故事

@雾满拦江

一

我有个朋友，办了张健身卡，每天健身，享受一种优雅而健康的生活，一个月下来，成功地……胖了二十斤。

为什么越运动，越肥胖呢？

健身房隔壁，有家火锅店，凭健身卡打八五折。所以他每次运动之后，饥肠辘辘，都会不由自主地走进去。火锅店老板把店面开在健身房隔壁，利用健身者不想亏待自己的补偿心理，生意做到火爆。

朋友忍不住好奇，想瞧瞧这个老板长什么模样。终于找到机会，见到了火锅店老板。然后他吃一惊。

猜猜这位火锅店老板是谁？

二

有位医生值夜班。

忽然间外边嘶喊连天，几个人抬进来一个血人。

原来是位兄台，跟朋友们喝酒时，说起伤心往事，情绪激动，大哭着一拳击碎了玻璃，导致肱动脉被割断，血如泉涌，所以被酒友们抬到了急诊室。

医生急忙救治，不承想患者抵死不配合，拼命挣扎大哭大闹：“不要管我，让我死吧，我就是个垃圾！”

……垃圾也得回收啊，对吧？

13. 答案：法国。

医生勉力用手按住患者动脉，但患者又哭又闹，根本无法救治。

恰巧这时，主任医师进来，就吩咐值班医生："松手，你松开手。"

医生："松开手，血就止不住了。"

主任："你甭管，听我的吩咐，松开手。"

医生只好松手，看着患者的鲜血喷泉般地狂涌。

就见主任医师凑近患者的脸，口齿清晰地说："你还能再活十五分钟，有什么遗言，抓紧时间说。"

"……啥子？"患者瞬间酒醒，"医生我不要死，救救我，求求你救救我！"

主任："老实躺好，不要乱动。"

患者立即如躺尸般，一动也不动了。

顺利包扎，救治成功。

三

有位兄台，半夜忽然接到多年失联的旧友电话。

旧友劈头说道："兄弟，我老婆怀孕了。"

兄台："……真的不是我干的。"

旧友："……谁说是你干的啦？那是老子自己的！"

兄台："不好意思，我也没钱，这段日子全靠啃爹妈活着，真的帮不了你。"

旧友："……我还没说话，你咋就把门封死了呢？"

兄台："就算我不了解你，还不了解男人吗？多年没联系，半夜突然打电话说老婆怀孕的事，不是怀疑我，就是借钱呗。你说是不是……咦，嘟嘟，你那边怎么挂了？"

四

第一个故事，开健身房的老板在经营中发现了一个秘密：健身并不是人的欲望，人是为了满足欲望，才强制性地健身。

所以他利用人性的补偿原理，开个健身房，再搭火锅店。你看这两样东西不搭界，但却彻底地抓住了人性的本质。

第二个故事，患者喝嗨了，乱打乱闹妨碍救治，所以主任直接唤醒他的求生欲望，立时让他小绵羊般顺从。

第三个故事，接到电话的兄台，看得太穿太透，两句话就怼回去了，让对方没法儿继续提出诉求。虽然他一眼洞穿了对方，但如果语气再委婉些，就更好了。

孤山夜雨摘自微信公众号雾满拦江

图：恒兰

骆宾王：我的每一段人生，都是一篇100万+的爆文

@楚　桥

一

七岁那年，住在乡下的骆宾王家中来了一位城里的客人。客人逗他："小家伙，平时都玩啥呢，会打王者荣耀吗？"骆宾王直摇头。

"哦，那肯定在看动画片吧？别老看国产片，得来点英文原版的。"骆宾王突然冒出一句："我喜欢写诗。"

客人几乎笑掉大牙："你是上了个什么国学班吧？都什么年代了，该去学点高尔夫和马术啦。"

骆宾王没有理会，指着远处池塘里的一群白鹅，张口就来：

鹅，鹅，鹅，曲项向天歌。

白毛浮绿水，红掌拨清波。

客人瞬间惊掉了下巴。

次年秋天，县里举办童子科考试。骆宾王再次艳惊四座，写出了一首《玩初月》：

忌满光先缺，乘昏影暂流。

既能明似镜，何用曲如钩。

如果说，《咏鹅》是一幅童趣满满的画卷，《玩初月》则是一篇富含哲理的格言。

这就厉害了。

想想很多人，八岁的时候，看着月亮，能够咿呀两句"月亮粑粑，肚里坐个嗲嗲"，就可以让父母笑开了花。等到了七老八十，终于能凑齐五十六个字，就会摇头晃脑，到处炫耀自己会写诗。

这样一比的话，真的好扎心，《你毕生努力的天花板，还到不了别人的起跑线》。

二

十八岁时，骆宾王的父亲去世，家里的生活更为窘迫。

四年后，骆宾王赴京赶考。在

就是爱历史（德国）14. 1815年德意志邦联成立，哪两个邦国最强大？

那个考试不糊名的年代，考生的名气，是能够为自己加分的，许多人便将更多的功夫，用在考场外。

骆宾王既不认识皇亲国戚，也不屑于作秀包装，总认为考试的小船，自己一个人也能划，结果自然名落孙山。

冷静下来，骆宾王终于明白，《为什么寒门难出贵子？因为考试拼的不仅仅是知识》。

三

落榜后的骆宾王，经朋友推荐，在右卫军中，谋了一份差事。虽然职位很低，薪水不高，但好歹能落个帝都户口。再说了，这么热的天气，能在京官的办公室里，吃着西瓜，吹着空调，夫复何求。

让他没料到的是，人生的第一份工作，还没有熬完最低五年的服务期限，就被炒了鱿鱼。

当时的长安城，游乐场所众多，斗鸡、赌博、杂耍随处可见。年少的骆宾王，经常背个琵琶，唱着“原谅我这一生不羁放纵爱自由”，呼朋引伴，流连其间。

直到有一天，他们这伙小文青，在赌场遇见了一帮杀马特，两个互相瞧不上的群体，那一刻，偏偏又深情对视了几眼。

“你瞅啥？”

“瞅你咋滴！”

“噼里啪啦”，一言不合就开打。

号称“诗剑传家”的骆宾王，当然不甘落后，立刻大显身手。还没打够，便听得一声怒吼，巡街的官兵将他们全都抓走。最终，骆宾

王以行为不端的罪名，被开除公职。

骆宾王的此段经历，便成了鸡汤文中的反面典型——《你的不自律，正在慢慢毁掉你》。

四

心灰意冷的骆宾王，只得收拾行囊，准备返乡。途中，偶遇道王李元庆。李元庆邀请其担任王府录事，负责起草各类公文。本就妙笔生花的骆宾王，从事这样的工作，自然如鱼得水，游刃有余。

道王主政的豫州，老百姓的生活水平差不多等同于非洲，到了骆宾王的笔下，却秒变欧洲。这样的奏章呈上朝堂，自然龙颜大悦，骆宾王也因此深得道王倚重。

唐朝有个规定，王府官员任职，最长不得超过四年。到了第三年，道王让骆宾王写篇个人小结，自述所能，也就是介绍一下自己的特长、身高、三围、长相、酒量、文章什么的，好在次年离职的时候，能让吏部重新安排，定个好一点的职位。

骆宾王却不愿接受这份好意，反而大谈“自举用人”的弊端，顺带对道王进行了一番花式挖苦。

于是乎，四年期满，骆宾王就直接回了老家，只留下道王一脸的尴尬。好吧，《你不是说话直，而是情商低啊》。

五

离开道王府，骆宾王回到了兖州，十年间，一直寄情山水，把酒言欢，闲云野鹤，逍遥快活，留下了不少诗作。

但生活不只有诗和远方，还有眼前的苟且。

骆宾王上有老母，下有妻儿，几亩薄田，无法维系生活，已经四十九岁的骆宾王不得不重新思考人生。

公元665年，高宗泰山封禅，要求沿途各州举荐“山野遗彦”，为朝廷所用。骆宾王便抓住这次机会，弄到了一个从九品的小官——奉礼郎。

14. 答案：普鲁士和奥地利。

干了三年后，骆宾王手头上有点积蓄了，正准备在帝都九环买套小房子，却发生了一个小意外，让他的美梦瞬间醒了过来。

一次朝会结束，上级官员例行检查，发现祭品的摆放，错乱无章。身为奉礼郎的骆宾王,因此犯下“不敬之罪”，被“停职待处”，又一次成功失业。

六十二岁那年，骆宾王被推荐为御史台侍御史，不到半年，便因为多次上疏议论朝政，触怒了天子，被捕入狱。骆宾王备感冤屈，却又求助无门，只得写下一首《在狱咏蝉》，托物言志。

好在次年八月，朝廷新立太子，依例进行大赦,骆宾王终于重获自由。

出狱后，深受武则天信任的御林将军程务挺想推荐骆宾王在长安任职。骆宾王断然予以回绝。

嗯，《“不合群”的人，高贵在骨子里》。

六

面对武氏窃国，李唐垂危，六十五岁的骆宾王仍然义无反顾，挺身而出。

在扬州，他起草了《代李敬业讨武曌檄》。凭借这一篇雄文，李敬业短短数日，就收获了十万雄兵和千万人心。

虽然这场起义仅仅三个月就以失败告终，骆宾王没能实现“宾于王”的理想，也未能驰骋沙场，封侯拜相,但这篇檄文却与王勃的《滕王阁序》一起，被誉为中国骈文史上的“双璧”,名扬天下,千古传诵。

果真，《人生没有白走的路，每一步都算数》。

七

《那个七岁写诗、八岁应试、名列“初唐四杰”的神童，后来到底怎么样了》？

比较靠谱的回答是，扬州兵败后，由于叛徒告密，行踪泄露，骆宾王和李敬业在逃亡途中被杀害。

对于骆宾王这样的结局，大家似乎都不太满意。于是，唐代作家孟棨（音同启）的《本事诗》中，便记载了一个不一样的故事。

故事终究只是故事，再有趣的演绎，也只不过是美好愿望的投映，不可当真。

田宇轩摘自微信公众号楚桥

图：小栗子

扫码看孟棨笔下骆宾王的结局

卖烤冷面的大叔

@长腿柯基

一

城大小吃街有一位卖烤冷面的大叔。多年来，他有个十分有趣的经营模式，那就是，但凡情侣一同来买烤冷面的，第二份半价。

有一次，话剧社的俩台柱子决定假扮情侣去会会大叔。不是为了贪便宜，而是为了证明自己在话剧社里那不可撼动的台柱子的身份。

“两份烤冷面，一共十二。”大叔冷冰冰地说道。

男台柱子的手搭在女台柱子的腰上，对大叔说：“大叔，我们是……”

大叔抬头看他俩，眼神犀利，好像在说：“你俩是不是情侣，自己心里没点儿数吗？”

两个台柱子被看得心里发虚，乖乖地给了钱，灰溜溜地走了。

巧的是，两位台柱子在一个学期后，因戏生情，真的在一起了。这次两人一起来买烤冷面，排队过程中却各自玩手机，完全零互动。原来，他们正冷战呢。

大叔递过来两份烤冷面：“两份烤冷面，一共九块。”

两位台柱子惊异的目光从手机上移到大叔的脸上，又移到对方的脸上。这次，两个人服了，心悦诚服。

就是爱历史（德国）15. 巴黎的二月革命推动了德国城邦什么革命的发生？

二

城大的费老师，准备从讲师升副教授，暑假依然在空荡荡的学校工作。这天晚上，他到大叔的摊子上买烤冷面。等待的过程中，费老师接了老婆的一通电话。他面色难看，压低声音对着电话那头说："我难道不是为了这个家，我到现在还没吃晚饭，你就不能体谅我吗？我们一定要走到这一步吗？"

大叔瞥见这个七尺男儿的眼镜片后，似有泪光在闪动。大叔将烤冷面递给他："小伙子，吃完面，跟老婆好好谈谈，夫妻没有隔夜仇。"

费老师接过烤冷面，无奈地笑笑。他心里清楚，七年之痒，他们怕是迈不过去这道坎了。走在路上，他狼吞虎咽地吃着烤冷面。欸？怎么越吃越甜，甜得发齁，不管了，填饱肚子才能继续工作。

暑假过后，费老师和妻子之间存在的问题竟慢慢淡化，而且比原来更加如胶似漆。

三

这年七夕节过后的一个星期，喜鹊队领班催促着鹊桥队的成员们去上工。一只喜鹊打趣道："今年老牛头又晚来了啊。"

而这一天，大叔与老婆孩子相聚了，他从怀里掏出一枝玫瑰花，递给老婆，笑嘻嘻地说："对不起了，老婆子，今年过桥费凑够得晚，只能晚来一周。"

大叔的老婆撇嘴笑："我还不知道你，一年来辛辛苦苦的，好不容易从学生娃娃那里赚来情丝，见到可怜的，又出手阔绰地把大把的情丝送出去。都怪鹊桥队的这些坏鸟，每年就知道涨价，今年的过桥费竟然涨到五万情丝了。"

"我咋能眼睁睁地看着小年轻为了爱情苦恼呢，收了小情侣的情丝，总想着也得做点好事来回报。"大叔憨厚地笑着。

"你还做得不够好啊？一对情侣有上百根情丝，你一次就只取一根，而且他们没两天就又自动再长出一根了。烤冷面还给他们算第二份半价，都要赔本了。"大叔的老婆心疼地说。

"咳，都怪鹊桥队，年年涨价。"大叔调皮地跺了一下脚，逗老婆开心。

脚下传来"叽叽喳喳"的声音，一个不满的声音响起："我说老牛头，讲讲良心噢，我们鹊桥队年年被你一家四口踩着脑袋走来走去，不要花钱治秃顶的？"

司志政摘自微信公众号睡前故事板

图：恒兰

装模作人

@猫主义

媳妇回来了，说看见一辆自助西瓜贩售车，西瓜又大又甜，才两块钱一斤，好多人围着挑，挑好了自己过秤，自己扫二维码付款。她当时穿着高跟鞋不方便拎，现在叫我跑一趟。

我默默地换鞋出门，慢跑十分钟到小公园，一眼就看见了西瓜车。那是一辆老式木板双轮车，车前套着一匹马，马脖子上挂个饲料袋，正专心致志地埋头大嚼。车无人看管，马也没有拴着，人们七手八脚地挑拣西瓜，车马兀自岿然不动，这场景让我起疑。

等到买瓜的人都走掉，我上前打招呼："老哥，这一晚上生意挺好啊。"马从饲料袋里抬起眼睛看我："哟，老乡！失礼了！"

一套马类特有的精密细微的肢体语言过后，双方确定了萍水相逢式的友好关系。他接过我递的烟，摆摆蹄子说："站习惯了，你坐你的不用管我。"时间

15. 答案：三月革命。

还早，于是我们一坐一站，开始用家乡话扯闲篇。

“你做什么工作的？”他问我。

“写代码，就是编程。”

“噢，编程，”他说，“编程我知道，高科技人才，坐办公室的。我就干不了脑力活，一动脑脑瓜子就疼，只能卖卖水果啥的。”

我说：“你这活儿也挺好，清闲，不用加班，想什么时候收工就什么时候收工。”

“那确实。以前还得算账、找零，现在能扫码给钱了，我就干脆弄成了全自助的。就是季节性太强，冬天北京的户外太冷，空气也不好。天冷了我就去海南，在景区打零工，和游客合影什么的。”他又羡慕地看我一眼，“还是你们白领舒坦。”

“舒坦什么，在小格子里一窝就是一天。天天还得穿着衣服、穿着鞋。”我想起一件往事，越发来了气，“有次加班空调坏了，还是三伏天，我汗出得浑身都打绺儿了，想着反正没有人，就打个赤膊吧，谁知来了个同事瞅见了，你猜他嚷什么？——屋里进来一头驴！”

“啐！驴和马都分不清？你没给他一蹶子？”

“当时还真想。一站起来，他认出我来了——白哥，是你啊，真是对不住！好一顿赔不是。”

“现在的城市人真是一代不如一代了。前几天有个带孩子买瓜的妇女，孩子问他妈妈西瓜这么重从树上掉下来砸到人怎么办，他妈妈说——西瓜和地瓜一样，是从土里挖出来的，你看这瓜皮上不是还有泥嘛。”

“呵，真会想当然。”

老马不以为然地咂一下嘴，颇有深意地摇动双耳：“没那么简单。”

看我一头雾水，他耐心解释，“她说话的时候瞟我一眼——瞟我一眼你懂吧？就像这样。还不懂？太明显了这意思，是嫌西瓜皮上有泥，压秤了。呸！我最瞧不上这种人，有话不直说，阴阳怪气。再说瓜皮上有泥怎么了？刚从地里摘的瓜。没有泥，这么好的瓜能只卖两块钱一斤？”

“会不会是你想多了？”

“我看人看事错不了。”他冷笑，“老弟，莫怪我说话直，一看你就有些老实，不清楚人和人之间这些这些……”他努力寻找词语，“这些曲里拐弯的。不是别人想得多，是你想得少。你还年轻，在大城市里工作，遇事不多想想，不学着装模作人，就只能一辈子给人当牛做马。咱们知道自己是马，可别人也

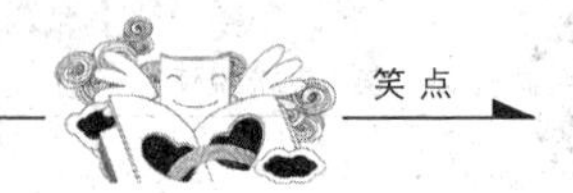

不一定是人……”老马靠近我一步，开始旁征博引地教我做人经验。

我不好泼冷水，只能机械地表示附和。小公园渐渐空了，连跳舞的大妈都开始收拾东西回家……

瓜拎走——我宕机的大脑突然接到这样一条指令。一番紧张的回忆和对空白信息的推测之后，我大致搞清楚，老马哥是要走了，临走前要送我个瓜。

我赶紧站起来要付钱，结结巴巴地解释我是来买瓜的，不能白拿，而且我还要再买一个，因为媳妇让我买两个瓜。

“你买的是你买的，这个是老哥我送你的。”

于是我就买了四个瓜，因为觉得买两个送一个不好意思，最后一共五个瓜，装在老马哥额外赠送的麻袋里，压在我肩上。

老马哥和我道别，拉起木板车，打个响鼻，很快消失在反方向的夜色中。而我步履沉重，走了二十五分钟才到家，身上被蚊子叮了五个包。

“开门，我回来了。”我双手扶着肩上的麻袋，用脚踢门。

“谁啊？瞎叫唤什么？”

我改回普通话说：“是我，我回来了。”

“怎么才回来？嚯！你买了多少！”

“卖瓜的是老乡，照顾老乡生意。”

“那也不能买这么多啊，咱家就两口人，吃不完就烂了，这不是糟蹋东西嘛……”媳妇个子不高，但是脾气火暴，肢体动作激烈，跳起来能打到我的头。

“不学着装模作人，只能当牛做马。”

——这句话猛然在我的脑海中亮起，镀着金边。

“实践是检验真理的唯一标准。”

——还有这句话。

于是我决定检验检验，就从我媳妇开始。我昂首挺胸，五个西瓜在肩头扛得端正，宛如一个正义凛然的炸药包。从小到大听过的所有事理人情、风俗谚语在胸中汹涌澎湃，争先恐后地要冲破喉关，阐述这五个西瓜的合理性，表彰我扛它们回家的功劳和苦劳——

“还站在门口干什么？放蚊子啊？瓜放厨房，好好洗手，准备吃饭。”

“好嘞。”一万点星星之火齐齐熄灭，我俯首帖耳。

风吹草低见牛羊。

司志政摘自《感悟》

图：恒兰

就是爱历史（德国）16. 标志着德国开始统一的历史事件是什么？

故事 胡凡小姐的

@席慕蓉

胡凡小姐实在是个很奇怪的同伴。她每天七点整一定已经来到饭厅了，进门第一件事，便是去摸窗边的暖气，然后她会仔细地挑选一个她认为最温暖的角落坐下来。

她这一天便差不多都会固定在这个角落上了。我们平日上班上学的时候，她也一个人待在冷清清的餐厅里，面前一杯咖啡。

有一天，我们正在谈论着男朋友和未婚夫之类的话题时，她也在一旁尖着耳朵细听，安妮忽然对她蹦出一句话来："胡凡小姐，你有没有未婚夫？"

"有过啊。"她很快地回答。

"别唬人！拿相片来看才信你。"安妮恶作剧似的笑起来。

头一次，胡凡小姐不跟着我们傻笑了，她装作好像没听见似的低头喝咖啡。我们觉得很无趣，就都站了起来，散了。

暑假里，我在比利时东部的山区里消磨了一天。当我正想走上一条很狭窄的山径，单独去寻幽探胜的时候，一个比利时朋友叫住了我。

他告诉我山中多歧路，很容易迷途，尤其是冬天。

他说这话的时候，正是风和日丽的夏日正午，我实在不能想象这样美丽的森林还会有另外一副恐怖的面貌，我也不愿想象。

回到宿舍，走过法兰西丝的门前时，看见三四个女孩子正围坐在地板上闲聊。

“嘿！阿蓉，你今天到哪里去了？”法兰西丝一面问我，一面拍拍她身旁的空地。我报告了今天的行踪。“嗨，说个秘密给你们听好吗？”法兰西丝忽然想起了什么来，“是关于胡凡小姐的。”

“你们别看胡凡小姐现在这个模样，她年轻时可是个出了名的美人哩！她的相片还上过报纸。

“大概在四十多年前，胡凡小姐和同村的一个男孩子订了婚。他们两家住得不远，就在阿蓉今天去过的那个山区里，两家的中间，隔着一片森林。

“他们订婚的那一天，照了很多相片。在几天后的傍晚都冲洗出来了。男孩子从镇上下了班以后，就把这些相片都带回来了。那几天山区正在下雪，天又快黑了。男孩子自恃身强体壮，又自信对这森林了如指掌，于是就兴冲冲地带着相片献给爱人去了。

“他进了那个林子以后，母亲整夜都无法合眼，天刚亮，就四处央人去帮她找孩子。

“男孩子找到了，就在一片枯树林中，一条他们平时最少走的路。怀中的相片上微笑的情侣再也无法相见了，相片却被记者拿去登在报上，赚了很多读者的眼泪。

“胡凡小姐就出了名了。后来，她一个人离开了家，就是在那个时候搬到我们这个宿舍来住了。可是，她几年后就离开了宿舍。

“有一天，她又回到宿舍了，她变得很苍老，在附近找了个房子，每天三餐回来吃。就这样又过了十几年。”

法兰西丝说完了她的故事，我们都呆了，房间里很安静。

胡凡小姐的爱情故事，不正是我最爱看的那一种吗？假如搬上银幕，最后的镜头应该是一片白茫茫的森林，女主角孤单落寞的背影越走越远，美丽的长发随风飘起，悲怆的音乐紧扣住观众的心弦，剧终的字幕从下方慢慢升起，女主角一直往前走，没有再回过头来。可是，我看到的剧终，却完全不一样了。这样的剧终，虽然是真实的，却很难令人欣赏。

自此以后，在胡凡小姐的面前，我再也不唱那首我一直很爱唱的法文歌了：

爱的欢乐，
只出现了一会儿，
爱的痛苦与悲哀啊，
却持续了整整的一生。

李金锋摘自《北方人（悦读）》

图：小柯

16. 答案：俾斯麦出任首相。

我的西班牙朋友马小平

@王逅逅

他忽然把手机递给我，“兄弟，不好意思，我女朋友要你跟她说两句。”

我接过电话，听到一个很急促、低沉的北方女声：“马小平呢？”

我：“哦，他就在我身边呢。”

女声缓和了下来：“你们在健身房呢？”

我：“嗯，是的。”

奇异博士

那天，我加完班，准确地说是刚被我的女上司骂完，晚上十一点在24小时的健身房举铁。

“嘿。”一个外国男人走过来，友好地用中文说，“很抱歉打扰你，我的手机没电了，我可以借一下你的手机打给我女朋友吗？”

“好啊。”我把手机从口袋里拿出来给他。

他拨了一个电话：“嘿，宝贝儿，我还在健身房呢。什么？宝贝儿？”

她在电话那头“嗯”了一声，就把电话挂了。

这就是我跟马小平的第一次会面。马小平是西班牙人，他的名字来自他的东北女朋友，当他俩在三年前遇见的时候，她正在Zara里头血拼。

“你给我起个中文名字吧。”马小平用他能够融化人的黑眼睛看着东北姑娘。

“我喜欢shopping（购物），那你就叫小平吧。”姑娘头都没回，说。

我经常十一点下班，马小平就约我一起去健身房。我的制片人老板朱萤每天对我进行各种无端泄愤，而马小平则每次都很耐心地一边做深蹲一边开导我。到了后来，这个女人晚上给我发信息我都不愿看，直接丢给马小平让他帮我回。

马小平说："我原来学的就是电影编剧，我当时还去念了一个博士，因为我想在大学里教书。"

马小平还说，"我最近想拍一个纪录片，自己写剧本自己拍，你要是想看的话，我可以把粗剪版本发给你。"

当幸福来敲门

一个周五的下午，他给我发信息，问我想不想去他家里吃饭。

他住在一个老式的小区里，从贴满小广告的单元门里爬到六楼才到他的家。

我们的晚餐基本上是我跟马小平在聊天，他的女朋友给我们做饭，做了一大桌。

趁女孩还在厨房里做饭，马小平跟我聊了聊他的女朋友——她出生在一个很穷的东北家庭。她跟马小平对于电影的爱好，让他们走到了一起。今年是他们交往的第二个年头，他们非常幸福。

大概过了几个月，朱萤突然间也有了些改变。她慢慢地每天上班都开始有了笑容。

我听说她是谈恋爱了，甚至有的时候都会收到花。然后，她每天都会在那看着手机发笑，骂我的次数也变少了。

晚上再在健身房见到马小平的时候，我跟他说："哥们儿，我觉得我的人生要真正开始了。办公室里人都觉得她谈恋爱了。我们觉得吧，她只要一谈恋爱，肯定就会尝到这种甜蜜的滋味，然后完全变一个人啦。"

"嘿，现在正好是你争取升职的好时机。你得等她开心的时候，就敲敲她的门，然后进去，跟她直接说你想要什么。"

于是，在一个早晨，我敲敲朱萤的门。

我说："朱老板，我想跟您谈点事情。"

朱萤连头也不抬，她想把我调到上海去。

我坐在那里，说："但我和我的女朋友在北京已经买了房子，都快结婚了，我怎么能到上海去呢？"

她总算是抬头了。"小吴，"她说，"你回去好好想想吧。"

第二天，我就辞了职。

就是爱历史（德国）17. 1871 年，德国完成统一，新成立的帝国被称为什么？

无间道

一年以后的一天，我陪老婆买衣服，在Zara里看到一个女孩。

我想了想，那不是马小平的女朋友吗？“哈喽，小平女友。”

她看了我一眼，似乎在努力回忆我是谁。“哦，我早就不是他女朋友了，你有什么他的事，甭跟我说。”

我说：“哎，你们俩不在一起了呀？”

她歪着脑袋说：“我们俩早不在一起了。我给他付了六个月的房租，他到最后还欠我几万块钱呢。老娘养了他两年，受够了，分手了。”

“哎，那他现在还在拍他的纪录片吗？”

她“扑哧”一下笑了：“你真的觉得现在搞电影就那么简单，拿一个手机出去，到名胜古迹晃晃，就可以拍出一个纪录片？送国外去就能获个奖啊？我可是正儿八经北影毕业，做了这么多年电影的人。他那纪录片啊，根本就不行。”

我惊讶地说：“他不是电影博士吗？”

她又笑了：“那都是他胡乱说的。”

我更加好奇了：“那他当时给我推荐的那些电影、那些书和理论，听上去都可科班了。”

东北女孩儿一翻白眼：“这还不都是我告诉他的？我每天在家里工作，他又没事干，就在我旁边坐着。我跟客户讲的东西什么的他都听过一百万遍了。”

我说：“啊！原来他没有工作呀。”

“有工作的人能每天六七个小时泡在健身房里吗？”

“那马小平现在怎么样了？”

“马小平以前也说过，玩了这么多年，应该结婚，安定下来。我听说，他现在跟了个有钱的老女人。”她撇撇嘴，“而且，这个老女人脾气特别古怪，平时也不怎么跟人交流，我都不知道他什么时候背着我搞到了她的微信。他俩背着我，愣是聊了整整六个月。我后来发现的时候，直接就分手了！”

我被这个故事惊呆了！

后来，我登上了原来公司的网站，朱萤换了英文名字，在新的头像里笑得很灿烂。

我的职位给了这一排最底下的一个白人，刚入职一年。

点开他的头像，我定睛一看，那是一张熟悉的脸，睁着温柔明亮的黑色眼睛，站在黑色的幕布前面，笑着，看着我。

朱权利摘自《one・一个》

图：点点

赵高：一个家庭教师的逆袭

@华 伟

赵高最初出现在公众视野，是因为他被嬴政指定为儿子胡亥的家庭教师。

赵高生得眉清目秀，高大威猛，骑术精湛，经常在咸阳城飙马，没事时还会耍几套拳法。

据说当他领着军士们屹立在秦宫之外的时候，围观的人群里，经常有人晕倒。

他的内心也很文艺，是当时一流的书法家（擅长篆体），在那个时期的书法家排行榜上，是有座次的。此外,他还写得一手好文章（代表作《爰历篇》六章）。

勤奋的赵高观察到，秦自商鞅之后，注重依法治国，实力蹿升，所以他苦读刑法、经济法、国际法等法律书籍，且他口才很好，具备了一个超级大律师的所有条件。甚至，为别人打抱不平时，他还学以致用，不惜钻法律的空子。

看到这里，你一定会惊呼——这是一个乱世好少年啊！

可是，人是会变的。赵高当时唯一的缺憾是，他是个太监。没有人知道他何时何地、因何原因成了一个太监，只知道，作为身残志坚的典型，他将秦的残忍暴虐和腥风血雨推向了极致。

赵高的身世非常苦，他的母亲是个刑满释放人员，父亲是个基层公务员，收入极低。

 17. 答案：“德意志第二帝国”。

跟嬴政一样，赵高有一个极具眼光的母亲。她鼓励年幼的赵高：“你笑，世界会陪你一起笑；你哭，就只有你自己哭；读书吧，希望你暗淡的人生出现曙光。”

他还真有读书的天赋，十七岁时成了史学童（秘书的前身），三年后成了令史（正式秘书）……

嬴政的父亲秦庄襄王，也就是异人，被吕不韦运作成大王，仅三年时间就驾崩了。临终前，异人将机警的少年赵高介绍给将要接班的嬴政，还说了一句千古错话：“这个小太监，今后你用得上，因为他很忠诚。”

有一次，赵高犯下重罪，审判官蒙毅是著名的“一根筋”，按律要处其死刑。但嬴政不仅赦免了赵高，还让他官复原职，这种偏爱令人大跌眼镜。

赵高也没让嬴政失望。那一年，荆轲受人请托，假借献图，刺杀嬴政，案发现场所有人都惊慌失措，只有赵高将竹简掷向杀手，还大声提醒：“大王，拔剑，大王，拔剑！”果然救了嬴政一命，那时候，他还是赤胆忠心的。

人生的最后时刻，秦始皇的求生之心变得空前强烈。赵高经常陪他到各地出巡，出巡的重要目的之一是寻找长生不老药。第五次出巡，路过沙丘（今河北邢台），嬴政再也支撑不下去了。嬴政咽气那一刻，赵高正式从幕后走到台前。

很快，他就和李斯一起篡改了嬴政的遗诏——立胡亥为继任者，是为秦二世。

此后，为扫除后患，赵高假托嬴政的旨意，将胡亥的十二个兄弟、十个妹妹通通逼死。

为了验证自己的影响力，他指使人带一头鹿经过宫廷，硬说那是一匹马，让大臣们逐一指认。这就是史上最坑爹成语“指鹿为马”的由来。

就连一向顺从于他的胡亥也觉得：原来你是这样的老师，如此不讲天道人心。赵高察觉到了胡亥眼中的不满，不久就派人逼这位二十四岁的皇帝自杀。

毕生视老师为偶像的胡亥彻底崩溃了，在一群杀手面前，他大声哭喊：“我十分想见赵老师！”“丞相说了，不见。”“能不能让我当一个郡王呢？”他试探着说。“不行！”“做个普通的万户侯？”“不行！”“当个平民也行啊！”他哭得稀里哗啦。“不行！”

做老师的，狠到这个程度，也是没谁了。

司志政摘自微信公众号历史的囚徒

图：小栗子

牛大姐家乐事多

主要人物：牛大姐（妈妈） 牛大哥（爸爸） 牛小美（女儿） 牛小宝（儿子）
钱多多（牛小美的男朋友） 刘姥姥（牛小美的外婆）

※刘姥姥哄牛小宝睡觉，给他讲故事：有一天，一头狼闯入羊群，羊对狼说："你要吃我们也可以，但是你要先数清楚我们有多少只，你数对了，我们就乖乖让你吃。"

狼想还有这种好事，就答应了。

羊排好队，狼就开始数，一只羊两只羊三只羊……不一会儿，狼睡着了，牛小宝也睡着了。

※夜深了，牛大哥回到家，牛大姐已经睡着了。牛大哥刚躺下一会儿，牛大姐估计做噩梦了，尖叫着坐起来，说东南角有不干净的东西。牛大哥提着棍子在屋里找了一遍没发现什么，来到东南角的厨房，发现有一堆没洗的碗。

※牛大姐夫妇带牛小宝去医院看亲戚家的产妇和孩子，新出生的宝宝还插着心率监视器，牛小宝在旁边看了一会儿，问："弟弟要充电充多久才能充满回家啊？"

※晚上，牛小美突然问钱多多："以后我们老了会是什么样？"

钱多多答："我们在小湖边，傍晚夕阳斜照着我们，我推着坐在轮椅上的你，这画面想想都幸福。"

牛小美说："为什么是我坐轮椅？"

※烈日炎炎，牛大哥和牛小宝躲在家里孵空调。牛大哥随口问："从古至今，谁最怕热？"

牛小宝："三国时的诸葛亮。"

牛大哥："为什么？"

牛小宝："一年四季，他哪天手里离开过扇子？"

※牛大姐："放暑假了，牛小

就是爱历史（德国）18. 1917 年 2 月 3 日，美国因何与德国断交？

宝晚上十二点才睡，太折腾了。我对小宝说：‘睡觉了，不睡觉长不大长不高的哦！’小宝居然笑嘻嘻地对我说：‘妈妈，你已经长这么大这么高了，还睡觉干吗？’”

牛小美：“小宝这么能熬夜，长大了就是无敌 CEO 体质。”

牛大姐：“我还不知道熬不熬得到他长大呢。你爸倒是睡眠好，一叫他管小孩就睡着。”

牛小美：“要不让小宝早点结婚？大概男人结了婚就特别容易睡着。”

※ 学校举行美术作品展览，许多同学都跑到橱窗前来欣赏。一个同学问牛小宝：“你这幅画画的是朝霞还是晚霞？”

牛小宝说：“当然是晚霞。”

“为什么？”同学问。

牛小宝答：“因为我从来不起早。”

※“总算找到了！”钱多多从柜子里找出饭盒，兴奋地说。

办公室同事奇怪地问：“单位食堂不是有餐盘吗？”

“我去给我女朋友打饭，然后送到她公司楼下给她。”

同事笑钱多多：“有了女朋友果然不一样了。”

钱多多拿着饭盒问同事：“一起去吗？”

“不了，一会儿我女朋友给我送来。”同事说。

※ 晚饭后，牛大姐一家围坐在一起其乐融融地看电视。电视里播放着一部古装剧，战场上，弓箭兵因为杀敌太多，被敌方集体包围。队伍里有一对兄弟，他们背靠背举着弓，紧张地瞄准着。

突然，牛小宝说：“敌军肯定先找这两个人算账。”

牛大哥不解：“为什么？”

牛小宝：“老师说，有括号要先算括号里的。”

※ 钱多多回忆说：“当初，我很害羞，看到隔壁公司有位相貌姣好、姿态优雅的女子。我每天观察她的生活习惯，终于发现一个秘密——她每星期某日必在某一面店吃面。我觉得时机已经成熟，于是某日便先在面店等她。待她进店坐定，我深深地吸了一口气，鼓足勇气，大步向前问她的名字。我说：‘小姐，你叫什么？’”

当时，牛小美睁着她的大眼睛，对钱多多说：“一碗牛肉面。”

“疯人”庞明忠

@廖富香

开始“发疯”

庞明忠从小经常听大人讲张澜的故事。他虽然没有见过张澜，但张澜的名字对他来说简直是如雷贯耳。小小年纪的庞明忠已经把张澜当成了自己心目中的偶像。

庞明忠的奶奶和爸爸都是川剧演员，从小庞明忠就经常跟着奶奶、爸爸学川剧。十三岁时开始登台演出，他清秀端庄的扮相，字正腔圆的唱腔，赢得观众阵阵喝彩。得到

鼓舞的庞明忠就想着长大以后要当一名出色的川剧演员，而且要扮演他最崇拜的张澜。

1977年，改革开放的春风吹遍了神州大地，庞明忠做出了惊人举动，扔掉“铁饭碗”“下海”。到1997年，庞明忠已经积累财富5000多万元。

怀着强烈的社会责任感和浓浓的家乡情结，庞明忠回到了西充老家。2010年，庞明忠被评为“四川省第六届劳动模范”，并喜获“五一劳动奖章”。谁也没想到庞明忠又突然做出惊人决定，让所有人都觉得他是真的疯了。

不但“疯”而且“傻”

2012年，在所有人怀疑的目光下，庞明忠投资300万元成立了民中川剧团，然后请人写剧本，决定把张澜光辉的一生搬上舞台。2013年，以真人真事为题材的纪实川剧

18. 答案：德国使用无限制潜艇战。

《布衣张澜》剧本完成，演员开始排练。

可让人遗憾的是，虽然演员们的表演都非常好，观众也非常满意，但因为观众太少，每场戏演下来都是亏本。2013至2015年，川剧团共亏损500多万元。屋漏偏逢连夜雨，船迟又遇打头风。庞明忠的女婿在他的房产公司做管理工作，没想到女婿竟挪用了100万元公款去赌博。

王子犯法与庶民同罪。庞明忠为了挽救女婿，含泪向经济稽查大队举报了自己的女婿，还自曝家丑，把女婿挪用公款的事情新编成了川剧《老子、儿子和孙娃子》在舞台上演出。

此事传出去以后，所有人不但把庞明忠当成了疯子，还把他当成了傻子。在几年时间里他拿出了300多万元为老家修建学校、公路，为敬老院献爱心，而女婿只挪用了100万元，庞明忠却像疯子一样对他下狠心，简直是无情无义。

不忘初心，方得始终

虽然川剧团年年亏损，但庞明忠并没有被困难吓倒，而是决定打磨出经典作品，不但在四川上演，还要到北京的大剧院去演出。此话一出，立即引起一片哗然，庞明忠再次被冠以“疯子”的殊荣。

2017年，在参加四川省文化厅的会演时，《布衣张澜》以最高票数获得了代表四川去北京会演的机会。

当《布衣张澜》在梅兰芳大剧院亮相，看着观众席上的中宣部和文化部领导还有众多的观众，庞明忠紧张得大气都不敢出一口。直到演员谢幕，雷鸣般的掌声响起，庞明忠突然失声痛哭，然后不停地唠叨：“我不是疯子，我不是疯子！”

《布衣张澜》得到中宣部、文化部领导和专家的一致好评，还被评为四川省第十四届精神文明建设“五个一工程奖”。2017年，川剧团一改过去的亏损局面，盈利近200万元。

庞明忠，这个为了梦想执着追求，为了传承中国优秀传统文化，古稀之年还在“发疯”的老人依然热情高涨。明天的庞明忠还会不会继续“发疯”，谁也无法预料。

摘自故事中国网

图：小柯

【小贴士】扫码看戏痴庞明忠与川剧的六十载情缘！

无情对

@佚　名

在对联家族中，有一种“无情对”。
这对联十分别致，上下联可谓风马牛不相及，两边对的内容隔得越远越好，但细读起来，则又字字相对，十分工整、巧妙。
下面，让我们一起来看一下吧。

色难／容易

明成祖朱棣曾对文臣解缙说：“我有一上联‘色难’，但就是想不出下联。”解缙应声答道：“容易。”朱棣说：“既说容易，你就对出下联吧。”解缙说：“我不是对出来了吗？”

朱棣愣了半天，方恍然大悟。“色难”一语，出自《论语·为政》。意思是子女侍奉父母，要经常保持和颜悦色，是件很难的事。

解缙所对“容易”，见于西汉东方朔《非有先生论》。意思是在君王面前指陈得失，不可轻易从事。

解缙巧借“容”为容貌之意，与“色”（脸色）恰成对，“易”与“难”则是一对反义词，极为工巧。

树已半残休纵斧
萧何三策定安刘

上联为一古诗句，是说要爱护树木，不要乱伐残树。下联却以萧何献策定汉业的历史故事相对，相差十万八千里，却在字性上结成缘分，有天造地设之妙。

上联尾字“斧”是工具，下联尾字“刘”指兵器，在本句中则指汉高祖刘邦；

“树”对“萧”，萧，植物名即艾蒿，乃植物相对；“已”对“何”，为虚词相对；

就是爱历史（德国）19.《凡尔赛条约》中，规定德国不许拥有哪个军种？

“半残”对“三策”为数量词相对；“休纵”对“定安”均为虚词相对。

联中唯“残”与“策”乍看不似工对，但二字在这里均可视为动词，“残”为伤害之意，“策”有拄、扶之意，仍然对仗工整。

五月黄梅天 / 三星白兰地

民国初年的一个黄梅季节，汪精卫在一次宴会上为助酒兴，出联句给众人对——“五月黄梅天”。

大家正思索间，传来侍者上酒的吆喝声：“三星白兰地。”

这时席中才思敏捷者忽拍手称妙：“这不正对得天衣无缝吗？”

大家细品，果然是一副浑然天成的下联。“三”对“五”，“星”对“月”，“白兰”对“黄梅”，“地”对“天”。

回信 / 汉书

“回”对“汉”，民族名相对，“信”对“书”，上联为常用词，下联为古籍。

唐三彩 / 清一色

上联为古工艺，下联为麻将番目。“唐”对“清”，朝代名相对。

乔国老 / 石家庄

此联中上联为三国人物，下联为一地名；“老”对“庄”是以老子对庄子。

那天有诺重千斤
此地无银三百两

上下联皆为俗语，对仗极为工整。

天地不仁，视万物为刍狗
祖宗无德，遗诸位似蠢猪

此联为一日有人集《老子》出联，无情故无情对之。

摘自微信公众号今予良言

【《午夜消失的男人》续写】像飞行棋游戏一样生活的男人是在说谎还是真的拥有这种特异的功能？他已经搭讪成功了，接下来会和“我”有怎样的故事？请看两位作者的精彩续写——《嫣然的风》和《未完成的任务》。

看《午夜消失的男人》原文

然的风

@蒋辣子

“什么？你的任务竟是和我搭讪！”

他连连摆手，说：“你别误会，我不是坏人，有些事情，我必须向你解释一下。”

原来，一年前，他得了抑郁症，一个神秘的研究机构给他发了一份邮件，邀请他体验该机构研发的新产品“平行瞬间”，据说，这个产品能有效治愈各类精神性疾病。

于是，他按照使用说明，开始操作骰子，没想到，从那天起，他的人生轨迹就发生了改变。

“不信的话，我让你看看那个机构的官网。”他说着，取出手机，不一会儿，屏幕上出现了他所说的研究机构的主页。

他在用户登录框中输入“嫣然的风”，又在密码框中输入一串数字。看到他古怪的登录名和那串数字，我竟有种莫名的亲切感。

登录成功后，屏幕上出现了一段文字：请依次播放页面下方的十个视频文件，祝你早日康复！

他打开了第一个文件，那是一个在海滩边冲浪的视频片断。看着一望无垠的海水，我竟不知不觉沉浸其中，仿佛自己就是这段视频的记录者。

他又陆续打开了其他几个文件。有大学生身着毕业服的画面，有喜庆的婚礼画面，还有医院中病人家属哭泣的画面。这些场景毫不搭界，但又好像有着千丝万缕的关系，因为，每个场景中，都有人在呼唤着一个名字——嫣然。

19. 答案：空军。

他打开了最后一个视频文件，画面中呈现出白茫茫的雪景，无数滑雪爱好者，在雪地上穿梭。刹那间，画面急速地向前推进起来，而且越来越快。这时，我听到视频中传来了两声尖叫："风，风！"

突然，眼前出现了一个陡坡，紧接着，画面一阵颠簸，最终陷入一片黑暗，视频播放完毕。

我像是中了电击一般，冒出了一个奇怪的问题："你是因为什么原因才得病的？"

"因为我新婚的妻子在滑雪时出了意外，一直昏迷不醒，所以……"我打断他的话："可以给我看看你妻子的照片吗？"

他二话不说，打开手机上的一组婚纱照，新郎正是他，而新娘，竟然是……我！

他突然抱紧我，大声说："嫣然，我是风！你快醒醒啊！"

此刻，仿佛有无数股电流钻入体内，我顿时浑身一颤，紧接着，眼前闪现出一道白光。这白光向外扩散，亮得让我睁不开眼。

不知过了多久，我慢慢睁开双眼。这里根本不是什么偏僻的荒郊，而是医院的病房。"你，你是风？"

他在我额头轻吻了一下，说："嫣然，你终于醒了。"

他告诉我，一年前，我和他在滑雪时出了意外，我大脑受损，成了植物人。一家高科技医疗机构主动联系到他，建议他尝试一下他们机构的新产品"平行瞬间"。

"实行'平行瞬间'疗法后，医生将我们共同相处的记忆，移植到你的脑中，这样一来，你的大脑就获得了重生。"顿了一顿，他继续说，"这些日子，我一直在梦境中和你对话，从这个意义上说，我的生命轨迹确实成了飞行棋模式。"

历历往事浮现在我心头，的确如他所言，我的名字叫嫣然，他的名字叫风，我和他在一年前结婚，度过了许多快乐时光。

他陪我拍毕业照，参加闺密的婚礼。我的祖父去世，他也一直守护在我身旁。后来，我们去滑雪，我不慎跌倒……现在，我终于想起他在手机登录时输入的那串数字，那是我的生日啊！

正在这时，他的口袋中突然滚出一个东西，掉在地上。我不禁发出一声惊叫，那个东西是我在梦境中看到的骰子！

此刻，他的脸上浮现出古怪的笑意。我顿时迷乱了，不知道自己是刚从梦境中醒来，还是又陷入了另一个梦境！

未完成的任务

@胡　嫣

竟然还有这么古怪的任务吗？我感觉有些不太真实，不自觉摸了摸似乎有些发热的脸颊："你这是在开玩笑吧？"

男人一脸真诚地看着我的眼睛，深吸一口气，缓缓说道："我知道你可能不会马上相信，但这不是开玩笑，这是真的！"

"那，接下来呢？"我想到了另一个问题，"我是说，如果任务已经结束了。"

男人抿嘴一笑："现在已经过了十二点，车也已经修好了，可是你竟然不想回去，而是想着'我接下来要怎么办'，你真是我见过的最大胆最有趣的女孩儿。"

我涨红了脸，轻咳一声，机智地换了个话题："你不说我还忘了要感谢你呢，谢谢你帮我把车修好了。"

"那么，我不知道有没有荣幸送你回家呢？"他轻轻打开副驾驶的车门，对我微微鞠了一躬。

钥匙安静地插在孔里，"呲呲"，汽车颤抖着发动起来。我没有明确告诉他目的地，就让他先往前开。夜色还很深，偏僻的道路显得深邃而又悠长，我们再没有语言上的交流，却又感觉已经无比熟稔。

过了十字路口，前方开始闪烁起城市的灯火。我侧头看了看身旁显得有些不真实的男子，忍住想要掐一掐自己的冲动，生怕这是一场梦，梦醒了他就会消失。

"你……"我们同时打破了沉默。

就是爱历史（德国）20. 二战后，德国分裂成东西德国，其全称分别是什么？

他轻笑一声："女士优先，你先说吧。"

我小声嘟囔着："再过一会儿，我就到家了，那你呢？"

他没有看我，依旧凝视前方，但我感觉他似乎皱了下眉头。空气又陷入了几分钟的沉默，他把车平稳地停靠在路边。

"如果，我是说如果。"他顿了顿，"如果根本没有什么'摇动骰子就会进到随机的一天'，也没有什么'飞行棋的人生'……我刚才说的那一切都是骗你的。"

"扑哧"，我笑出了声，他眼中满是诧异。我看着他的眼睛，说："这种感觉很奇怪，明明心里觉得不可思议，但是你说的话，都会不由自主地想要相信。"

"可是……"他想要解释什么。我摇了摇头，示意他不用说了。无论他说的是真话、谎言也好，有意无意地搭讪也罢，这些故事都陪我度过了一个尴尬的夜晚，让疲惫无比、无助焦虑的我有了片刻快乐。比起一个人守着坏车在荒郊野外昏睡一晚，我更乐意和他畅谈一番，用"相信"报答与他的"相遇"。

"好吧，你真是一个让人意外的好姑娘。"他突然报以一抹微笑。随后他熄了火，打开驾驶室车门，走到我的车窗边，示意我摇下玻璃。"那么，现在是告别的时间了。很高兴你能信任我，正因为你的信任，所以我没办法继续送你回家了。"

他张开他的手掌，那颗骰子又出现了："我的任务其实是，遇到你，和你搭讪，然后送你回家。"

我眼睛直勾勾地盯着那枚骰子，看它在他掌心滴溜溜地转着，似乎明白了什么。

"任务的截止时间是太阳出来的那一刻。"他看我一眼，"只要能把你送回家，我就能真正地完成任务，真正自由。但是，你会接替我成为骰子的下一任主人，被束缚在我未完成的各种任务里。"

"所以……"我开始有些不知所措。

"你是个好姑娘，我当然不能遂它的愿。"他仿佛不再迟疑，对着我又绅士地鞠了一躬，最后留给我一个挥手告别的背影，"这一次，我要去拯救世界啦。祝福我吧！"

以后每次深夜加班回来的路上，我都会想起这个"消失的男人"，以及他那受困在时间里却又精彩纷呈的人生。

作者系福建省龙岩永定侨育中学学生、香林文学社成员　指导老师：胡赛标

图：小柯

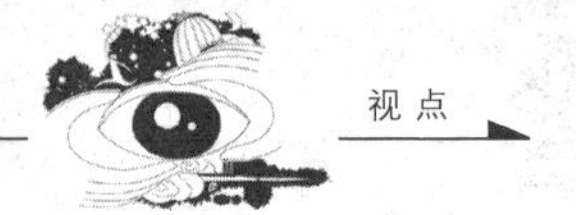

别叫我职场妈妈，叫我圣母玛利亚

@谁端饭 北极贝文 花生米设计

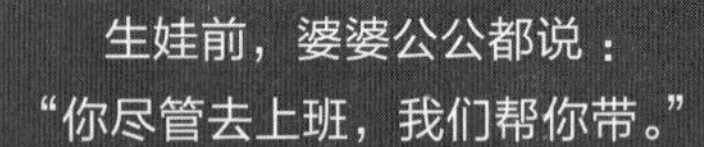

生娃后，
他们才带了几个月就累得回了老家。

20. 答案：德意志民主共和国和德意志联邦共和国。

生娃前，
老公说："我最喜欢小娃娃。"

生娃后，
老公说："我宁愿与猛兽为伍也不带娃。"

突然，
幼儿园来了一通电话。

"李小浩妈妈，
你孩子在美术课上捣乱，
对，我是他班主任，
美术老师已经气得晕过去了。"

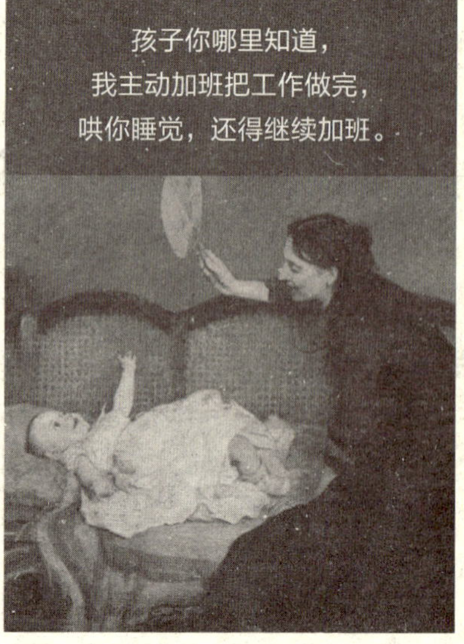

民防小知识 1. 雷电来临时，躲到室内是比较安全的，但这也只是相对室外而言。

摘自微信公众号悦己 SELF

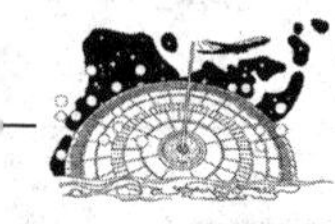

“核电站”正在你身边泄漏

@蛋蛋姐

一个物理学家带着辐射探测器，去探测各个地方的辐射。结果发现了一个惊人的事实！就是世界上辐射最强的地方，居然是吸烟者的肺！

一直以来，都有这样一个常识——生活中处处都是有辐射的。

实际上，辐射分为两种，其中非电离辐射是没有害的，手机和微波炉发射的都是非电离辐射。而电离辐射却恰恰相反，这种射线正是伤害人体的元凶！吓人的是，香蕉的钾元素辐射竟然是电离辐射！每根香蕉发射0.1微西弗……

不过我们不用担心，因为辐射的致命强度是2西弗，换句话说，一个人这辈子只能吃2000万根香蕉，谁先吃完谁先走……然而大多数人没吃够2000万根，就会因为别的原因先走了。

那为什么吸烟者的肺部会成为辐射最强的地方呢？毫无疑问，就是因为烟草和香蕉一样，里面也含有放射性的元素。这种元素就是钋（音同坡）-210！

2004年，巴勒斯坦主席阿拉法特暴病而死，引起了广泛的质疑——直至八年后，有人在阿拉法特去世时穿的衣服、他的牙刷上检测到了大量的钋-210！而他死前的各种症状——恶心、呕吐、疲劳、腹泻、肝肾衰竭，都直接指向了放射中毒的可能。

民防小知识2. 在房间内一定要关好门窗，为了防止直接雷击和球形雷的入侵。

居里夫妇在1889年发现钋的时候，一定没想到这东西会被人用来杀人。而现在，这个杀人于无形的东西，正在夺取吸烟者的性命。

1964年，化学家亨特刚刚研发出了一项新技术，可以检测出低浓度的镭和钋。他正好扭头看到同事留下的烟灰，心想烟草吸收磷肥，里面也是有钋的呀，于是就用烟灰检测了一番。

让人意外的结果出现了：亨特一丁点钋都没检测出来。经过仔细思考他发现，其实是高温让烟里的钋变成了气体！然后——要么进入了吸烟者的肺里，要么进入了旁边人的肺里！

第二年，放射化学家利特尔又通过检测吸烟者的肺部证实了钋会聚集在我们肺部的各个分叉处。

按照现在的烟草消费量计算，10亿烟民每个人平均每年抽6000根烟，每个人一天将近抽一包半，而这样一年下来，他们每年受到的辐射,相当于做了300次X光照射！参观了福岛核电机组6次！

利特尔曾做过相关的实验，他把适量钋分不同频率注入仓鼠的气管，注入频次低的仓鼠组没有得病，而注入频次高的仓鼠组94%都得了肺部肿瘤！

而对于钋-210辐射这件事，半个世纪以来，烟草公司一直都做着严格的保密工作！

20世纪90年代，出现了一系列控诉烟草行业的诉讼案，迫使烟草商公开了数万份内部文件。人们发现其中有几千份资料显示，从亨特发布论文开始，他们为了在应对外界的质疑时首先掌握有力证据，迅速投入大量人力财力开始了对钋的内部研究。结果美国三大烟草集团之一的菲利普·莫里斯公司在1977年完成了一篇论文初稿，实验研究的结果显示——香烟中含有钋，对人体有害。

公司当然很难受，自己研究出来的结果打了自己的脸。所以他们决定不发表这一研究结果。

让人稍感欣慰的是，也有一些人在积极解决钋的问题。最终，他们还真研究出了多种降低钋含量或者根除香烟中的钋的方式。然而，最后这些方法统统没有被采用，因为烟草商深知，花大价钱除去钋，不会为自己带来任何的商业回报。

无论大家如何警告，无论如何宣传烟草的危害，仍然有人在危险的边缘吞云吐雾。希望这篇文章能科普到更多的人，谢谢。

摘自微信公众号酷玩实验室

哑巴大大

@李　萍

花生糖

村里有一个中年男人，姥姥总是很照顾他，家里做好吃的了，她会让表嫂舀一碗，令我送过去。

那中年男人，我也会随着别人喊他哑巴，当然是背后喊的，当面还叫他大大（伯伯——编者按）。

“大大，今天家里做包子，来吃包子。”派我去喊哑巴大大时说的那几句话好几年也没有变过。

哑巴大大总是笑笑，“嗯嗯”答应着，然后摆摆手，摇摇头，含糊地说出不去的话。

我也点点头，“嗯嗯”地答应。每次，哑巴大大会给我两颗糖，是花生糖，纸包的，旧旧的，我有些嫌弃，但还是拿了糖，不吃，揣在兜里。

哑巴大大总不肯来，所以每年都是老样子，姥姥装几个热乎的包子递给我，给哑巴大大送过去。

哑巴大大每次接过碗，都会“叽里呱啦”地说几句，眼圈发红，我催他把包子腾到自己的家什里，大声告诉他我还忙着。他则伸过手来动我的辫子，我后仰一下身子，歪一下头，躲过。

他收回手臂，讪讪地闻了闻包子，哑巴几下嘴巴，一边点头一边嘟囔。

有次，姥姥又差我去送，我问姥姥：“家里是不是欠了哑巴的人情？干吗凡是好东西都要给他送？”

姥姥在我额头上戳一下："人小鬼大，亏你想得出。"还问我，"给难心（可怜的意思）人送一些好吃的，就是亏欠？"

夜深了，我又问姥姥："哑巴是不是我亲舅舅，因为某种原因，送人了？"

姥姥先是一乐，后说："你脑子里到底装了什么？哑巴是个可怜人，从小没了爹娘，没人疼没人顾的……"

一声叹息之后，姥姥严肃又郑重其事地告诫我，"不巴结富人，不嫌弃穷人，多干好事，吃亏是福。"

布头

上学的年龄一到，我成了城里人，姥姥偶尔会到城里小住几天。来的次数多了，与家附近的一些裁缝熟悉之后，今天几块布头，明天一小块料子的，都拾掇满了一个布兜。

姥姥满心欢喜，说那些布头一些给表嫂，一些给谁家媳妇，说旧衣裳几件给福全（哑巴的名字），几件给村里那位腿脚不灵便的叔叔，几件给邻村的盲眼婶。

那些布头，不是粘鞋垫，就是依着花色拼凑成一小块，然后几小块拼成几大块，最后缝成褥子面子，或者被子面子。说来也怪，本是垃圾堆里的东西，花花绿绿，大小不一，却被一双巧手剪成三角后缝成四角，多个四角组成多个角的一大块布之后，宛如一朵花，瞅着瞅着，那些布头居然变得好看起来。

> “
>
> 不巴结富人，不嫌弃穷人，多干好事，吃亏是福。

姥姥有些偏心眼，她没有给表哥表嫂他们缝，居然给哑巴大大缝了一床被子的面子，让我送去时，哑巴大大哭了。那一回，哑巴大大没有摸我的头，也没给我花生糖。

冬天，哑巴大大总是背着一个背篼，拾羊粪、牛粪。有时候，表嫂一大早会咋咋呼呼地大喊："一堆粪呢！"姥姥则淡定地说："那肯定是福全倒的。"

拔麦子

八十五岁的姥姥腿脚开始不便，可还是闲不住，跑到自留地里拔麦子。我跟着姥姥到了地里，也拔上一捆。有次，哑巴大大挑水路过，看到姥姥，扔下水桶，"叽里呱啦"着来拉姥姥，还瞪着双眼，指着我，很生气的样子。

哑巴大大拉着姥姥，要姥姥起

来。姥姥说在家闲不住，拔几捆是几捆。他摇摇头，红着眼，又使劲摇头，指手画脚，嘟囔了一会儿，便蹲下拔麦子。

虽说哑巴大大快六十岁了，可是他手脚利索，双手都拔，不一会儿，麦子一捆一捆，我数了数，十几捆捆在地上了，他拔麦子可真是高手。

有哑巴大大帮忙，那块地一上午就拔完了。

表侄寻来，大喊："吃晌午了，是凉面。"姥姥瞅着哑巴大大，说吃晌午饭，吃了再去担水。

哑巴大大起初摇手摇头，后来也就同意了。我细看，他脸上满是汗水，额头还有土，与汗水一起成了泥点子。

哑巴大大搀着姥姥出了麦地，我则担了他的水桶，"吱呀吱呀"，左摇右晃，学着他们担水的样子走路。

离别

姥姥离世了，在姥姥灵前，哑巴大大扯着嗓子，呜呜咽咽地哭，一把眼泪一把鼻涕，一边磕头一边哭，哭了很久。

听说，姥姥走之后的一些日子，哑巴大大还病了好几天。

记得那年端午节的时候，在村口遇见哑巴大大，我热情地喊他大大，他则目光呆滞，看着我，指着我，又是一番听不清楚的嘟囔。我说我是谁，问他记不记得。他先是一愣，随后，红了眼圈。我告诉他我是来给姥姥上坟烧纸的。他"嗯嗯"之后，流泪了，也不避我，擦掉泪，向我扬扬手，转身走开了。

表嫂做了油香、凉粉，还有酿皮，等表孙子放学回家给哑巴大大送去。我从表嫂手中接过东西，替表孙子去送。

当我像儿时那样拿着东西走进哑巴大大家门时，他居然哭了，哽咽着，接过东西，佝偻着进了房间，依旧腾到他的碗里。

我泪盈于睫，多么希望哑巴大大给我几颗花生糖，动动我的辫子（虽说我没有编辫子），然而哑巴大大没有，他已经老了……

前些日子，表嫂打来电话，说哑巴大大走了，走得突然。走的前两天还看到他去给姥姥烧纸，在姥姥坟头坐了很久，是表哥喊他回家，一起吃了晚饭送回去的，第三天他侄儿发现时，人已经硬了！

我听了很难过，鼻头发酸。哑巴大大临走前，还给姥姥去烧纸，他是把姥姥真当成他的妈妈了……

飘雪摘自《民族日报》

图：陈明贵

民防小知识 4. 在雷雨天气不要洗澡，尤其是不要使用太阳能热水器洗澡。

阿嬷味道的汤圆

@许一诺

一

山下小镇的石板街上，摆着一个卖汤圆的车摊子。小小的四方形玻璃窗上贴着一块招牌，上面写着“阿嬷味道的汤圆”。

至今已有九十九个人询问过什么是阿嬷味道的汤圆，但却没有一个人点过它。女孩灰心地想，如果第一百位前来询问的顾客依然放弃这款汤圆，就干脆把它从招牌上抹去算了。

二

一个月明如冰的晚上。

“麻烦你煮一份阿嬷味道的汤圆。”

埋头煮汤圆的女孩猛地抬起头，强按住激动的心跳，声音颤抖地问道：“你要什么汤圆？”

客人奇怪地望着女孩：“阿嬷味道的汤圆。是不是没有？那就来一份别的也行。”

“不！”女孩大喝一声，把客人吓了一大跳，“有的，一定有的，不过这种汤圆比较特别，你需要多等一会儿。”女孩有点慌不择言。

“这汤圆摊子真是不错，老远就闻到香味啦！”客人兴致勃勃地说了起来，“天寒地冻的，山上什么吃的都没有，眼下啥都比不上一碗香喷喷的汤圆，不然又冷又饿连冬眠都睡不踏实。”

“冬眠？”女孩吃了一惊，抬头望去。那位魁梧的客人恰好转过身去，背后竟露出一截毛茸茸的尾巴。

原来这是一头从附近山上下来觅食的熊，女孩心里有主意了。她记得阿嬷说过熊最喜欢吃蜂蜜了。

女孩在又甜又滑的花生汤圆上淋上琥珀般的蜂蜜。熊闻到了，馋得口水像山泉般“哗哗”地流下来，囫囵吞枣般地往嘴里塞，结果烫得龇牙咧嘴的。

放下碗，熊足足打了五个饱嗝。熊说：“这阿嬷味道的汤圆果然名不虚传，让我想起小时候跟阿嬷在松树林里采蜂蜜的日子。每次采到最纯最甜的蜂蜜，阿嬷都不舍得吃，统统留给我……”

熊絮絮叨叨地说着，女孩断断续续地听着，眼眶渐渐湿润了。

熊突然咋咋呼呼地站了起来。原来它想起了一件很糟糕的事——它没有钱。

“不用了，我请你吃好了。”女孩大方地摆摆手。

“这怎么可以！”熊生气地大叫起来，它才不当吃白食的熊。阿嬷跟它说过，熊就该有个熊样。

“要不我给你当个助手吧？用工钱还债。”熊自告奋勇地说。

熊搓汤圆不行，磨米浆倒是一把好手。它粗壮的手臂把石磨转得像飞驰的车轮。乳白色的粉浆顺着磨盘源源不断地流入棉布口袋里。

“够了，太多了！再磨下去，做出来的汤圆就卖不完了。”

熊完全没有停下来的意思：“我想用工钱买下这些卖不完的汤圆。我阿嬷的生日快到了，我也想请她吃一碗好吃的汤圆。”

三

入冬以来最冷的一夜。

这时吃上一碗热腾腾的汤圆最惬意不过，可人们却失望地发现汤圆摊子破天荒地歇业了。

谁都想不到，在十几公里外陡峭的山峰上，女孩和熊正冒着刺骨的寒风费力地推着车摊子。

突然，前面的树林剧烈地晃动起来，响起一阵急促的“啪嗒”声，黑黢黢的丛林里倏地跳出来好几头大熊。

女孩惊惶得脸都白了。

熊咧嘴笑道：“不用紧张，它们都是来帮忙的。有美味的汤圆吃，哪头熊还愿意傻乎乎地冬眠呢？”

民防小知识 5. 雷雨天气时，要保持室内地面干燥，各种电器和金属管线接地良好。

大熊们扛起小推车，托起女孩，“嗨哟嗨哟”地往山上跑去，快得像一阵风。女孩感到简直像骑在奔驰的骏马上，树林像黑色剪影迅捷地往后退去，腾云驾雾般就来到丛林深处的一个山洞前。

洞里燃起篝火，温暖如春。火堆前蹲坐着笑眯眯的熊阿嬷。

“孩子，外面天寒地冻的，你是不是冻坏了？”熊阿嬷关切地询问。

女孩羞涩一笑，娴熟地烧水、下汤圆，空气中很快弥漫起甜滋滋的味道。

第一碗汤圆当然端给熊阿嬷。

“这是我收到的最珍贵的生日礼物，”熊阿嬷美美地尝上一口，赞叹不已，“甜甜的，糯糯的，还是这个味！”

女孩吃了一惊。

熊阿嬷似乎看穿了女孩的心思，说：“有一年，我外出采蜜时，意外地救了一位老奶奶，她为了采野草莓而掉进了山沟里。”

“我阿嬷吗？”女孩紧张地捂着胸口说。

熊阿嬷点点头：“她说孙女最喜欢吃野草莓，所以专门跑到山里来采，结果一脚踏空，掉进了山沟。她被我救上来后坐在石头上长吁短叹，我以为她是因为脚扭伤了，没想到竟是惋惜那一篮子摔得稀巴烂的野草莓……”

女孩的眼泪“簌簌”地掉下来。

“为了报答我，老奶奶坚持要请我吃她亲手煮的汤圆。我开始以为她只是随口说说，没想到她真的煮了汤圆，翻山越岭地送到这深山老林里来。”

“我阿嬷就是这么实诚的人。”

“孩子，你也是，不然也不会深夜来给我老婆子煮汤圆。”熊阿嬷的目光柔和地落在女孩身上，“如果你阿嬷知道你煮的汤圆和她煮的一样美味，肯定很欣慰。”

女孩好不容易止住的眼泪又掉下来。

天亮了。

忙碌了一个晚上的女孩独自推着车摊子走出山洞。外面下雪了，群山一片寂静。望着柳絮般的飘雪，女孩疲惫的脸上绽放出花一样的笑容。

她在心里默念着：熊阿嬷、我亲爱的熊助手，以及其他熊伙伴们，祝你们做个好梦！待到春暖花开，你们从冬眠中醒来时，我还会再来给你们煮汤圆的！

田龙华摘自《东方少年·快乐文学》

图：恒兰

线上增刊"码"上就看

8月号百宝箱

"新概念作文大赛"二十载，除了他、她和他，还有这些青年作家出身"新概念"，你猜得到吗?

《光明顶上》见光明，十处差错请您找；诗剑传家骆宾王，黄鹤一去不复返；亦"疯"亦"傻"庞明忠，无怨无悔川剧魂；音频故事掌中听，编读往来声声慢。尽在8月号百宝箱!

免费

泰山来啦!

"嗷哦哦哦——"泰山来啦！还等什么？快来加入人猿泰山驰骋的奇幻世界吧!

免费

故事会读者圈，
编读互动，
欢迎您来吐槽聊天!

 民防小知识6.雷雨天气时，不要使用任何家用电器。（上海市民防办供稿）